隐秘的河流

YIN

MI

DE

HE

LIU

连金娟 著

作家出版社

　　连金娟，女，甘肃临潭人。鲁迅文学院第四十一届中青年作家高级研讨班学员，甘南州作家协会副主席。作品见于《人民文学》《美文》《文艺报》等报刊。

目录

走向生命散文的深度

——序连金娟的散文

谭旭东

今年5月30日至6月1日，应《中国校园文学》的邀请，去甘南州的临潭给当地中学做两场写作讲座。得到临潭县的领导和县文联、作协的朋友的热情接待，也认识了中国作家协会派到临潭挂职的副县长崔沁峰、中共中央西北局洮州会议纪念馆馆长薛兴、临潭县文联主席敏奇才等，还结识了连金娟等一批临潭的作家。

那几天，连金娟一直陪着我和《中国校园文学》的编辑部主任李娜老师走访、参观，不但领略了临潭的壮美风光，还体验了临潭独特的文化风俗。因为交流甚多，不但知道她在《人民文学》《美文》和《文艺报》等权威报刊发表了不少散文，还得知她即将在作家出版社推出个人散文集。回到上海后，连金娟老师把散文集《隐秘的河流》的电子版发给我，请我读读，也希望我写个序。于是，在品读她散文作品的同时，和她断断续续地讨论了一些散文写作的问题，也更加理解了她对散文的理解及其创作旨向。

《隐秘的河流》的初稿有十篇散文，它们分别是《高原茶事》《风从高原的峡谷穿过》《高原上》《绿绒蒿与黑土地》《隐秘的河流》《梦也何曾到铁城》《属于洮河的时间》《月是故乡明》《麻娘娘给我的麻面具》和《甘加光影》,后来,她又转给我由《美文》杂志专题介绍的《高原上》及责编黄海兮的评文,我也通过其他途径,先后品读了她的《寂寞珍珠梅》《时光碎片》和《到山里去》等散文,感受到了她的文学才华和悟性,也觉察到了她文字里的深情、倔强和带着神秘的回望的姿态。

连金娟这些散文有"高原""峡谷""河流""黑土地""山寨""铁城""洮河""甘加草原"和"古城"等地理物象,有"苔藓""香蒿""绿绒蒿""青稞""梨花"等高原植物物象,还有"漆黑的夜""酥油灯""月亮""月光"与"时光"等光影物象,以及"父亲""母亲""外婆""阿妈""喇嘛""河女""老船夫""麻娘娘""丹尼索瓦人"等或今或古的人像,这些不同的物象和人像共同构成了连金娟散文的物理空间和情感空间,也共同构筑了她的散文里的叙事空间和表意场景。这些物象和人像,每一个都是理解她散文的一个通道,或者说,这是进入连金娟散文的一个窗子——透过这些通道或窗子,读者可以发现高原生活的异质性,以及甘南高原人的命运的独特性,还可以寻觅到作家创作的动力和情感机制,自然也感受到了作家散文里的神秘性和文化性。

读连金娟的散文,童年的、故乡的人和事是娓娓道来的,但我更惊讶于她笔下的物象和人像的从容呈现,尤其是以上这些出现频次较多的物象和人像,如一颗颗纽扣一样联结着作家自身的生命成长和每一代高原人的命运,作家用细密的文字讲述着,倾诉着,描绘着,陈列着,每一个片段都是那么令人难以忘怀。"高原""河流"和"黑土地"是与生命的地域有关的,它们是作家生命的出发地,连金娟从小就体验到了一般孩子难以经历的一切,她比外面的生命更为敏感,比其他的孩子更多一分聪慧。高原生活生命的书写和对童年、对故乡的追忆,是她的散文的基本内容和自然基调，也是她叙述和倾诉的出发点。但她不想如传统散文那样去写景抒情或如传统诗歌一样抒情言志，"山寨""村落""酒""酥油茶"和"青稞"等是连金娟散文里最具有辐射力的词语，它们蕴含的不只是一些童年经历和幼小的她无意之中窥见的成人世界的苦难、死亡和无奈，而"月亮"与"时光"是时间的载体，也是作家散文所凝聚的生命的空间之一，它们参与了作家的成长，也给高原书写增添了朦胧美与神秘性。这些物象是散文里的地理物象，也是地域符号，还是生命喻象，作家刻意为之，也自然为之，无论怎样理解，都有百般或直率或含蓄的表达。

不过，要说连金娟散文的艺术性，还有两点是特别值得指出的。

一是连金娟在散文里用的散点透视的手法，不但描绘了甘南地带的山川河流、物候习俗、风土人情，呈现了甘南人的生活状态和生命姿态，还描绘了甘南人的韧性和随遇而安的特点。正因此，这些散文不是一般的自然散文，也不是一般的生活散文，更不是流行的心灵鸡汤式的抒情散文，它们是融合了生命叙事、精神叙事的生命散文，既有小说里的时间线索和历史感，又有诗歌的抒情和意象化，还兼具个人传记式的写作方法。这是一种具有明确的艺术指向的生命散文的写法，从篇幅上摆脱了美文追求精致的语序的束缚，从内涵上也超越了个体生活叙事和作家自身的经验表达。因而，《隐秘的河流》一集散文建构了一个宏大的叙事空间和表现空间，给读者以巨大的冲击力。

二是连金娟的散文语言尤其细密，思维细腻而丰富，饱含着一种难以言说的切身的生命感受。无论是《高原茶事》《隐秘的河流》，还是《梦也何曾到铁城》和《月是故乡明》等，每一篇散文里都有对自我经验的充分挖掘，但又不局限于自我，且每一篇里都有群体的生命特质的展示，还有更多的具有典型意义的历史追溯，以及对高原地域古老文化和价值的思考。她的散文里或叙述，或描绘，或陈述，或刻画，或回忆，或追溯，或挽留，更有柔和的反思和温暖的惦记。因此节奏之有序、语感之流畅、情感之丰富是少有的，这也使得连金娟老师的散文别有魅力并引人入胜。

散文是真实的艺术，散文里的经验一定是来自自身的，因此散文里总有一个"我"，且这个"我"是真实的自我，因此散文是非虚构的写作。但散文也不是不可以借鉴小说的叙事，还有诗歌的意象化，连金娟的散文里有些叙事很有小说的连续性和节奏感，但读起来却是最真实真切的体验，即便是她对死亡、苦难和亲情的叙述，也是非常真实的，因而对她的散文里的跨文体属性不必有什么怀疑。如果要给连金娟的散文归一个类的话，她的散文是典型的生命散文，不过，她的生命散文里有对地域文化和民族文化的思考，也有对群体属性和命运的思考，因此她的生命散文是有艺术和思想的深度的。当然，她的散文还有诗性气质，如高原上的河流和湖泊一样，流淌着纯净的韵律，蕴藉着丰富的内涵。也正是因为这些特点，使得连金娟的散文老少咸宜，不但可以做小学的语文材料，也值得做大学的文学批评与欣赏的文本。

相信连金娟的散文会走出甘南，走出高原的峡谷，走到更为广阔的天地，为新时代散文创作吹来一股清新怡人的风。

2023 年 9 月于上海

高原茶事

　　高原人对茶的热爱可能要远甚粤、闽之地。《明史》卷八十有："番人嗜乳酪，不得茶，则困以病。""所盛酽茶来汉地……阿茶包茶与梓茶，红铜大锅里面熬，撒上精盐调味，再把松椰鲜奶加。"这是草原人最推崇的英雄史诗《格萨尔王传》唱词中王妃珠牡向从战场上凯旋的英雄们敬茶的情节。它以史诗般的形式，以藏歌的方式唱出了雪域关于茶的起源、酥油茶的制作等内容。

　　海拔两千八百米的临潭，是典型的阴寒湿冷之地，人们对茶的喜爱不言而喻。晨起，一杯清茶和着烙饼就开启了一天的生活，日落也要来一杯茶，总结一天的收获。更多的时候，几乎每家终日熬煮大茶，以便随时饮用。所以在临潭就有了"宁可一日无餐，不可一日无茶"的说法。

　　在临潭，小小的街道，林立两边的铺面，茶铺占去了一半。什么翠茗茶庄、碧云茶庄、兴悦茶庄、绿苑茶庄……这些起名诗意的茶庄一家家地望过去，空气中飘着的都是茶香。临潭的民族主要有汉、回、藏三个民族，延伸在喝茶上，汉、回、藏各民族也略有不同。

一

去藏族朋友家，酥油奶茶是少不了的。铜制的大茶壶里将酥油、砖茶、新鲜的牛奶和在一起熬煮，反复的熬煮中茶香浓郁。好客的藏族朋友将熬好的奶茶倒进色彩绚烂的珐琅彩瓷碗里，滚烫的奶茶与瓷器的激荡碰撞中香味更浓。茶碗上所绘缠枝莲和吉祥八宝在雾气里若隐若现。

在高原一通滚烫的奶茶喝下去，寒意被逼得了无踪影，茶香滑过食道的酣畅淋漓是刻骨铭心的。

第一次去藏族朋友家喝奶茶是在益西大叔家。那时我有八九岁的样子。益西大叔和父亲是贩卖木头的时候认识的，那几年倒卖木材让藏寨的人和那些开着大卡车的司机成了朋友。

父亲的吉普车很破旧，但它同样能让我心情愉悦。过了铁索桥，透过车窗望去，遥远的天光之处呈现着碧蓝的微光，高耸的丛山白雪皑皑，白云下雄鹰鸣叫着展翅飞翔。路边青翠高耸的松柏、清澈的溪流、溪流上飞快旋转着的经筒、用石头垒起的玛尼石、彩色的经幡以及迎风招展的玛尼旗、风中飘荡的隆达（风马）都在车窗外一闪而过，一种神秘的气息直入我的心间。

刚进益西大叔家的村寨，远远望见草地上几个光屁股嬉戏打闹的孩子，嘴里唱着我听不懂的藏谣。他们听到汽车的喇叭声，嬉笑着跑过来，露出一排排洁白的牙齿，肆无忌惮地朝我扮鬼脸。阳光很白，风将我的头发揉得很凌乱。我站在草地上，心底涌上一种难以言说的舒畅。

益西大叔是我见过比父亲还强壮的男人。他脸膛发红，头发卷曲，肩膀宽阔，穿一件藏式的白色上衣，黑色的骑马装裤子，脚蹬一种质地厚实的牛皮鞋，踩在草地上发出沉闷的声响。他见到我，像掂量一只草原上正在茁壮成长的羊羔，一把将我拦腰举起又放到草地上。

他们家的房屋是用柏木盖的，跨进柏木门，空气中充斥着一股牛粪和阳光混合在一起的气味。走上二楼，煨起的柏香，青烟串得满屋都是。屋内的光线很昏暗，我的眼睛一时无法辨别屋里的一切。微光中看见灶台上的雾气一团一团升起，一切朦朦胧胧仿佛都在梦中。

益西大叔热情地招呼我们坐到炕上。桌上早已经摆好了青稞炒面、酥油、奶酪。

"快喝，热热的好喝。"

还没有等我辨别房间里的一切。拉姆阿姨就端来一碗奶茶放到我手上。我端起奶茶喝了一大口。一大口下去，我噎住了，一股浓郁的油腻竟卡到我的喉咙里。

"酥油是好东西，多喝就习惯了。"拉姆阿姨用生硬的汉话说。

"我们藏族有一句话，没喝茶就等于没吃饭，你来我们家怎么能不吃饭呢？来，放点糖喝。"一声清脆的声音将雾气划开，拉珍阿姐就这样从弥漫的雾气中走过来。她手扶门框，身后的晚阳透过藏式小窗在她周围托起一圈圈的光圈，她整个人就处在一片模糊的玫瑰色中。光色里的拉珍阿姐，是我见过最美的女子。

拉珍阿姐那时有十五六岁的样子。她穿一件蓝色的藏袍，藏袍衣边上镶嵌着黑、红、白相间的氆氇。腰里系一条红色的腰带，黑油的两条麻花辫，在腰部用银质的卡子合成一股掖进红腰带里。这种装扮让她整个人显得颀长而丰腴。最让人难忘的是拉珍阿姐的那一双明眸，就像浸透在湖水里的水晶，黑白分明，闪烁着灵动的光泽，长而浓的睫毛像两片云，轻轻遮挡住少女的娇羞。

拉珍阿姐从铁制的方盒里挖出一勺白糖倒进我的奶茶里搅了搅。伴着糖的甜蜜，瞬间我将一碗奶茶滑进了肚子。

父亲和益西大叔喝得酩酊大醉。他们俩一会儿搭肩低语，互敞心扉，一会儿益西大叔甩开膀子，举起酒杯唱起了嘹亮的藏歌。父亲脸色涨得通红，愉快地为益西大叔打着节拍。那样感情丰盈的父亲是我没有见过的，在我的记忆里父亲一直严肃刻板得要紧，甚至这种严肃刻板中还渗透着一丝木讷。

拉珍阿姐带我到藏寨里去玩。走到哪里她都牢牢牵着我的手。拉珍阿姐所在的寨子建在向阳的山坡上。寨子里的建筑遵循着古老的传统，三十多户人家一律都是二层榻板木楼。木楼依着起伏的山势高高低低，错落有致。寨子里的路用青石板或者鹅卵石铺就，走上去隐隐能闻到牛羊粪的味道。寨子里的围墙都是用石头垒起的，那些上了年纪的老人背靠着石头墙，一只手拨动着念珠，一只手旋转着经筒。藏寨的对面是连绵起伏的山峰，山腰里树木葱茏，密密麻麻布满整个大山。山脚下大片的草地上牛羊驮着白云轻啃着芳草，一簇簇狼毒花开得恣意欢畅，白粉相间的色彩让周边的景致多了一分温柔，不远处的溪流在阳光下水光四溢。我总觉得自己闯入了一片神秘的禁地，一切是陌生又美好的。

寨子里和我一般大的孩子很多。他们像鸟一样蹲在大树上，动作敏捷地蹿上蹿下。松果暴雨一样坠落在地上。

高原的夜静谧深远。我挨着拉珍阿姐睡在温暖的土炕上。拉珍阿姐的身上散发着淡淡的香甜，是那种若有若无的酥油和年轻女子特有的体香味。

"你信佛吗?"黑夜里拉珍阿姐柔声问我。

我实在答不上来。记忆里，正月的时候奶奶带我去城西的庙里给"佛爷"上过香。可是我总觉得不是拉珍阿姐说的佛。

黑夜里我不吱声，我怕暴露自己的浅薄和无知。

"信佛的人是快乐的。我从阿妈肚子里一出来就是佛的人。"

她说她最大的心愿是磕长头去拉萨朝圣，只有朝圣了，这一世的功德才会圆满，神佛会将吉祥安康赐予来世。所以侍佛的人在草原上是最受欢迎的。

"木阁柜子里，放在最顶层的那些银质茶碗是不能碰的，是专门留给寺院里喇嘛念经的时候喝的。"黑夜里她的语气很严肃。她说寺院里开法会的日子，或者邀请喇嘛来家里诵经的时候，家里会熬制奶茶，要不喇嘛们会困倦，打哈欠，脑子就会钻进恶魔，那样念的经佛陀就不认可了。

"丫丫，你信吗？世上的一切都是佛陀的化身，万物都是灵魂和躯壳的结合体，一切都是有生命有灵魂的，包括溪水、雪山、草地和羚羊。"我听得似懂非懂，可我喜欢听她说话。她让我觉得我处在一个树会说话、风会唱歌、草地上有精灵奔跑的瑰丽世界里，它们勾起我敏感的感知，我开始对世间万物充满了敬畏。

"我死了肉身是要被秃鹫叼食净的，我的灵魂就会升到天堂。"

"啊！"我忍不住唏嘘一声。

她安慰我说天葬是世上最超俗最神圣的葬俗，施行天葬的时候，如果一个人的肉体没有被秃鹫啄食干净，那他一定就是作恶太多，至善的人在天葬的时候会有白色秃鹫来将灵魂带往天堂，得到永生。关于生死是多么深奥的辩证，于我那个年纪而言是从未想过、从未感知过的事情，是太遥远的一个概念。我似懂非懂地听着，床头铜壶里的奶茶飘荡着一丝丝的奶香。我挨着拉珍阿姐，伴着酥油茶的香味睡着了。

辞别的时候，拉姆阿姨早早熬制好了奶茶。还未喝完，拉姆阿姨和拉珍阿姐又将茶碗倒满了。拉珍阿姐细心地给我茶碗里放了白糖。这之后一到假期我就嚷着父亲带我去益西大叔家，有时是父亲送我过去，有时益西大叔来城里置办物品时将我带去他家。

那是我人生中最快乐的一段时光。我静看马在草丛中凝思，看牦牛拉出一坨一坨冒着热气的粪便，我和小羊抵头，甚至亲吻它黑色的鼻梁。月光里，我陪着拉珍阿姐背回一桶桶泉水，那感觉美妙极了，感觉将明晃晃的月亮背了一桶又一桶。我跟在拉珍阿姐和拉姆阿姨的身后转经筒，跟寨子里的孩子打滚摔跤，强烈的紫外线将我的皮肤晒成酱红色。

"这样才像藏寨里的孩子。等你长大，给你找一个藏族男子嫁了吧。"我被拉珍阿姐窘得脸发烫，绕到她身后挠她。我与拉珍阿姐的感情与日俱增。我甚至幻想和渴望过自己真正变成一位藏族姑娘，住进拉珍阿姐家做她的亲妹妹。

拉珍阿姐要出嫁了，父亲带我去赶喜宴。走进益西大叔家，屋子里满是人。客厅里，藏式的桌子被摆成了回字形，桌上的水果用鎏金的大木盘托着，各种糖果、汽水密密麻麻叠罗汉似的压了一桌，那带血的牛排和暗红的血肠也粗犷地摆在桌上。这些都不足以提起我的兴趣。我在繁杂的人群中寻找着拉珍阿姐。一双温暖的手将我从人群中拉走，要做新娘的拉珍阿姐还是穿一身素色的藏袍。她将我拉至她的房间，娴熟地给我沏上了一碗奶茶，放了满满的一勺白糖，熟悉香甜的奶茶又一次浸满我的全身。

"丫丫再喝一碗，下次来我们家可就喝不上我沏的茶了。"拉珍阿姐说着，声音变得有些哽咽。

那时我不明白婚姻对一个女人究竟意味着什么。总之我觉得拉珍阿姐的眼里没有太多喜悦。夜里我挨着拉珍阿姐，睡在她身边，和我们一起睡的还有藏寨里和拉珍阿姐一般大的姑娘。她们用藏语聊了很久，唱了一首又一首的藏歌，她们边哭边唱，我一句也没有听懂。后半夜，我还能听见拉珍阿姐的哭声，可是我实在不会去安慰一个比我大的姐姐，看着她哭得伤心，我也跟着一起哭。拉珍阿姐将我拉进她的怀里，我的头抵在她的下颌下，很多的泪水流进我的发丝里。

第二天早上，迎亲的队伍闹哄哄闯进了门。我想看看那个娶走拉珍阿姐的男人，我铆足了劲从拥挤的人群中冲到了大门口。我只看到拉珍阿姐骑在一匹枣红马的背上，留给我的是一个因为过度抽泣而起伏不定的背影，而那个娶走拉珍阿姐的男子我实在辨认不出来。

早晨的光将寨子里的一切照得透亮，以至于每个人脸上都涂上了一层光晕，那脸上是不舍还是笑容，我不想辨别。我所感觉到的是那个清晨的风很凉，我的心空了，风吹过的时候，它发出"咚咚"的回响声，那声音过于强烈，产生了一股又一股的疼痛。

再见拉珍阿姐是在县城喧闹的街上。过年的街上人山人海，一股熟悉的气味在人海里向我涌来。

"丫丫！"拉珍阿姐亲切地叫着我，从藏袍里掏出一大把糖果，急急地塞在我的裤兜里。

"阿姐！"我激动地抱住她。

这是自她出嫁我们第一次的相见，算算时间已有三年了。我嚷着让拉珍阿姐去我们家歇脚喝茶。她说家里还有牛羊孩子等着她回去料理，她这次是来置办年货的。

"我称了很多白砂糖回去，我的小儿子和你一样喜欢喝放糖的奶茶。"她说完将我揽在她的怀里。我抬起头，看见拉珍阿姐嘴唇干裂，脸膛黑红，两腮的高原红充血欲裂，嘴唇嚅动着想说话但什么也没有说。她将我抱得很紧，我心里难受极了，心想生活是多么可恶的一个魔怪，它将我灵动的拉珍阿姐折磨成了草原上的枯草，没有一丝生命的水分。

高原的寒风里，我的拉珍阿姐就这样消失在涌动的人海里。她远去的身影像极了最后一只飞向雪山的孤鹰，孤寂地奔向自己唯一的洞穴。

深秋的星期天，我百无聊赖地待在家里，从妈妈的书橱上抽出一本三毛的《送你一匹马》。三毛在书中写道："沙漠阿拉伯人形容他们也必喝三道的茶：第一道苦若生命，第二道甜似爱情，第三道淡如微风。"

"苦若生命？"我托着腮在书桌前静静地思索着。那个年纪的我喜欢故作深沉，我真的想悟出一些不同于别人的道理来，可是最终我好像什么也没有想出来。只是我觉得那时的自己思维发散得厉害，一提到茶，想来想去居然又想到了拉珍阿姐沏给我的茶。我又想起了我的拉珍阿姐，自上次见面又快一年了，不知道她过得好不好？她的婆家在哪里？拉珍阿姐的男人爱不爱她？她的孩子长得什么样子？睡意在我这样不断的、永无止境的自我提问式的思绪中悄然而来。我两只眼痴痴地望着窗外的白杨树一片片地掉下叶子来。

"丫丫，丫丫，快收拾一下，我们去医院看你拉珍阿姐。"妈妈急切的声音打断了一切。

"拉珍阿姐，她怎么了？她在哪里？"我的神经紧绷起来。

"在医院呢，你拉珍阿姐生孩子，据医生说要难产，你拉姆阿姨也来了。"

"难产？"我的心脏跳动得厉害，快要蹦出了胸膛。我的两只手握得紧紧的，指甲深陷在手心里，隐隐的疼痛提醒着我此刻发生的一切。

"真是可怜，拉到医院的时候已经疼了一天一夜。实在生不了，她男人才用马驮着送到了医院，送到医院的时候胎儿已经快要窒息了。天神爷爷，快救救她。"妈妈边说边收拾着一些医院用的东西。她因为过于紧张总拿错了东西。

还没有走进病房，一声凄厉的哭声响彻了整个楼道。妈妈匆忙奔跑的脚步慢了下来，时间滞凝了。我只听到心脏剧烈跳动的声音"咚咚咚"，这声音仿佛要将周围的一切砸得粉碎，一切不复存在，一切都只是一场谎言。我像第一次走进拉珍阿姐家一样，恍恍惚惚走进了病房，拉姆阿姨扑在空空的床铺上哭得撕心裂肺，她将脸埋在病床上，使劲吸吮着女儿留下的气息。

"阿姐呢？拉珍阿姐呢？"我无力地问道。

"亡人已经抬下楼了，在病房的后院里。"

我飞也似的跑到后院，后院里一匹黑马背上搭着一个裹尸袋，旁边站着一个脸膛发红、头发凌乱、裹一袭肥大藏袍的中年男子。他挪移着马背上的裹尸袋，以便找到适合的安放点。他显得很有力气，一个人将裹尸袋挪了又挪。

"真可怜啊，早上刚来一会儿就没有了。"

"唉，女人生孩子就是过鬼门关。"这些声音像从另一个世界传来，它虚幻到不真实。

"丫丫别过去。"妈妈也赶到了后院。

"阿姐……拉珍阿姐……"我的声音很弱，我没有力气大声哭喊，疼痛于声音之前已经到来，它抑制了一切。我浑身颤抖着将脸埋进了妈妈的怀里，多么不真实的另一个世界，我不相信它的存在。

"唵嘛呢叭咪吽……"拉珍阿姐的丈夫拍打着马的屁股，嘴里念着六字真言，像驮一个货物一样，在深秋里带走了拉珍阿姐。我的五脏六腑都碎了。我至善的拉珍阿姐就这样离开了我。世上那个记得我喝酥油奶茶放糖的拉珍阿姐没有了，那个雾气里仙女般走来的拉珍阿姐没有了，什么也没有了，就像高原的暴雪，它来得很凶猛，将万物摧残之后覆盖得一丝不苟，一切都成了过往。

目睹了拉珍阿姐的死亡，回家后我发起了高烧。迷迷糊糊中，一会儿拉珍阿姐端着热气腾腾的奶茶微笑着向我走来，一会儿又看见拉珍阿姐模糊的背影走向草原深处，突然又觉得有白色的秃鹫俯冲着向拉珍阿姐的躯体飞去……我的身体、内心无法克制地发冷。我将被子裹了又裹，还是抑制不了泼天的冷气。那年我对窗外渐渐回暖的高原失去了温度的感知。暮春的高原在我的眼里是一片暗灰的萧瑟。

二

在临潭，喝罐罐茶以居住在洮河下游的汉族居多。

很早的时候，临潭人喜欢将自己所属之地的人以东西南北路称之。这多像一位母亲，喜欢称自己的孩子老大、老二、老三，这样才显得热络，而地名称呼起来却有了一丝隔阂。

这种划分是以最早的县衙——洮州卫所在地为中心的。我的家乡位于洮州卫之东峡谷之地。在临潭我们被称为东路人。提起东路，在临潭的人们首先想到的是险峻的山脉，层层叠叠的黄土山峦，绵绵长长的洮河。洮河从峡谷中流过，这平缓的河流从群山间穿过时，它所带来的灵气也滋润了洮河两岸的人们，因着这条河，临潭之东的人生活变得异常地平和，这种平和润物细无声地体现在河两岸人生活的方方面面。比如在饮茶上，这里的人喜欢以一种温煮时光的姿态喝茶，俗称"煮罐罐"。

熬煮罐罐茶的罐罐比其他的罐罐要袖珍得多。整体造型是一个口径四五厘米、高六七厘米的黑陶质圆柱体。在圆柱体的开口处好似随意地用食指与拇指捏了一个小鸟嘴巴一样的造型，那便是罐罐的茶嘴了。罐罐的口沿用铁丝箍紧，铁丝一头长成手柄。很多的时候我望着这些造型简单质朴的黑陶罐，我总在想，基因里的原始密码到底有多强大，岁月可以消融一切，可以让世间万物沧海桑田，可是基因的排序，它会躲过岁月的洪流一直延续下去。作为黄河的第二大支流，甘南高原上的第一条大河，洮河的沿岸孕育了寺洼文化、辛店文化、马家窑文化、齐家文化等多种人类史前文明。在我的家乡被发现的齐家文化墓葬里，出土最多的就是那些造型质朴的罐罐了。那些罐罐造型古朴优美，大大小小的罐罐上面绘制着灵动的水波纹、原始的崇拜物。在五千多年前，生活在故乡土地上的史前人燃起袅袅的青烟，舀着洮河水在罐罐里煮着山间的美味，也温煮着史前空灵的时光。这种温煮时光的基因使得千年后洮河边的人们，一如既往地喜欢制造罐罐，在罐罐里煮自己最爱的茶水。

在我的家乡，罐罐制作最好的村叫下寨村，离我们村也就二三里路，离出土齐家文化的地方也就二里路。听家里人说，喝罐罐茶不喝下寨村人捏的罐罐，那就有假冒伪劣的嫌疑。我的外婆家就住在与下寨村一河之隔的山后。在外婆的村庄，喝罐罐茶成了一种身份与地位的象征。比如只有上了年纪的男性和外来的客人才会心安理得享受这一待遇。女人和年轻人是不能当着外人的面喝罐罐茶的，如果被发现，会被当作有失家教的表现，会招来别人的非议。我的外公戴一副黑边的厚眼镜，穿一件浆洗发白的灰色衬衣，别在胸口的钢笔，让他显得过分儒雅。他是山寨里读书最多的人，他与罐罐茶最是相宜了。

山里的大雾来得浓烈。外公支起花窗，一团团浓雾就顺势爬进了窗户。外公将擦得锃亮的小火盆抬上炕头。宽约五寸铁制的火盆沿，用来盛放小巧的罐罐，挨着火盆放一方小小的梨木炕桌，桌子因为岁月的浸透成了褐色，又亮又滑的白瓷茶盅依次整齐地摆放在炕桌上。外婆找来晒得干裂的木材，在火盆里烧起来。强烈的浓烟呛得我涕泪相交。烟雾中我怒发冲冠，麦色的皮肤，配上我倔强的眼神，这让我的外形一度疏狂。

火势上涨，浓烟退去。围绕着燃烧的火苗，外公将一节节黑色的木炭围了火盆一圈。木炭进出的火星将他的衬衫烧出许多小洞，密密麻麻的小洞将衣服戳穿。外公在火盆上支起铁制三脚架。三脚架上放着那把已经被熏得面目全非的小茶壶。火苗蹿得很高，直旺旺地将热量传给了茶壶，茶壶发出嗞嗞的声响，壶口冒出的热气将雾气带来的湿寒一扫而空。

外公从瓷坛里拿出黄纸包裹着的窝窝茶，将黑色的茶用手均匀掰碎，取几小块，和着三脚架上烧开的水置于炭火旁熬煮。

黝黑的陶罐，煨着通红的炭火，流动着一股极富韵味的暖流。茶水很快奔溢而来，淋在木炭上发出"嗤嗤"的声响。那声响听久了，就成了我乡愁里最强的音符。为了抑制涨起的茶叶，外公拿着一个细小的木棍，将沸腾上来的茶泡捣下去。外公不大喜欢言语。他围着火盆边喝茶，边吃上几口馍馍，眼睛从未离开他手里的书，看到尽兴的时候他偶尔嘴角上扬，完全沉浸在自己的世界里。

外公说话最多的时候是家里来了他的同学或者学生。他煮了罐罐茶，然后几个人围在一起边喝茶边聊天，一直从中午聊到暮色深沉。我问外婆外公和那些人聊了什么。外婆说他们在"载文"。"载文"又是什么？外婆说他们是在说书里的人事，和我们没多大的关系。

外公也喜欢将一个叫作秉文的哥哥带回家。秉文哥哥是村里的羊倌，他是外公的学生。那时候的秉文哥哥有十三四岁的样子。他留乌黑的寸头，乌木般的瞳仁里泛着一丝丝的忧郁，是一种高贵的忧郁。如果不看他一身不合时宜的黑色卡其布衣服和翻毛皮的皮鞋，人们永远不会将他和羊倌联系在一起。

据外婆说，秉文哥哥从小和自己的爷爷奶奶生活，他的父母在他很小的时候就去世了。小时候的秉文哥哥读书很好，我的外公是他的启蒙老师。外公很喜欢他的这位学生，因为秉文哥哥不但记忆力好而且悟性也是极好的，同样一篇文章他总能悟出和别人不一样的道理来。用外公的话来说，他是读书人的好苗子，迟早会长了翅膀飞出山窝窝。只是在一场山洪里，他的爷爷奶奶全部被冲走了，失了学的秉文哥哥，他的灵魂被抽空了。他躺在黑洞洞、空荡荡的家里，迷惘、恐惧、绝望每时每刻纠缠着他。村人见他可怜，将村里的羊归秉文哥哥放，每月每户拿出一些粮食和一点钱给秉文哥哥用来度日。

白天村里的人将做好的饭给他送过去，晚上回去村人发现那碗饭还在饭桌上。

"秉文，你老师让我带你回家。他说我们家那些书你可以随时看。"大舅将临出门外公交代他的话说给了秉文哥哥。秉文哥哥的眼睛终于亮了亮，跟着大舅来到了外公家。

外公看着他眼前的学生很是心疼，只是他微薄的工资总是有一月没一月，那是全家七八口人的指望。外公实在拿不出多余的钱去帮扶秉文哥哥上学。

那段时间，外公在深夜辗转反侧，黑夜里都是他的叹息声。他痛苦于秉文哥哥这样好的读书苗子被断送了。秉文哥哥到外公家的几天后，我也被妈妈送到了外婆家。

每天晨起，外公支起火盆，给秉文哥哥和他煮好罐罐茶。罐罐茶一般是给上了年纪和成年后成家立业的男子熬煮的。可是外公好像要打破这一规矩，给秉文哥哥也煮了罐罐茶。他让秉文哥哥在他的书柜里挑了喜欢看的书，俩人围了炉火一起喝茶看书。外公是用这样的方式告诉秉文哥哥，告诉他至此这个世界上他已经是个大人，他应该像成年人一样坚强地生活下去。在外公和秉文哥哥喝罐罐茶、看书的时候，我悄悄地溜到外公放书的箱子旁。我费力地打开箱子，一整箱发黄的书籍。那种浓厚的油墨味和久远岁月的味道，直往我鼻子里蹿。我一本本地翻着那些书，书上的字我大都不认识，渐渐也就失去了兴趣。

我准备盖上书箱出去玩，眼前一本书引起了我的兴趣，那书上面都是一些组装奇怪的生物。比如里面有长着翅膀的鱼，有四条尾巴的独角兽，有长着鸟头龟身兽尾的怪物，最奇特的是还有九条尾巴的狐狸……我一页页翻过去，沉迷在一个奇幻的世界里。

"丫丫你不要乱动那些书，小心你外爷生气。"皮箱放在靠门处，和外公喝茶的炕一墙之隔。外婆压低了声音责怪着我。这声音被外公听见了。他掀开门帘走了出来。

"丫丫喜欢看书吗?"外公方正的嘴角向上翘起。

"喜欢。我爱闻书里的味道。"

"从小就喜欢墨香,是个出息的孩子。"

"是一本不错的书,正适合你看呢。这是一本你太爷爷都读过的《山海经》。"外公说着,将我抱起来,开心地摸摸我的头,将我抱到他们喝茶处。

我将书放在桌子上,按着外公的指示,轻轻地打开书,然后一只手下垂,一只手用一片薄薄的竹签轻轻地挑过书籍的一页又一页。

茶壶里的水"嘶嘶"地发出声响,黑色的罐罐依偎着红色的炭"咕嘟咕嘟"煮着。窗外下起了雨,雨珠顺着屋檐一滴一滴接连不断地掉了下来。

"这是蛊雕,是水中的一种野兽,它能发出像小婴儿一样的啼哭声。它会吃人的,而且专门吃坏人。这是天狗,它会偷吃月亮。"秉文哥哥看不大识字的我胡乱翻着那些插图,凑过来好心给我讲解。

慢慢地,我几乎将《山海经》里的那些怪兽都认识了。每天喝茶的时候外公也会给我们讲上一段《西游记》《三国演义》里面的故事。秉文哥哥变得不那么消沉了,他当起了一个爱看书的羊倌。他将羊赶到对面山坡,外公这边支起了火炉。当罐罐茶煮好的时候,秉文哥哥进了门。他和外公隔着火炉面对面盘腿而坐,边喝茶边读书,也会聊一些生活的琐碎。外公会用书里的一些典故激励秉文哥哥。秉文哥哥大多的时候只是点点头,没有过多的言语。

喝完罐罐茶,我跟了秉文哥哥去对面的山上放羊。边放羊我边缠着秉文哥哥给我讲故事。秉文哥哥将他从书上看到的故事都讲给了我。

故事讲完了，我跟着秉文哥哥去村里别的人家。小小的山村也就三十多户人家，算来算去都是亲戚。我跟着秉文哥哥去的每户人家都会煮罐罐茶，所以家家户户的屋顶都被熏得乌黑，都是同款的罐罐、同款的火盆，火盆旁坐着年老的阿爷。阿爷操劳了一生的手像山里的老树根粗糙干裂，又因常年喝罐罐茶的缘故，那手像煤一样黑。

阿爷会在火盆旁给我们烤馍馍、洋芋，然后，慢慢地给我们讲一些山村里以前发生过的事情，也会讲一些神话故事，故事里将一些本地供奉的神说得和凡人没什么区别。他们也会有爱恨情仇，也会妒忌，互相猜忌。说得最多的是赵德胜、沐英、李文忠，他们各显神通最后打败了各路妖怪。

"妖怪长什么样呢?"

"世上作恶的人都是妖怪。"

有时候，阿爷也会吟上一句："反认他乡是故乡。"那时候我不明了这句话的意思。看着我一脸的懵懂，阿爷既叹息又骄傲地说："我们可都是金陵人哪，我们骨子里高贵着呢。所以我们的娃娃们应该都是读书的好苗子。""金陵是哪里?""六朝古都南京呀。"我听得稀里糊涂，但没好再问下去。炭火快燃尽了，故事也讲完了。只是那些故事和讲故事的人生根在我的脑海里，怎么也燃不尽。

时间以亘古不变的方式，悄悄在山寨走过。秉文哥哥和邻村的一个哑巴结了婚。那个名唤桂珍的哑巴姑娘长得很通透，她与秉文哥哥照着祖辈的生活模式，开始了起早贪黑的劳作。唯一不同的是每晚秉文哥哥要读上一通书，在劳作的时候他将书里的人和事讲给一起干活的人听。那些村人对爱读书、会讲故事的秉文哥哥充满了敬意。

外公走了，村里的那些老阿爷走了，村里盖了新房子，那些祖祖辈辈离不开的火盆被丢弃在了储物间，被扔进了急剧变幻的时代里。我记忆里的有些东西也挟裹着不见了。外公的那些书籍据说有些被外面的古董商收走了，有的被大舅和小舅分开了放到自己家里。我再也没有见过那本曾让我爱上读书的《山海经》。村里的人骑着摩托，开着小车，渡过洮河，分流在世间的各个角落。我突然觉得自己变成了一个怀旧的人。我觉得，在很多个月明星稀的夜晚，去世的外公和那些老阿爷总会踏月而聚，在一起开心地笑着，在山里的大雾里熬煮着罐罐茶。

三

　　在同一时空的经纬里，草原上的藏族和益西大叔家一样喝着浓香的酥油茶，住在山里或洮河下游的汉族在火盆熬煮罐罐茶。那么你要是去县城的回族家，少不了的一定是一碗清澈明亮、香气满溢的盖碗茶。盖碗，俗称"三炮台""茶碗子"，由细陶瓷烧制而成，青花瓷质感的盖碗茶，古朴高雅、美观大方。盖碗由盖、碗、盘三件组成。每有客人来临，好客的主人总会用盖碗泡茶，以示对客人的重视。同样的物事，人们对它的情愫是不一样的。这就缘起于人们对这件物事的第一印象，也就是初次记忆。记忆里喝的最香甜的盖碗茶是麦尔彦阿姨泡的。

　　那时候的麦尔彦阿姨住在离我们不远的巷子里。她比妈妈年龄稍小，椭圆白净的脸上一双水灵灵的大眼睛如寒星似秋水。她头戴鲜亮的头纱，穿着得体的衣服，她的周身渗透着一股淡淡的明澈，极其温柔恬静。她见到我时，先送上一个恬静的微笑，继而亲切地说道："丫丫尕心疼，来我家我给你做好吃的。"我总是被这介于大人与小孩子之间的邀请挠得心里痒痒。奈何妈妈一再训诫我不能随便去别人家。要不我早坐在麦尔彦阿姨家炕上吃起喷香酥脆的油馓子了。

麦尔彦阿姨的丈夫小马叔叔和父亲一样是一位常年赴西藏拉货的司机。小马叔叔要比父亲小四五岁。小马叔叔长相清瘦，他的头发丰茂稠密，深邃的眼眸里泛着聪慧的光芒，加上他彬彬有礼的举止，让他在俊逸中透露着几分文雅。

　　小马叔叔称呼我父亲"联手阿哥"，因着这层关系，麦尔彦阿姨总是亲切地唤我妈妈"嫂子"。男人们外出的日子，同病相怜的两个女人就有了更多的话题，这样渐渐地我们和麦尔彦阿姨家熟络了起来。在麦尔彦阿姨一再的邀请中，母亲带我去了她家。

　　生活在高原的临潭人对身边各民族的习惯都熟烂于心。大家都在心里谨守着彼此的习俗。所以妈妈对去麦尔彦阿姨家所带的礼品一再琢磨。妈妈思来想去还是觉得茶叶是首选。在临潭，虽然各民族饮食结构不相同，但茶却是互通的，对饮食极其谨慎的回族也会在藏族和汉族家做客的时候喝上一杯滚烫的茶水。

　　妈妈去街上最好的茶铺里称了二斤茶叶，又将上好的桂圆、红枣、冰糖各装了一大袋。这就组成了临潭人拜访亲友时最有名的"四色礼"。礼物准备好了，妈妈也将自己仔细收拾妥帖，照着镜子左转右转。我估计妈妈是心虚了。女人之间的较量是微妙的，她未出门已经对恬静优雅、香气绕人的麦尔彦阿姨败下阵来。

　　现在唯一的筹码就是我了。妈妈将我上下打量一通，翻箱倒柜拿出了那件能将人勒成粽子的红毛衣。她将我那头倔强微卷的黑发和着洗脸水生硬地制伏在头上，过紧的橡皮筋将我眼角都提拉了起来。临出门又给我裹上一件紧身棉袄。我就这样浑身束缚着被妈妈带去麦尔彦阿姨家。

　　出门，天色昏暗，天欲大雪。

　　妈妈一边抱怨着高原诡异的天气，一边拉着我穿梭在刺骨的寒风里。街上的行人很少，走过十字路口，过了街第一个巷子往里走就是麦尔彦阿姨家。麦尔彦阿姨家是那种标准的类似四合院砖木结构的瓦房。上屋五间，东西各三间，大门朝南，顺着大门两侧的是一顺溜的杂物房，右侧最里间是厕所。方正的院落里铺着青砖，青砖上已经落了薄薄的一层雪。

"有人吗？"妈妈朝西厢房轻轻呼喊着。

在临潭，人们遵循着古老的老幼卑尊有序的传统。上房一般是留给家里的老人居住的。所以妈妈断定麦尔彦阿姨一定是住在西厢房的，而且麦尔彦阿姨也说过最近家里的老人去青海走亲戚了。这或许也是麦尔彦阿姨一再邀请我们，而妈妈也不拘束应承下来的原因。因为家里有老人是不便叨扰的。

麦尔彦阿姨闻声从西厢房里掀帘走了出来。

"快进屋，快进屋。什么时候来的，我怎么没听见推门声？"麦尔彦阿姨觉得怠慢了我们，满脸的歉意。她很不好意思地接过母亲手里的东西，连忙将我们拉进了屋。

屋里巴兰香的气味弥漫着异域的迷幻，墙上悬挂的波斯地毯上绣着我看不懂的经文。临潭的十月，霜雪无情，万物枯萎，可是麦尔彦阿姨家的花草在明净的茶桌上一排排长得葱茏诱人，花香四溢。大火炉里的火生得很旺，生铁的火炉面被麦尔彦阿姨擦出了银光。挨着火炉镶嵌在墙面上的是一方碗橱，橱柜上的玻璃被擦得很亮，橱柜里面整齐地码放着青花瓷的盖碗。我用心数了数，一共五层，按花色不同，每层整齐地摆放着十二个盖碗，那满橱柜的盖碗着实让我震撼。更让我心神震撼的是那被红绸装饰的床，床的帐幔是暗红的绸缎，上面的"洮绣"色彩鲜艳绚丽。碗口大的牡丹、枝叶抽象蔓延的花草都被绣了上去。同色的绸缎床罩也肆意地绣上了大朵的牡丹，四角泛紫的兰花雅致地落在床脚上，一对镶嵌着荷叶边的同色大红绸缎的枕头，整齐暧昧地摆放到床头。靠墙的一面炕围也被同色的红绸蒙了起来，那些奇花异草被立着悬挂在墙上，立体感十足，有了一种蓬勃向上的气势。

绸缎本就有一种中国式低调的炫目，配上火辣辣的洮绣，就有了一种明目张胆的幸福。妈妈说那些洮绣都是麦尔彦阿姨在娘家时绣好的。在临潭，所有的女孩子从小都要习得一手洮绣技艺，回族姑娘更是对此精益求精。洮绣用色大胆，构图新颖。与汉族藏族不同的是，回族的刺绣里多以植物花卉为主，图案线条清晰，对比浓郁明亮。

从十岁左右开始，待字闺中寂静美好的时光里，女子要绣好出嫁用的炕围、窗帘、床单、床罩、枕套、被单、围裙等，这是嫁妆里最炫目最重要的一部分。这是要被放到婆家面前衡量一个女子贤德的标准。看来麦尔彦阿姨一度是婆婆邻里夸赞的好媳妇，那绣技精湛的洮绣就是最好的明证。

屋里一切自有一种浓厚的温馨，加上火炉散出的热浪，就算脱了外套，我也有一种眩晕的感觉。

"丫丫过来吃油香。"等我缓过神来的时候，麦尔彦阿姨已经在靠窗的茶几上，端上现炸的油香，摆上了瓜子仁、花生等干果。

妈妈被让到了里面的沙发上，我被麦尔彦阿姨安放到了妈妈旁边。

麦尔彦阿姨热情地张罗着。她从橱柜里左挑右挑选出了两个色泽清雅、完美无缺的青花瓷盖碗。

麦尔彦阿姨将烫洗干净的盖碗在我们面前揭开，从青蓝色瓷质的茶桶里倒出一撮上好的白毛尖。麦尔彦阿姨说茶是她娘家人从福建做生意时带过来的，一直没舍得喝。

妈妈说，小孩子家就不给泡了。麦尔彦阿姨说那怎么可以，大小都是客人，可不能怠慢了。麦尔彦阿姨说着，又将红枣、枸杞、桂圆、冰糖放进了碗里。

炉上滚起的水汽吹打着茶壶盖，发出"啪啪啪"的声响，壶里的水溢出来，溅在炉面上炸成了雾气。

麦尔彦阿姨将俗称"牡丹花"的水击打在我们的盖碗里。她斟了三分之一的水，先将茶里的冰糖和干果浸透，这样泡出的茶才好喝。她一时忙着张罗着我们吃干果，一时看茶碗里的冰糖溶解得差不多了，就将茶碗斟满，为我们轻轻盖上茶盖。我们在麦尔彦阿姨殷切的期盼下喝起了盖碗茶。茶的香味，混合着干果的芳香，搅上冰糖的甘甜，通通都涌进了我的胸腔，这甜蜜温暖的滋味只有麦尔彦阿姨能调制了。

窗外的雪簌簌地、寂静地落着。

屋内的暖流在玻璃窗上喷出一团团白色的雾气来，空气里都是氤氲的香暖，弥漫不散。我喜欢沉浸在这香暖里。暖气里，像蜜蜂一样忙活的麦尔彦阿姨，她在火炉上为我们蒸上了牛肉包子，魔术一般呈现在我们面前的桌子上。

妈妈显得很难为情。她嚷嚷着让麦尔彦阿姨坐下来休息。麦尔彦阿姨在母亲一再的劝说下，坐下来陪我们一起吃饭，确切地说是监督吃饭。她一边不停地帮忙添茶，又忙着往我们碗里夹菜。妈妈出门前一再叮嘱我去别人家做客遵循的规矩，自己够不着的饭菜不能乱夹。我乖乖地恪守着妈妈的教导，除了麦尔彦阿姨夹到我碗里的饭菜，我从未自己动筷子夹过旁的菜，可是麦尔彦阿姨给我的那两个牛肉包子，加上夹在碗里的饭菜，我已经吃得不能再饱了，在氤氲的空气里，我在饭桌旁打起了盹。

麦尔彦阿姨看我脸色赤红，昏昏欲睡，让妈妈抱我到床上休息。妈妈拒绝了她的好意。她将我揽过去，将我的头放在她的大腿上，我睡了过去。不知睡了多久，巴兰香的香气中，我迷迷糊糊地听妈妈和麦尔彦阿姨拉着家常。

"再有一月就是开斋节，奴亥就回来了。"睡梦中，听见麦尔彦阿姨柔声且略带娇羞地对妈妈说。"奴亥"是小马叔叔的名字，每个回族孩子出生后的第七天，都有清真寺里的阿訇阿爷为他们从《古兰经》里择选一个名字，称之为经名。可能父亲觉得让我唤"奴亥叔叔"不太礼貌，所以就按着姓氏让我唤他"小马叔叔"。

小马叔叔疼媳妇是出了名的，在他的车回不来，而恰巧父亲要回家时，小马叔叔就让父亲捎一些礼物给家里的人。那时候银行往来结算还不是那么方便。奴亥叔叔挣的钱有时候也是父亲帮着带回来的。他带给家里的除了一沓沓的钱，还有给他父母的羊毛衫、藏区的上好酥油和奶酪，而另外有一个精致的包里是给麦尔彦阿姨买的时兴头纱、品牌香水，还有一整套一整套包装精美的外贸化妆品，这些东西都是小马叔叔一再叮嘱父亲要另交给麦尔彦阿姨的。因为上有四个姐姐的他是家里的独子，用小马叔叔父亲的话说，小马叔叔是他们一家的门面，承载着家族的尊严和骄傲。在家人眼里，这样的小马叔叔不能让儿女情长牵绊了。

小马叔叔为了躲避家人和麦尔彦阿姨的矛盾，所以给麦尔彦阿姨的东西都不让父母知道。父亲明白小马叔叔的顾虑，每次捎带了小马叔叔的东西，都是他将小马叔叔父母的那一份亲自送给小马叔叔的父母，而给麦尔彦阿姨的那份就让妈妈送过去，可是这送的次数多了，妈妈的怒火也与日俱增。

"嗯，麦尔彦的命就是好，这样高档的抹脸油搽在脸上就是不一样。"

"啊，这样包装精致的香水我估计要到下辈子才能用上。"

"上千的皮衣，拿在手里就是不一样。瞧多气派！麦尔彦就是有福气。"

妈妈每次说的语调让人听着像吃了十月里的酸枣，妈妈炸开的酸味充斥到空气里，一阵一阵将父亲的脸色染成绿色，变成绿脸的父亲不敢吱声，任妈妈冰冷的目光在他脸上扫来扫去。妈妈有时也会大光其火地说："以后要送你自己送，我送不了。都是女人，我跟着你倒了八辈子的血霉。"

"你但凡有一点麦尔彦的贤良，我搬座金山给你。"

尘世烟火里，火药味十足，生活的烽火狼烟淹没了窗外的晨光。

只是，这样相爱的麦尔彦阿姨和小马叔叔一年当中在一起的时间加起来少得可怜。过完年，小马叔叔和父亲以及那些进藏区做生意的人就带着一家人的希冀离开了家，而在一年当中，除了偶尔抽空回上一趟家，大多都是半年或者整整一年才回一次家。

父亲和小马叔叔所走的这条进藏之路，就是高原上千百年来先人们走过的茶马古道。而他们所从事的货运行业无疑是先人们马帮牛帮所从事的行业的延续与演变，只不过曾经用来驮盐巴和茶叶的牦牛、马匹换成了一辆辆的大卡车。百年来一辈一辈的临潭男儿都是从这条道上换取着一家老小的吃穿用度。吃苦耐劳的临潭商人用他们的汗水甚至生命，从藏区背回了一捆捆的人民币，以至没来过临潭的藏区人都会觉得临潭是一个富得流油的地方。他们不知临潭历来都是人养地方，地方不养人。临潭属于半牧半农区。虽说半牧，可是大片的牧场离县城比较远。况且临潭周围的山都以红胶土为主，这样酸性干涸的土壤里生长起来的冰草，养活不出膘肥体壮的牛羊。临潭县城人吃的牛羊都是从周边牧区的草场上买进来的。再说农作物吧，提起来更是尴尬得过分，海拔接近三千米的县城，藏在高寒湿冷的群山之间，狭长窄小而占据了大部分平缓地区。所以临潭的农作物都垦种在山上。山上的海拔更是要高出许多。所以临潭当地人们无奈地说："六月不见麦子黄，种田收粮没指望，山高地凉，远走他乡。"在这样高寒的土地上，耐寒耐旱的青稞成了唯一的主食作物，只是这青稞一年的收成也不是很喜人，遇上个冰雹大雪，一年的指望算是空了。油菜籽收成倒是不错，一年一茬，沐浴着高原炽热的阳光，倒是没有让人失望。临潭人每家都有几缸亮晶晶、黄澄澄的菜籽油。可是能顶什么用，总顶不上大米白饭来得实惠。可是临潭人自有其生存之道，要不我也不会在麦尔彦阿姨家吃上喷香的油饼、白净诱人的包子。临潭县城的人对吃食的讲究是出了名地精致。什么水晶发糕、甜面油香、秋叶饼子、牛羊肉包子、发面花卷、苦豆花卷……细细罗列起来竟有上百种，而且每一样做法都有自己的讲究。这要是细细归总起来，与曹雪芹先生笔下《红楼梦》中所写吃食有一拼。

临潭县城的人吃的是细米细粮，用的是上等的瓷器碗筷，穿的是苏杭的绫罗绸缎，走在街上的临潭人显示出一种与地理环境不匹配的富足安康。可这都是白花花的银子堆砌起来的，这银子从哪来呢？临潭人自古就有来银子的渠道，这条道就是历史上特殊的地理位置赋予临潭的。

因为地理原因所致，洮州是内地通往藏区的必经驿站，这样的地理位置虽然在历史上一再成为兵家必争的烽火狼烟之地，可是也成了商贸往来的繁华之地。临潭县城是做生意的绝好口岸。历史上，出了临潭县城不远，就有一道暗门，此门之外的茫茫草原就属于番地，以乳酪畜肉为食的藏族人是无茶不成饭。茶叶里所含的氨基酸可以去膻解腻，让肠胃变得舒服起来。茶水的热量可以祛除高原袭人的寒意，故而对茶的需求几乎不惜重金。可是对于身居花团锦簇的明王朝而言，一马难求，江南的温润繁华里养不出驰骋千里的良驹，所以聪明的帝王们从唐朝开始就和吐蕃做起了茶马互市的生意。这就有了后来的明洪武年间的戍边移民，比如我的祖上和麦尔彦阿姨的祖上都是明洪武年时从江南移民过来的。这是多大的缘分，在高原本不认识的同乡人的后代在高原上一起热络地喝着茶，而他们的祖先也是因为茶从温润的南方跋涉到了高寒之地。

来了总要生活下去，临潭人沿袭了茶马互市贸易模式。为求一口佳茗，藏族商人赶着延伸到数里之外的马队精心打听着茶市，操吴侬软语的江淮官吏仔细打量马匹的优劣，街道上巡逻的士兵，摩肩接踵的人群，天南地北的奇珍异货在临潭县城街道两边商铺里都是司空见惯的。所以人们也不大关心山上那些青稞的长势，因为一天的生意就可以买到一年的食粮。

为了得到更大的经济利润，临潭的先辈们赶着牦牛、马匹，驮着茶叶，带着一切求生的希冀越过高高的雪山，经过茫茫的大草原，再经康定，进入西藏拉萨，抑或再前行至印度、尼泊尔，行至全世界……他们饿了吃青稞糌粑，渴了喝雪水。他们做生意公平、谦和、有礼。藏区的人提起瓦采（藏语临潭）的商人都是心生敬意。在时代的变迁中，运输交通工具演变成了卡车，进藏的货物也从茶、瓷器、丝绸变成了藏区人民所需的日用百货。那时候西藏还没有通火车，父亲和小马叔叔们所从事的货物运输是藏区物资供给的主力军。

"是啊，快到腊月了，丫丫爸爸那时候也快回家了，他说今年挣得多，回来的时候给我买件羊皮大衣呢，跟小马上次给你买的那件差不多像的。"我的天哪，我被妈妈说的话臊得脸发红。我可怜又好面子的妈妈，她在用这样的方式维护自己所谓的自尊。我在妈妈的腿上将鼻子蹭了蹭，将脸埋进妈妈的怀里，我的脸像烧着了一样难受。接下来的话无非是女人之间的家长里短，细细碎碎，拼凑起来就是她们的半生。

天色渐渐暗沉下来，窗外的雪依旧下得没完没了。屋外的窗棂上、花园的墙上都落上了一层厚厚的白雪。我喜欢闻雪的味道，清新冰凉，吸进五脏六腑都是天空的味道。我从妈妈的怀里坐起来，将鼻子贴在玻璃窗上使劲地吸吮着窗外的雪气。

"你看，和你一聊天我都忘记了时间，外面天都快黑了，我要带丫丫回家了。"妈妈说着将我的脸从窗户上扳了过来，起身给我穿上了外套。

我们在麦尔彦阿姨的一再挽留中离开了她家，一出门我和妈妈就被挟裹在高原寒冷的夜色里。街上的萧瑟和寒冷让我从麦尔彦阿姨家流淌的温暖与梦幻中清醒过来。我在寒风中渴望着再次去麦尔彦阿姨家做客，喝她泡给我的盖碗茶。数日后，麦尔彦阿姨和临潭所有的回族一样迎来了斋月，开始闭斋，我们见面的次数少了起来。

夜晚，急促的敲门声将我与妈妈从梦中惊醒。妈妈披着外衣去开门，又折返了回来，从储物间找来柏木干枝，拿了火柴，急匆匆出门。

在临潭汉族人有个习俗，大半夜或者接触过死人的人回家，要从燃着的柏木枝上跨过去。他们认为这样会将黑夜里那些不干净的东西全部驱逐门外。

"我的天神！这真是要了人的命。"妈妈的声音在夜空中响起，悲凉惊悚。进门后的父亲，黑色的头发像刺猬背上的硬毛一根根地竖着，他空洞的大眼睛里布满了血丝，仿佛马上要爆裂。他的憔悴的面容上，布满了难以言状的痛苦，昏黄的灯光下，他像一头困兽，随时将要发作。

"这是真的吗？小马殁了？"

父亲没有吱声。他痛苦地将脸埋进了双手里，瘫坐在沙发上，呻吟着，发出了猛兽才有的悲鸣之声。高原的夜变得更加静而凝重。我大气不敢出，躲在被窝里将自己缩成一团。可是麦尔彦阿姨那张恬静的脸却在我的脑海里闪了又闪，我的脑袋"嗡嗡嗡"作响。

父亲说，出拉萨的时候他们联了一单生意。车上拉的是药材，兰州那边货运部说不用赶时间，只要货安全抵达，运费照给。可是小马说他要赶回家，陪着家人一起过斋月。

那天车队行至雪山上的时候，突然下起了雪。小马叔叔的车在最前面，爸爸紧随其后。所有的人都劝小马叔叔再等等，可是小马叔叔对自己的技术很是自信，说要试一试。刚起火不久，车轮一打滑，车身一失重，一瞬间从山腰里滚了下去。几百米的山下，是湍急的雅鲁藏布江。爸爸就这样眼睁睁地看着他的好联手、好兄弟连人带车像下饺子一样，滚进了黑色的江水里。在这条世界上最难走的青藏路上，生死只是一瞬间的事，父亲也目睹过很多次的车毁人亡，可是没有一次像这次这样来得突然，来得无所适从。强壮刚毅的父亲第一次觉得腿脚发软，浑身柔弱得像从水里拎起的海绵。反应过来的父亲和车队里的其他人，冒着严寒，雇了江边专门的捞尸人，经过一天一夜，终于将车与人从冰冷的江水里打捞上来。

父亲和车队里的其他人为小马叔叔换上了干净的衣服，放在父亲的车上，加昼连夜，赶到了临潭。

父亲和车队里一起的联手将小马叔叔的尸体送到小马叔叔家的时候，父亲觉得他在面对着世上最残忍的事情。小马叔叔的父亲浑身颤抖，他拄着拐杖的手失去了控制，一次次跌倒又站起来，站起来又倒了下去，如此反复，终于昏了过去。"我的儿子……"小马叔叔的母亲看了一眼小马叔叔的尸体，发出了一声凄惨的尖叫，一声尖叫生生地将夜撕开了一个大口子，这声尖叫也惊醒了左邻右舍，大家在半夜敲开了彼此的门，赶到了小马叔叔家。

"麦尔彦呢？老天，可怜的麦尔彦该怎么办？"母亲颤抖着问道。

"别人说麦尔彦听到这个消息倒在了床上，也有人说她始终没出房门，她说外面的不是小马。你改天过去看一下麦尔彦，按着回族的习俗明天太阳落山前要给小马送葬，明天你不便过去，改天一定要去。"父亲说完，衣服没脱就睡下了，浑身散发着一股汽油和衣服头发混合在一起的浑浊味。

妈妈熄了灯，在黑夜里发出一声声哀叹。我躲在被窝里，眼泪顺着眼角悄悄地滑落。我为殁了的小马叔叔伤心，我为失去了小马叔叔的麦尔彦阿姨哀伤。我更觉得害怕，我怕那条路夺去更多人的生命，包括我的父亲。天哪，那是我多么不愿意面对的事实。我将头深深地埋进被窝里。

第二天下午。暗黄的太阳斜斜地倚在西边红色的山头上，懒懒地发着余光，暮色紧随其后，若有若无地笼罩着。

我们巷子的对面是清真寺。一支戴着圆顶白号帽、穿着白色和黑色长衫的队伍从清真寺缓缓地走了出来，队伍的最前面类似医用担架的被称之为"塌拜梯"上，小马叔叔的遗体被绿毯覆盖着徐徐前行，整个送葬的队伍显得肃穆庄严。

父亲拉着我的手，立在高原的暮色里。他眼里的血丝仍没有褪去，额上的血管暴涨了起来。当为小马叔叔送葬的队伍从我们旁边经过的时候，父亲将我的手攥得生疼，他的牙齿咬得咯咯作响，身体紧绷起来，眼里噙满了泪水，他强忍着没让眼泪掉下来。送葬的队伍走了好远，最终消失在西边的街头，可是父亲还站在原地，他的胸口起伏难平。

我和妈妈再见麦尔彦阿姨是在数月后。妈妈本来一直要去看望麦尔彦阿姨。她好几次走到门口又折返了回来。妈妈说她实在无法面对麦尔彦阿姨，她最不擅长的事情就是劝导别人。用她的话说，她实在是个无用的人，她连自己都劝导不了，更别说是别人了，而且她觉得她去，会让麦尔彦阿姨又将自己的疤再疼痛地揭一次。最终妈妈决定不去了。好巧不巧，我们在一个傍晚遇到了麦尔彦阿姨。

"麦尔彦！"妈妈语气急促地唤了一声。

我闻声望过去，远远地飘过来一个人，像风里的一枚树叶。

"麦尔彦你还好吧？"妈妈不知所措地拉紧了麦尔彦阿姨的手，眼里满含着急切和疼惜。我爱极了这样的妈妈，她是那样真诚。

"一切都是命。"麦尔彦阿姨哑着嗓子说道，之后就没了声音。

她寒星似的眼睛里再也没有了光泽，纤细的睫毛上挂满了泪珠。

"嫂子，你有时间了，带着丫丫来我家喝茶啊。"麦尔彦阿姨轻轻地说了一句。

　　"我来，我一定来。"妈妈诚恳地说着。她觉得她再无其他的话语可以安慰麦尔彦阿姨。一切语言都显得那么苍白无力，她只有诚恳地表达她所说的每一句话。

　　麦尔彦阿姨什么时候走了，我没有记清楚。妈妈站在夜色里，看着麦尔彦阿姨的身影在夜色中消失殆尽了，长叹一声，拉着我的手回家了。自此，那个甜美的、优雅的、善良的麦尔彦阿姨我再也没有见过。

风从高原的峡谷穿过

一

窗外沉沉的高原雨雪霏霏。这个时节，就算穿了栽绒的棉睡衣、夹棉的拖鞋，晚上钻到被窝里双脚依旧是冰凉的。睡到半夜，身体的每个骨节在高原湿冷的深夜里都会吱吱作响，无可抑制的酸痛传遍全身。这是高原上最难挨的季节，供暖停了，而高原的春天迟迟不肯降临。窗外的天气冷得出奇。

"丫丫，不要坐在朝风的地方，你的感冒还没有好呢。"妈妈说着端来了一碗姜汤。

我顺手接了过来，一口气喝了下去，突然觉得体内的热气特别大，一股股涌上腮颊，睡意也随即而来。梦中，一张哀伤的脸、一双哀求的眼睛无限逼近放大。

"庆云叔叔，你何时会说话了？"那背影越走越远，最后消失在刺眼的光圈里。我艰难地睁开眼睛，窗外的雨夹雪居然停了。高原炽白的阳光刺得我睁不开眼睛。

我想此刻，来自青藏高原的风早已漫过雪山，吹过草原，一路狂奔，一路南下，灌进群山连绵、河水奔流的高原峡谷地带。

这个时候如果我在铁城，我会站在奔流的洮河边，闭眼听风吹过村庄、穿过峡谷的声音。

二

距离县城七十公里以外的铁城，洮河水将它条状的地形一分为二。每逢初三和初八是铁城最热闹的集市。如果在夏天，河对面村寨里的人会扯着一艘笨重的木船抵达铁城赶集市。冬天的时候更方便，当洮河封冻了的时候，河对岸的人会背着柳条编织的背篓，赶着驴车，拉着骡子，马背上搭着褡裢，老老少少，热热闹闹，来对岸采购。

嘈杂的人群里，一方小小的桌子，顺桌子的桌角边放着一台破旧的录音机、黑白彩色电视机、矮小的冰箱。桌子上凌乱地摆满着元器件。桌前立着一个褐色的硬纸板，上面用黑粗的毛笔醒目地写着"修家电"几个大字。这是庆云叔叔支在我们家大门口的摊位。

人群中的庆云叔叔穿咖色的帆布夹克，青色的裤子。他埋头拆卸着一台18英寸的电视机，电视机凸出的后盖被打开，那些五颜六色的电线像大脑里的血管一样错综复杂。他低着头认真梳理着那些在我看来永远也没有章法的电线，浓密的头发直直地垂在额前，在冬日稀薄的阳光下折射出栗色的光泽，而光的阴影正好打在他英挺的鼻梁上。

他见我顶一头乱蓬蓬的头发从大门出来，便停下手中的活，从旁边的包子店里买给我两个羊肉包子。我哈着气站在他的摊位前，边吃包子边看着他从包里拿出那些长短不一的改锥，然后再将一些大小不一的螺丝钉倒在方形的铁皮盒里，继而又开始认真地捣鼓桌面上那些凌乱的电线。

庆云叔叔是父亲远房的一个表亲，他家住在村子的东头。风吹过峡谷的时候，他家大门顶白色的玛尼旗被大风吹得哗啦啦直响。他们家是一进三院的模式，刚进去是一顺溜的草屋和庆雨叔叔用来码放洮砚石原料和制作洮砚的敞篷。第二道门进去是紧凑的一嵌套土坯木梁的房屋，院子里干净整洁地铺着洮河边捡来的鹅卵石。他的父亲将那些石头按颜色排出菊花样的图案，廊下的台阶也用那些鹅卵石精心垒砌起来。

我的表姑奶奶是个皮肤白净的微胖妇人，虽然年事已高，但她一头乌黑的发在灰色的头巾下还是那样顺滑。表姑奶奶的干净整洁是出了名的，用奶奶的话说，她家的地面能照出人影来。

庆云叔叔还有个哥哥叫庆雨。他在闲暇的时候用洮砚石废料给我雕刻过一只精瘦的石猴。他的妻子是个爱笑的小眼睛的女人，眉宇间稍稍带有一点媚气。在风中，她总喜欢坐在院子的廊檐下织一件酒红的毛衣。我一直见她织，可总觉得没有织完的时候。

"哎呀，丫丫来看你姑阿婆了。"我进去的时候她的手里不停地织着那件酒红色的毛衣。她愉悦地笑着，她笑起来的时候，嘴角有细细的褶皱。她的眼睛远远地向我瞟过来，用余光顺带仔仔细细从头到脚把我打量了一遍。我最不喜这样被人莫名其妙地打量上一番，我最怕那样随意又刻意的眼光，仿佛永远藏着天大的预谋。

我快速地从上屋最左侧的小门穿过。穿过一道黑色的狭窄的夹道就来到了一座占地两亩左右的大果园，果园里错落有序地种着梨树、杏树、苹果树，还有零星的几棵桑葚树，那些树的枝丫在风中不停地摆动着，发出"吱吱"的声响。一条鹅卵石铺就的小径一直通向靠山脚的五间土木屋。还没进门就闻见一股淡淡的柏木香，这味道会让我想到河对岸原始森林里特有的清香，也会想到正月十五在山顶拜祭山神时煨起的桑烟，风一吹，那些柏木燃烧后的味道飘得满谷满洼都是，那种味道闻起来古老中略带一丝隐秘。

整个村寨，表姑奶奶的发糕蒸得最好。我进去的时候她正从蒸笼里将白净的发糕搬放在桦木的案板上，然后在切得方正的发糕上淋上调制好的蜂蜜。她见到我总是露出比发糕还甜的笑容。表姑爷坐在用山羊毛擀成的黑色毛毡上，在擦得锃亮的火盆沿上悠闲地喝着罐罐茶。他喝茶的时候总是将屋子里的花窗支起来。风一吹，那些茶香都被带上了天空。表姑爷喜欢用他粗糙的手指捏我冰凉的鼻子。"丫丫是个好姑娘，就是总也不爱说话，也难怪你总喜欢来找你庆云叔叔。"表姑爷说完，抽上一口羊骨做的旱烟，仰起头望着头顶熏得微黑的木梁。

"不要拿丫丫和庆云比，丫丫不是哑巴。"表姑奶奶显得很生气。

"哑巴也有哑巴的好，至少不会祸从口出。说得少就想得多，你看我家庆云，除了不会说话，那脑瓜子、那长相不比村里其他孩子差。"坐在炕沿边的表姑爷说完这句话，好像找到了些许的宽慰，使劲抿了一口罐罐茶。

走进庆云叔叔的房间，他正埋头认真地维修着上个集市上的一个破录音机。他修好后，将手掌轻轻挨在喇叭上感受它的震动。

阳光很好，庆云叔叔也支起了花窗，吹过峡谷的风裹挟着洮河水的湿气涌进了窗户。他打开抽屉，从里面给我找出打磨光滑的石子。我开心地接过那些礼物，对着他张着嘴做出谢谢的嘴型，他微笑着摸摸我的头。他笑起来的时候，眼眸中涌动的纯真和热情，让我觉得如果真有上辈子，我想我或许也是一个哑巴，要不就是大河边上的一棵树，孤独安静地存活在世上。在风里，在寂静的岁月里，我看到河对岸另一棵树静静地伫立在艳蓝的天空下，在风中我们隔岸致好。

三

吹过峡谷的风在变得柔和起来，我坐在家门口长长的五层石阶上，怔怔地望着马路对面一间厚木板铺子。敞开的单扇门里，奶奶拿着剪刀，低头"咔嚓咔嚓"裁剪着衣服。她边"哒哒哒"踏着缝纫机边透过窗户看着对面台阶上独自玩耍的我，当我张嘴喊奶奶的时候，穿过峡谷的风将我的声音淹没掉了。

"小哑巴，要不要一起玩。"路过我家大门口的孩子带着些许嘲弄的口气朝我喊道。这个时候，如果被庆云叔叔看见，他会用手轰走那些鼻涕兮兮的孩子。

"两个哑巴，爱吃西瓜。吃不到西瓜，哑巴啊啊啊。"风里，那些孩子嬉笑着跑远了。

庆云叔叔坐到我身旁，摸摸我的头，让我摊开手掌，他将一颗颗光滑的石子放在我掌心。他吹一吹石阶上的土，示意我和他一起玩丢石子。

暮色下沉，天渐渐地暗了下来。穿过村庄的风也变得紧了起来。石阶一下子变得像洮河水一样冰冷。庆云叔叔捡起那些石子装进兜里，在暮色里拉着我的手逆风向他家走去。温暖的炕上，表姑奶奶做了擀长面，庆云叔叔将他碗里的肉夹给我，他看着我一口气将一大碗长面连汤带面一起溜进肚子，他咧嘴笑了。

"老汉你说，我家庆云要是没被高烧烧成哑巴，再过一两年就要娶媳妇了。"表姑奶奶朝坐在炕角阴暗处的表姑爷说。

火盆里的炭火烧得通红，屁股下羊毛毡的热量噌噌地往上蹿，风吹着纸糊的花窗"嗞嗞"地响。吃完饭，我就着火盆里温暖的火光蜷成婴儿状顺着炕桌的边沿睡着了。

"丫丫，醒醒，快到家了。"夜风里传来奶奶急促的喊叫声。

四下静悄悄的，只听得见惶惶的几声犬吠声和风吹洮河哗哗流淌的声音。我睁开眼睛，月色里的奶奶的脸看上去是那样暗黄，她呼唤我的声音又低又哑，像后山坡旷野里受伤的鸦叫。人老了总是变得性别及面容模糊。奶奶的声音和面容有时候听着和看上去很像一个年老的男人。我心里想着，将脸埋进了庆云叔叔的背上，我闻到了一股河水和风的味道。

四

过完腊八的第二个清晨，稀薄的阳光里飘着零零散散的几片雪花，还没有吃早饭，家里就突然来了一拨人。他们告诉奶奶，昨天夜里表姑爷去世了，要借我们家的饭桌和长凳用。

那个早上，空气一下子变得静默起来，而窗外的风却吹得很烈。我和奶奶随便吃了一点早餐就向庆云叔叔家奔去。庆云叔叔家大门上早已经撕掉了去年贴的对联和门神，走到第二个院落里，堂门大开着，院子西边的一角放着一口没有上色的柏木棺材。棺材脚下摆放着五颜六色的颜料小碟。我们进去的时候，给棺材上色的匠人刚到，正调好了颜料给棺木上色，一笔极致的青蓝描在柏木棺材上，死亡的气息扑面而来。

我朝堂屋望了望，堂屋中间的供桌已经被搬走了，白色麻布帐幔竖挂着遮住了表姑爷冰冷的身体，黄色的干草在帐幔底下的边角若隐若现。风吹一吹，零散的雪花卷进了堂屋。庆云叔叔从堂屋里走了出来，他头发微乱，眼皮上有淤血渗出来。他走过来，照例摸摸我的头。我拉了一下庆云叔叔的衣袖，低着头将下巴缩进牛绒围巾里，西北风里大滴大滴的泪砸在我的脚面上。

他过来拉着我的手向后院走去，冬日从河边吹来的风，将那飘散的雪花斜斜地吹在脸上，哭过的脸颊刀割似的疼。

推门进去，表姑奶奶斜斜地倚着门柱坐在炕沿上。早晨的光打在她的脸上，她憔悴的脸上都是风干的泪痕。奶奶走过去拉着她的手，说着一些节哀之类的安慰话语。

"唉！谁都有这么一天，老汉昨天夜里走得很安静，可是他有个心愿未了，上半年检查出肺癌，他天天托人给庆云说媳妇。可是谁会看上一个又聋又哑的人。要是我死了，我家庆云可怎么办，他该有多可怜。"表姑奶奶说着眼泪簌簌地往下流。

"如果庆云不嫌弃是个哑巴，我倒有一个人选。"奶奶思虑了片刻说。

"啊！真的?"表姑奶奶停止了哭泣。

"后山坡上我娘家堂嫂子的女儿莺莺和庆云差不多大，今天估计也有二十一岁了，也是小时候发烧落下的根儿，说不了话，可是丫头长得水灵灵的，特别好看，我看和庆云倒是很般配。"奶奶说道。

庆云叔叔要结婚了? 他自己知道吗? 我朝庆云叔叔望过去。他一脸的哀伤，眸子里蒙着淡淡的一层雾。

峡谷的风一吹，庆云叔叔家果园里杏花、桃花就开了，洮河水也开始解冻。接着梨花在风里欢快地摇曳。我将断了链的自行车推到庆云叔叔家的院落里让他帮我修一修。

"嗳，丫丫，今天你可不能麻烦你庆云叔叔，他今天要去后山坡看媳妇。"庆雨叔叔小眼睛的妻子说完抿嘴笑了。庆云叔叔伸长了脖颈转动着自行车的脚踏板，看样子他已经将我断了的车链安了上去。

我轻拍了一下庆云叔叔的后背。他抬起头笑了笑，站起来推着车把示意我自己试一试。他小眼睛的嫂子走了进来，手里拿着那件酒红色的毛衣，示意庆云叔叔穿上试一试。

庆云叔叔接过手里的毛衣，朝我笑笑，进屋换衣服去了。

五

有天夜里我做了一个奇怪的梦。梦中风吹过峡谷，我站在群山间，庆云叔叔刚要摸一下我的头，就被气流卷走了。我在一阵心悸中醒来，裹了奶奶的大方巾斜坐花园的矮墙上。院里的月季在清冷的风中开得很繁盛，我看着牡丹打了结实的花苞，院子里的花椒树也长出了嫩黄的芽苞，这些植物混合在一起的味道让我着迷，它们冲淡了梦魇带给我的恐慌。

中午的暖阳里，我坐在奶奶裁缝铺门口翻看着妈妈落在家里的书。阳光下我盯着书页的眼睛有些酸困。我估计我的眼睛在那个时候就开始近视了。

"那不是庆云吗？"

我抬起头，四月的风中，我看见庆云叔叔穿着那件酒红色的毛衣，那毛衣看样子是织小了，紧紧地捆绑在他的身上。他迎着风走，耳朵在阳光下有着透明的红色。一个身材匀称的女子走在他身旁，她穿一件粉色的开襟毛衫，黑色的裤管在风中被吹得颤动，远远地看过去，她的脸很模糊。他们的身后并排走着两个妇人。一个身材壮实的妇人身旁，我眯着眼一看居然是我的奶奶。

晚霞烧得浓烈。奶奶踩着夕阳走进了院子。

"真是黑了心了，掉进钱眼子里去了。"奶奶边走边嘀咕着，身上披着一层金光。

"怎么了？"我问。

"你庆云叔叔和莺莺都很喜欢对方，可是莺莺那个娘家人开口就要了两万彩礼。两万元在草原上能买到两百多只羊呢。"奶奶显得愤愤然。

"嫂子，两万就两万吧，你给女方家去说，钱我想办法。"不

036

知什么时候，面色焦虑的表姑奶奶站在了我和奶奶的身旁。

"现在初步算了算能凑够九千。还有一万多我想办法。"姑奶奶语气坚定地说。夜风袭来，吹着她灰色的头巾飘了起来。

星星在天空扑腾。奶奶蒸了蜜糕、松软的大馍，拿出了自己舍不得喝的好茶，去了后山坡。

"一个哑巴，比我都金贵。我当初嫁来的时候你们家抠抠搜搜才抠出了六千元，一个哑巴要那么多，杀了称人肉也卖不了那个价格。你妈好奇怪，不怕以后再生出个小哑巴来。"中午放学，刚进门就听见庆雨叔叔的妻子扯尖了嗓子叫嚷着，风里她的声音听着像对面山谷里某种鸟声，音调又尖又高。

"你就值那个钱，当初是你非跟过来的。"庆雨叔叔冷冷地丢过来这么一句。

"何庆雨，你个王八蛋！"一声歇斯底里的尖叫，庆雨叔叔妻子哭着跑出来，和我撞了个满怀。我被撞倒在地，屁股蹾在地上生硬地疼。

推开里院的小门，满院的梨花在风里飘飘洒洒，石径上都铺满了一层白色的花瓣。我想幸亏这个后院足够大，庆云叔叔和表姑奶奶一定没有听到前院里激烈的争吵。风吹一吹那些争吵声都隐遁了。

见我进来，庆云叔叔忙帮我去盛饭。只是我一点食欲也没有。

"姑阿婆，钱凑得怎么样了？"虽然庆云叔叔听不到，我仍小心翼翼向表姑奶奶问道。

"钱还是没有凑够。"话音刚落，奶奶火急火燎地进了院子。"真的是卖女儿呢，我把好话说尽了，把能说上话的亲戚都叫了一大堆，最后就少了八百。"奶奶走了一天的山路，边喝茶边喘着气说。

"嫂子你挑个日子，下月我们下聘，到时候我一定将钱一分不少地给他们送过去。但我也有条件，下聘后，六月份我们就娶莺莺过门。"表姑奶奶果决地说。

六

暴雨之后的天蓝得可以渗出水来。穿过峡谷的风没有一点声音。一阵"噼里啪啦"的鞭炮声打破了铁城的寂静。

庆云叔叔结婚了。很多人都跑去他们家里吃红鸡蛋,大股儿的馍。我踩着那些细碎的鞭炮纸屑走进去,满院子都是人。站在人群里的庆云叔叔穿一身灰白色的西服,莺莺漆黑的发髻上插着一枝红色绸布做的玫瑰,娇美至极。庆云叔叔远远地看见了我,朝我微笑着走过来。

"莺莺阿姨。"我笑着朝新娘的脸望去,她的笑意躲在两弯清澈的眸子里。她慌忙地从口袋里给我掏出一把纸皮的糖果。我接过去,剥了一颗放进嘴里。

七

腊月里的某个夜晚,西北风在窗外嘶吼了一夜。第二天推门,天地素白一片,几只鸦雀叫着抖落枝头的雪。

又是一群人,踩着厚厚的雪,带着浓浓的雪气走进了我家。有了上次的经历,这次他们推门而入之时,一种不祥之感涌上了我的心头。

"谁没了?"奶奶低低地问着来人,边帮忙搬桌子。

"庆雨妈。"来的男人平淡地说。

"啊,怎么可能!"奶奶整个人慎在那里,声音带着哭腔。

"阿婆,你可能还不知道。我听家里人说,何家阿婆为了能给她的哑儿子娶上媳妇，偷偷地去河对面卫生院卖了好几次血。老了经不起折腾，昨天夜里晕倒了再没起来。"

"听说她还把自己前年做的柏木棺材也卖了。现在人倒下了，连棺材也没有。庆雨哥半夜就去河对面棺材店找棺材去了。"

"啊！"奶奶发出了嘶哑的悲鸣，她无力再帮忙搬椅子。她抬手挥挥，让他们把桌椅搬走了。她悲痛地倒在身后的沙发上，整个人陷进去，呜咽不止。窗外的雪簌簌地下着，哀伤密布了整个空间。突然奶奶像想起什么似的，她站起身来，朝柜子上的箱子走去。她搬了凳子，爬上柜，迅速地打开箱子，拿出一个扎在一起的蓝色包袱，从里面抽出一个包。包里，是一个存折和一沓钱。她取了钱，跳下柜子，拉着我朝庆云叔叔家奔去。

路上的雪很厚。风打着雪花吹得人睁不开眼睛。我和奶奶刚走几步就陷进雪里去。奶奶喘着气朝堂屋奔去，掀了那厚的黄白麻幔帐，扑倒在尸床边哭晕了过去。

"舅奶奶你也尽了心的，我妈她疼小的也该有个疼法，娶个哑巴把自己的老命都搭进去了。"庆云叔叔的嫂子过来劝解奶奶。

奶奶听到这话收住了眼泪，站起身狠狠地横了一眼眼前的女人。她将装着钱的一个布袋子塞到了庆云叔叔的手里。庆云叔叔打开一看，慌乱地比画着，发出"啊啊"的叫声，看到这样，奶奶鼻子一酸又哭了。

门外传来男人们吆喝声，五六个人抬着一口棺木走了进来。他们头上、肩膀上都落了一层厚厚的雪。

"庆雨你过来！"等棺木放好后，奶奶哑着嗓子在人群里朝庆雨叔叔喊道。

"庆雨，这里是五千块钱，是丫丫爸爸平时给我和丫丫用的。你拿去先把要紧的账还一还。我不知道你妈是用这种方式凑钱的，早知道我就把钱拿出来了，我懊悔死了。"

"妗子，钱我先收下，日后等我和庆云赚了钱一定还你。庆云媳妇也怀孕了，也得预备着一点钱。"庆雨叔叔说。

"啊，庆云媳妇怀孕了？我说怎么一早上没见她，总算听见了一件让人耳朵舒服的消息了。"奶奶和我一起朝后院走去。

院子的果树上挂满了白绒绒的雪球。石径上被扫过的地方又铺了一层雪。我和奶奶走过去，远远的庆云叔叔结婚时贴在窗户和门上的喜字映衬着白雪显得更鲜红了。那红红的喜字，让我想起村里人对庆云叔叔两口子的谈论。他们说，刚上冬，有人就在洮河边看见，庆云叔叔在封冻的河面上背着他的哑媳妇滑冰。滑完冰，月光中他们手牵着手回家了。也有人说庆云叔叔每个集市出摊的时候，总会抱一抱他的哑妻子，在额头上亲一下才会出门。他们说最后这条消息最可靠，是庆云叔叔那小眼睛的嫂子说的。

我们推门进去，家里暖暖的，火炉上的茶壶里发出"嗤嗤"的声响。莺莺阿姨坐在火炉边，脸色白白的，手里缝着一块黑色的长方形枕头。那枕头是要放在表姑奶奶棺木里的。她边缝制边落着泪，她看上去比刚结婚那会儿胖了许多。她见我和奶奶走了进去，赶忙站了起来，从旁边的桌子上拿了茶叶泡茶给我们喝。庆云叔叔也走了进来，他用一个木盘给我们端来一些粥和一碟子土灶上的馍，示意我们赶紧吃。他将莺莺阿姨的那一碗取了下来，用筷子搅动着吹凉了递给她。窗外的天又暗了一个色调。我总觉得表姑奶奶就在窗外，在风雪中她安静地看着她的哑儿子与儿媳，笑了。

八

春天，消融了的雪顺着屋檐滴滴答答往下滑落。果园里的树枝在阳光下露出了光滑的皮。洮河水载着大块大块的冰块缓缓地向东流去。风从峡谷吹过的时候，一声嘹亮的哭泣，庆云叔叔的姑娘降生了。

那一阵子奶奶又是一阵忙乎，忙着给新出生的孩子缝新衣服，忙着在灶上蒸厚厚圆圆的月婆子馒头。在那些日子里，我闭着眼都能听见自己成长的声音，我觉得我的身体正在与穿过峡谷的风赛跑，在奔跑中它好似不再属于我，虽然我依旧不爱说话，虽然我依旧觉得自卑，可是我的内心却变得无比坚韧起来，我的眼眸变得更加明亮，镜子里的我俨然长成了一个身材修长的少女。

一天我放学回家，在大门外就听见屋内传来奶奶的笑声，这声音让我们一向清冷的家温度饱满。阳光下一张粉嫩的笑脸出现在月季花旁。莺莺阿姨侧身坐在廊檐下的椅子上，怀里小婴儿的脸从她的胳膊肘上侧过来，嘴里咿咿呀呀地叫着。旁边的庆云叔叔手里拿着一朵花上下摇动，偏过头逗着他的孩子。我看着眼前的这一切，记忆的某一个阀门被打开，那些流逝在时间荒原里的物事，在这样一种情境里突然变得明晰起来。我想起，在我小时候父亲也摘了月季花在我眼前晃着逗我玩，而我的母亲让我坐在花园边的土墙上，就着风给我梳时兴的小辫。我想到我也曾被这样深深爱过，那一刻我特别想念我的父母。

庆云叔叔见我走过来，笑着示意莺莺阿姨让我抱一抱她可爱的女儿。她笑着将娇小的女儿小心翼翼地放在我怀里，一股新生命特有的馨香向我袭来，怀里的小家伙身子是那样柔软，她的脸蛋粉粉的，一双黑白分明的眸子望着我，突然咧着小嘴笑了，她一笑嘴上就盛上一对酒窝。

"太可爱了，她有名字吗？"我在风中兴奋地朝奶奶问道。"有啊，叫笑笑。"阳光里，我们轮流抱着她，爱不释手。日子就这样随洮河水流淌，小笑笑学会了走路奔跑，学会了撒娇，学会了在风中摇摇晃晃地向我走来，喊我："丫丫姐。"

三年里，父母也只是回过三次家，在少有的时间里，我与母亲在老屋昏黄的灯光下一人捧一本书静静地阅读，窗外的月季，将婆娑的身影投在我们的花格窗上。

　　偶尔她也会问我一些学校里的事情，她从来不会问我考试的成绩。她买了布娃娃让我送给庆云叔叔的孩子。我问她自己怎么不去，她吸吸鼻子里的气说，她不喜欢看到庆雨叔叔的妻子，一副算计的样子。

　　其实自表姑奶奶去世，庆雨叔叔和庆云叔叔早分了家。庆云叔叔封了里院的小门，从果园的另一边开了一个小门。庆云叔叔依旧在集市上摆着维修家电的摊子。

九

　　过完年，妈妈要走了，临走的时候她递给我两条白色的乳罩。她说我应该学会穿内衣了。我听着心生暖意，我的母亲在关心我的成长。

　　母亲刚走，奶奶就在我的衣柜里发现了这一在她看来逆天的怪物。她气愤地说，什么作妖的东西，我家丫丫才不会去戴它，奶奶给你缝一件紧身的背心，纯棉的，比这怪物好多了。

　　无奈，在开学的前夕，我拿了妈妈买给笑笑的布娃娃还有那两条奶奶所说的"逆天怪物"去了庆云叔叔家。我把这些东西装在一个大兜里，大风里我朝庆云叔叔家走去。

　　走进庆云叔叔家，远远地听见院子里有逗孩子的声音。走上前去定睛一看，是莺莺阿姨壮实得像母牛一样的母亲。她两腮的高原红不知为何变成了紫青，她正将笑笑放在腿上玩耍。

　　"阿婆。"我怯怯地叫了一声。我对长得粗壮的女人天生有一种惧怕。

"嗯!"她目不斜视地回了一声。

"丫丫姐姐。"笑笑摇摇摆摆走过来,拉着我的手朝屋子走去。

屋子里,庆云叔叔正在桌前维修东西。莺莺阿姨在靠窗的地方给笑笑织着一件向日葵图样的毛衣,见我进来,她愉悦地走过来,拉了我坐在窗边,随即给我倒了一杯红枣茶。我笑着将她拉进另一个房间。我掏出了布娃娃送给笑笑,她开心得手舞足蹈,一个胳膊下夹着一个布娃娃喊着外婆,朝屋外跑去了。我又从兜里掏出了那两条白色的乳罩给莺莺阿姨看。我示意要送给她。

她看到,先是一副惊讶的表情,继而害羞地朝我拍打了两下,拿过去仔细地瞧了瞧,在自己胸前比画着。我放下东西,出门朝笑笑挥挥手就回家了。

高考结束后,我兴冲冲地从包里取出了蛋糕,准备就奔去庆云叔叔家。

"丫丫,别去!"奶奶神色凝重地拉住了我。

"为什么?"我问奶奶。

"就是你去送东西那天,你庆云叔叔的丈母娘来了。她来领走了笑笑和你莺莺阿姨。她给村子里的人说她领回娘家住几天就送过来。过了几天当你庆云叔叔接莺莺和笑笑时,他才知道你莺莺阿姨和笑笑被他那黑心肝的丈母娘卖给了一个外地的光棍。"奶奶说着声音越来越哑,最后哭了。

"什么!卖了!"我从五脏六腑发出一声怒吼。

"没去找吗?就这样活生生的两个人当畜生一样卖了。"我的愤怒不知如何去宣泄。我痛苦地攥紧手心。"天!"我的耳朵嗡嗡作响,来自呼吸里的疼痛让我浑身战栗。我的脑海里不断播放着笑笑天真无邪的笑容,莺莺阿姨拿着乳罩和我打俏的模样,还有庆云叔叔拿着月季逗着笑笑的画面。我奔走在六月火辣辣的太阳底下,身体的血液加速地往头顶涌,我心悸到骨头发疼。走到庆云叔叔家,庆云叔叔一个人躺在炕上。他眼窝凹陷,脸色蜡黄,身旁放着我送给笑笑的布娃娃，布娃娃的衣裙上一摊湿湿的眼泪，是庆云叔叔抱着布娃娃流下的。

庆云叔叔见我进来，他突然跳下炕，嘴里"啊啊啊"地喊叫着，抬手在我们面前比画着笑笑的身高，又指指挂在门口莺莺阿姨的衣服，示意我帮他找人。他不断地在胸前做着哀求和谢谢的手势，汹涌的眼泪在他脸上滑落。我望着他，我河对岸的那棵树，站在我生命河岸的那棵树被雷电击倒烧焦又被狂风暴雨摧残得不成样子。河岸的我欲哭无泪，连高原的风此时都不助我一臂之力，好让我向另一棵树招手回应。

十

奶奶在电话里对我说引洮入陇后，下游坝上的水总会向上漫延，靠洮河的地方都被淹没了。庆雨叔叔带着庆云叔叔和村里很多人搬迁去了遥远的戈壁。

奶奶在电话里给我讲了好多关于庆云叔叔的事。我听完奶奶断断续续、没有逻辑的叙述，我的身体仿佛被大风吹过，空无一物。我整个人轻飘飘地站在南方闷热的空气里，我一点力量也没有。

我再次回到铁城。一股曾经熟悉的气息在风里飘荡。我的脚步像有原始的记忆，我居然走到了庆云叔叔家门口。大门被卸走了，只剩一个空洞的门洞，洮河边吹来的风直往里面蹿。夜里下过雨的地面踩一下都是黄色的泥土。

我从几乎要坍塌的门洞里钻进去。放眼望去，整个院子又杂乱又空荡。庆云叔叔曾经住过的房子早已一片残垣断壁，院子里的野草漫过石径，放肆地长成自己想要的样子。果园里有些果树被砍倒拉走了，留下黄白色的树干散发着树木被杀伐后的死亡气息。前院的房也被拆了，一堆黄土里，被拆卸掉的房屋门窗和搬迁后留下的垃圾被杂乱地埋在倒塌的院墙下。

我的脚迈上石径，朝着庆云叔叔和莺莺阿姨曾住过的方向走去。我走过去，那里有一块被遗弃的石磨，我顺势坐在了磨石上。

刚坐下我的脚下突然觉得被什么东西挡了一下。我低头一看，是拆卸房屋时留下的一根木材，而木材的下面是那熟悉的酒红。我定睛一看，是庆云叔叔曾经穿过的那一件酒红色的毛衣，而毛衣的下面是一条白色的乳罩，乳罩的多半部分已经深陷在泥土里。再往旁边一看，当初莺莺阿姨给笑笑织了一半的向日葵图案的毛衣还挂在木钳上。

我抬起头直视着刺目的阳光。阳光的光圈一圈一圈打开，世界凝固了，只有风从高原的峡谷穿过。

高原上

　　周三社区来人要母亲和父亲的结婚证，说要重新进行登记。母亲说户口本上的名字都登记在一起，还要结婚证干吗？她又想了想说，我和你父亲的结婚证夹在那本《射雕英雄传》中。

　　我记得那本书皮破了，她用牛皮纸重新把书皮包了一遍。那本书放在老屋大炕的那个柜子里。

　　我从县城开车出发已是下午3点，走到半道上大雨滂沱，雨刷器在车窗外拼命地抵挡着瓢泼的大雨。车窗外的气温已经下降到二三摄氏度。隔着车窗的玻璃，寒气一股股涌了进来。

　　拐上一座山，雨突然停了。车窗外滚滚的雾气，一团一团纠缠在一起不愿散去。我开了暖气，终将车窗上的雾气化开一个小洞。

　　昏黄的车灯在大雾里一闪一闪，像天际梦幻的星。车里的暖气暖暖的，晕染着不知从何而起的孤独与伤感。

　　想来是二十年以前，也是在这样的浓雾里，我坐在父亲的车上，与父亲在浓雾里向家的方向赶去。

　　我坐在副驾驶的位置上。我看着身旁的父亲垂下眼帘，一双修长有力的手熟练地打着方向盘。他有时也会用力推一下身边圆头的挡杆。那时他的手掌骨一节节均匀地立起来，白皙且骨节分明。在我最初的审美里，男生的手那样子是最好看的。

这种逻辑潜藏在我心里好多年。

好多年后，当我懵懵懂懂开始喜欢上一个人的时候，他最开始吸引我的居然是像父亲那样的一双手。他手掌均匀，十指修长且骨节分明，在午后的阳光里握着钢笔，在白色的纸上安静地留下一行行隽美的字迹。我已经忘了他年少的容颜，可我总深深地记得那双手。

那时候的父亲身材也没有如今的臃肿邋遢。他身材略显瘦高，总穿一件白色的衬衣，上面套一件军绿色的军用马甲。那马甲的里层顺腰的地方是一顺溜分割成均匀的口袋。在马甲最边上的兜里父亲总插着一把做工精致的军用刀。有时候他也将它插在马丁靴的鞋筒里。其他五六格的口袋里装满了一沓沓钞票。

父亲大卡车的后排座上总会装着好酒、方便面、汽水，还有我最爱吃的牛肉罐头。或许这也是我那时最爱黏着父亲的原因。

那时候山路还没有铺沥青。我们的车子走过就会扬起黄色的灰尘。一路走过就会制造一阵小型的沙尘暴。沙尘暴的后面总会看见追赶车尾的孩子，看着车子走远，他们就会愉快地打着口哨。

有细小的灰尘顺着车窗缝隙钻进我们车子。父亲总会拿了白色的抹布在颠簸中将车窗和座位上飘进车里的尘土擦干净。也会转过头来将我刘海上、脸上的黄土用裤兜里的手帕轻轻地擦掉。

中途有水的地方他会停下来，将那条擦车的白色抹布放着洗衣粉洗了又洗，用力拧干。然后用洗脸盆往车身上泼水，摩擦发焦的车轮胎会发出"嗤嗤"的散热声，腾起一层层水汽。

父亲也会用铁皮长嘴的水壶给车的水箱注满水，继而用毛巾拍掉他身上的尘土，擦干净我红色小皮靴上的土。那时候的父亲是那样一个干净、温柔的男子。这是二十几年前的事情了，也是同样的路上，同样的雾气里，我心生愉悦。我明白在浓雾里我所要奔赴的地方有着温暖的灯光，灯光下我的母亲正坐在燃着柏香的屋内，安静地看书。而西厢房的炕头下，生铁的火炉上铜制的茶壶里"咕嘟咕嘟"熬煮着的是爷爷精心配制的茶水。茶的香气透过纸糊的花窗一直飘进十月湿寒的空气里。

爷爷不时擦拭一下花窗上唯一一块镶嵌玻璃的地方，他正透过窗户密切地关注着院子里的动向。他在心里期盼着他长得像高原上狍鹿一样轻灵的孙女，雀跃着奔进老屋的院子，在鹅卵石铺就的院子里大声喊寻着他。

这样的时候，他总有些恍惚。他有时会觉得那鹅卵石上正在蹦跳的是他童年记忆里最小的妹妹，一样是一头倔强微卷的黑发，跳起来的时候在寒风里特别容易披散。有时他也会把孙女看成自己小女儿小时候的样子，想起她曾经学步的时候歪歪扭扭在院子里走过，喜欢边走边呼喊着他。

他觉得他最小的妹妹仿佛还没有变成一个满脸褶皱的老妇人，而他娇小的女儿也还没有出嫁。她们都还在曾经养育过她们的这所老房子里快乐地成长。

奶奶说，我出嫁的时候一定要把爷爷当成嫁妆陪嫁过去，这样就两相欢喜了。爷爷不用每天扯长了脖子像个秃鹫一样透过窗口张望，而我也不用像个山雀一样在他不见的时候，叽叽喳喳四下打听他的下落。

我这样想着的时候，时光仿佛真的已经过去了很久远。那个曾经像山雀一样内心轻盈的我，而今像一个孤独的幽灵瑟缩在喧闹的小县城，每天重复着自己所不喜的生活。我也在想如果世上真的有灵魂，变成堂屋供案上的爷爷，他该多孤独。他孤零零飘荡在陌生的房屋里，他孤零零地站在幽暗处，盼不来一个熟悉的身影。

我这样想着，车子已经开下了山腰。

到达镇上的时候雨停了，天空还是一样灰暗。我将车停在老屋门口，下车裹了裹身上宽大的毛呢大衣。

老房子的大门早已换了样子，高大的红色铁皮大门。高高的青砖垒砌的外墙。这和街面上其他人家的大门外围并没有什么不同。我从兜里掏出一大串钥匙，找了半天才找出老房的钥匙。"哐当"一声，生锈了的大锁落在铁皮门上发出一声巨响。

风吹过，冷气逼得我直打哆嗦。

推门进去，砖墙木梁的屋子低矮矮、空荡荡伫立在十月的寒风里。

秋风卷着满地的梨树叶在水泥铺就的院子里翻腾。梨树下父亲用水泥砌成的桌上，腐烂了的果子，东倒西歪铺了一桌。

梨树又长高了一些，树枝已经快要顶到屋檐上了，在阴暗的暮色下显得有些诡异。

我一个人怔在院里好一会儿，心里涌上一阵阵的落寞。这就是我梦里梦到过很多次的地方。梦里我总是推开一扇扇的门，一扇扇的门后都是无力的陌生。终于有那么一下，我鬼使神差地推开了老屋厚重的雕花木门。在梦里，我看到幽暗的光线里，爷爷和奶奶坐在靠花窗的火炕上。他们慈爱地笑着，轻轻呼唤着我的乳名。那一刻，久违的温馨与满满的归宿感让我觉得无比心安。

那是我记忆里的老屋，它安静方正地矗立在如今的这个院落里。那时老屋还没被拆掉，现在的砖墙木梁的房子也还没有建起来，那时院里也还没有梨树，只有满院子的月季在夜风里将婆娑的树影投在花格的窗户上。

雨气越来越重，我在院子里用双臂将自己抱了抱。我不愿意走进屋内，我还想在熟悉的空气里寻找一下老屋的气息。

记忆里的老屋简朴而宁静。坐北朝南的上屋廊檐出檐很深，以至于阳光总是将斑驳的影子洒在雕花的花格窗上，所以上屋总是处在一片昏暗的光色里。屋檐下用土和着鹅卵石垒砌的花园里，月季长得又高又粗。枝上坚硬的刺曾经很多次将我的手指刺破。

感知痛是生命独有的特质，是活着的讯息。童年里很多次我将手指轻轻按压在那些坚硬的小刺上，一点点试探着往里推，一直到手指冒出细小的血珠来。有一段时间我居然迷恋上这小小的刺痛。

有时候我也会想，那些月季在高原阴寒的气流中会不会冷，它的枝丫在冰雹击打的瞬间会不会很疼。我想是会的吧，至少曾经它在我出生的那一年疼过。

母亲说我出生的那天早上，窗外大片大片的雪花从天空中纷纷扬扬飘落。

腊月的寒冬里，西北风裹着雪气一直从纸糊的花窗里逼了进来。

屋里，被外婆烧得滚烫的大炕上，年轻的母亲额头渗出一层细密的汗珠。窗外的花园里，父亲用镢头用力挖着冻得僵硬的土壤。大雪里父亲的额头上也渗出一粒粒的汗珠。

按着祖辈的传统，每个孩子出生后要将胎盘埋到自家老屋的院中。据说只有这样，这个孩子出生后才不会惊魂不定地哭泣；只有这样，这个孩子无论走多远也会记得自己的家，会长命百岁地安活在这个世上。

后来我总在想，老屋院里的这片土壤中埋着多少个孕育了生命的胎盘。那些胎盘重重叠叠埋在土壤里，以至后来我做梦，总能梦见充满岁月包浆的老屋，老屋里暗沉的家具，梦见老屋空气里的灰尘，梦见花园里种植着一个挨一个的胎盘，胎盘上的脐带竖起来像坚韧的野草在天空下生长。

母亲说那天早上她吸进鼻腔的都是冰凉的雪气，头顶暖炉上茶水的湿气与她的汗液纠缠在一起，她觉得既湿热又冰冷。我想母亲一定是冷的。很多年后当我置身于暖气四溢的产房里待产的时候，我还是浑身发冷，抑制不了地颤抖。是疼痛，是疼痛所带来的惶恐，是对身体所要撕裂的害怕，是对生命无法把控的惊慌。

父亲拼命地往下挖。他的镢头挖到了月季花的根旁。

月季花的根被镢头铲去了一些皮，绿黄的根部暴露在大雪里。父亲握镢头的手被打磨出了血泡，父亲还在往下挖，他想将包裹我的胎盘埋得更深再深。

屋内传来婴儿响亮的哭声。母亲咬着牙，眼角泛出了一滴滴泪水。后来母亲告诉我，她说她在生我的时候没有喊一声痛。她说她用牙齿把下面的嘴唇都咬破了，但是她没有喊一声。她说在很痛的时候呐喊会费去很多力气，而且会让自己面目变得狰狞，其实，最深的疼都在心里，在身体的每一根神经里。

外婆用灯盏上烧过的剪刀为我剪断了脐带，将热腾腾带着些许血腥的胎盘放到了父亲挖好的坑里。

大雪里，月季冰冷的树根在那一刻突然感受到了一股温热，安抚了它疼痛的伤口。热气未散的胎盘就被父亲就着大雪一起埋在了老屋的月季花根部，那埋下去的都是对生命最初的接纳与重视。

我想在我歪歪扭扭学走路的时候，那胎盘或许早已经腐烂、融化，继而和月季的根部紧紧地相融在一起，那融在一起的还有我与祖先的气脉相通。第二年月季长出嫩绿的芽，随着风一天天地长高。从四月一直开到九月。树下的玫瑰也长得出奇地娇艳。我"咯咯"地笑着，手里攥着父亲为我摘下的月季花，父亲只给了我花朵，将花叶和枝干都摘去了，他怕月季坚硬的刺会划伤我稚嫩的手指。

我想，这些最初对世间的触摸，堆积成了我心里的底色。所以之后无论生活如何艰难，我都有河水一样奔流不息的勇气支撑着我战胜一切。

院里的空气越来越冷，我再次裹裹大衣。我在水泥铺就的院落里寻找埋胎盘的位置。我在寻找着月季花曾经开过的地方。

久无人管理的院落。水泥铺就的院落裂开了一条条缝隙，地面上一块块风化成鱼鳞样的水泥块，像高原上晒伤后干裂成树皮样的皮肤，轻轻一撕就会掉下皮来。我走上去，那些裂开的水泥块都碎了，像某种幻象。

我凭着最初的记忆找过去。我站上去，记忆清澈透明。隔着时光，我仿佛看到三岁的我趴在花园的土墙上等着父亲从后背将我拎起。我仿佛看到年轻的母亲坐在廊檐下的木桌旁，一手端着茶杯，一手拿着她最爱看的金庸小说《射雕英雄传》。我仿佛听到父亲穿着厚皮靴踩在地板上发出的"咚咚"声。

我抬起头朝天空望了望，将手插进兜里。摸一摸兜里的电话，我在想是不是应该给父亲打个电话。

距离上次给父亲打电话已经是一年前了。

我在电话里询问父亲要不要回家过年。电话那头父亲半天没有声响，嘈杂的人声里，他哑着嗓子说让我问母亲，如果母亲愿意，他是愿意回来的。

仿佛有什么压在胸口，沉沉地有些痛。

我在湿寒的雨雾里努力回想父亲的面容，突然觉得父亲的面容在我的脑海里变得模糊不清，重重叠叠，支离破碎。让我拼凑一下，哪个是他。是大雪里因我的出生一脸庆幸的他，是卡车旁一脸慈爱为我擦拭鞋子的他，是大雾里目光坚定的他，是一脸倦容、眼神呆滞的他，还是腆着肚子满嘴酒气眼神迷离的他，我拼凑不起来，好像在时光的某个点上，他被活生生地分裂成两个人。

我在想，这个点在哪里？

细想起来，好像是从父亲决定拆老屋开始的。

在我十岁那年，父亲说要盖一座全村最好的房子。拆老屋的那天，村里的青壮年都来了。

他们边拆边感叹老屋建造坚固。他们说太祖爷留给我们的老屋不但建造所选的木料精致，榫卯结合得精密，而且房梁和门窗的雕花更是典雅。

他们说我家的老屋再住上几辈人也是没问题的。他们说这拆起来比建还难，他们调侃父亲恐怕重建的房子未必被先人们看得上。最后甚至有人劝说父亲不要再拆了。

更有甚者说，说不定这所房子哪一天会成为古董，我们家会卖个好价钱。

村里的老人听说我家要拆老屋，早早地就来观望。他们说我的祖爷爷是方圆几里有名的生意人。说我家老屋光廊檐上镂空的雕作就用了木匠整整半年的时间。说一嵌套的房屋见多了，但是没见过将一嵌套房屋延伸成回字形的，甚至连草房的门扇上都凿上了木雕。他们甚至说我家的房梁里暗藏太祖爷爷留下的几麻袋银元宝。他们早早地围在门外，就像传说中老屋初建时前来围观的村人一样。

阳光里。嘈杂的人声里。年轻的父亲握着镢头的手骨节分明，他扬起手中的镢头朝上屋的侧墙上挖了下去。"砰"的一声，黄色的尘土喷涌而出，那些尘封在光阴里的土屑劈头盖脸涌了父亲一脸。

我站在院中，觉得那些喷涌出的尘屑就像老屋喷出的血液，扩散在空气里的都是祖先的气息。静邃的老屋正在经历难挨的疼痛。我觉得父亲的那一镢头是挖给乡亲们看的。之后随着一拥而上的人群，随着梁木的断裂声，像肢解一只庞大的牦牛一样，老屋的椽梁、门柱都被抽离下来，一根根码放到墙南发黑的苔藓上。

冲天的土味夹杂着朽木腐败的味道，一直飘荡在那个炎热的中午。

院子里的花草被前来帮忙拆老屋的村人践踏得没了生机，血肉模糊地粘在土地上。月季花被人群挤撞得花枝乱颤，花瓣纷纷撒落了一地，一切似兵荒马乱。

门外支起的灶台上，女人们正在蒸午饭要吃的馒头。女人们开心地围在一起，将发酵得像海绵一样的面团用力地甩在案板上，瞬间扬起的白色面粉在阳光里飘得四处都是。

灶台里的火烧得特别旺，蒸笼上翻腾的热气散发着馒头的香甜。

丰腴白净的邻居阿姨在热浪里手脚麻利地搬取蒸笼里白净蓬松的馒头。另一口大锅里，村里的媳妇们正在捞着过水的凉面，旁边的切板上，一个更年轻一点的媳妇在切着碧绿的青菜。她们边做中午吃的凉面，边低头咬耳窃窃私语，热烈而隐秘。

穿粉色衬衣的母亲，面色微红，她站在灶台边忙着刷锅洗碗。这是她唯一可以干得比较出色的事情。一切闹哄哄的，老屋在嘈杂的人声中被拆得七零八落，只剩下突兀的几根梁柱，像被宰剖后刮去鲜肉的动物骨架，触目惊心。

那些对老屋抱着各种猜想的老人也在最后一扇花窗被立在墙角的时候悠闲地坐在我家墙角的木桌旁喝起了茶。

我突然想起爷爷的葬礼，一样是热闹的人群，一样是热气翻滚的灶台，一样是谈笑如常的面容，一样是繁闹的欢乐，为死亡的归去的狂欢。原来万物来到世上一场最终都会顺着宿命的轨道归去。而归去的时候还有谁去缅怀一个生命从出生到衰亡的点滴。

新屋要建的那天早上，母亲和父亲因为要不要留下院子里的花园而争吵不停。

最后强势的父亲在母亲的哀求中刨掉了院里所有的花草。当镢头挖向那棵曾经埋着我胎盘的月季花时，母亲哭了。

母亲说，那个花园里埋着我的胎盘，我以后长大如果要出远门，一定要拿一把月季树根旁的土。

父亲说，这样矫情的事情也只有母亲想得出来。

父亲当着乡亲们的面毫不顾忌地说着母亲的不是，他说母亲每天除了看一些破书什么也不会。母亲无力回击父亲，她咬着嘴唇，眼睛里噙了泪水。我躲在西厢房暂时没被拆掉的小屋里，抱着插在水瓶里几枝开得旺盛的月季，啜泣着，巨大的哀伤自身体深处泛滥开来。

我觉得我记忆里的安稳，我所喜的一些事物从此不存在了。

我从出生所感知到的事物，我所热爱的美好都不在了。

我多么怀念从前，从前老屋还在的时候，爷爷奶奶还在的时候，那时候母亲和父亲还是一对少不更事的年轻夫妇。

父亲虽贪杯好耍，可是他凭着过人的胆识和聪明的头脑依然是村里最能干的年轻人。母亲总喜欢穿着灰色的长裤和各色的衬衣及时兴的外套，在老屋的廊檐下、花窗下、昏暗的电灯下读着她喜欢的书。

后来我才知道父亲和母亲的争吵源于父亲木材生意的不景气。不知道从什么时候开始，贩卖和拉运木材变得不再那么顺畅。父亲从一包一包往家里运钱变成了一沓沓。继而有时候还得把家里储存的钱往外拿。

这个事情就发生在决定拆老屋的那一年。生意越来越亏损的父亲变得迷信起来。他决定要改变一下家里主屋的位置，他觉得家里的祖先应该挪挪位置了。

父亲用仅有的不多的钱准备盖一座全村最好的房子。他对母亲的要求也变得严格起来，开始是唠叨母亲看书占用了大量的时间，继而是讽刺。

他们的吵架越来越频繁，越来越激烈，新屋子就在这样的争吵中建成。父亲好像总是觉得有无名的怒火要泼向母亲。在一次争吵后，他亲手挖掉了院子里的鹅卵石，粗暴地用生硬的水泥把所有的一切涂抹掉了。自此好似这所宅子所处的地域上的一切都被父亲隔离了。

那些被埋下的胎盘永远地尘封在土地里，它们一定没有超强的耐力穿透坚硬的水泥。那月季花挖掉的根部是一块无法愈合的伤疤，在水泥地下，在我看不到的地方无声地呻吟。

新屋建成了，可没有父亲想象中的快乐，母亲越来越沉默了。明亮的玻璃窗户里，母亲的孤独明晃晃随处可见。

有一天，父亲喝了很多酒。他拿起镢头使劲地将坚硬的水泥揭开了一大块，他将从集市上买回来的一株已经长势很高的梨树移植在了家里。

父亲说，等梨花长高了、开了花，你母亲又可以坐在梨树下看书了。他说梨花开的时候我也可以爬上树去闻闻梨花的香味，那味道要比月季花好闻多了。

我在水泥的院落里期盼着梨树来年开花的样子。

第二年梨树开的花不是很多，单薄得只有形单影只的几朵花在高原四月的风里瑟瑟发抖。

八月里梨树没有结一个果实，父亲悄悄地瞧过几次，悻悻地离开了。

十月里，父亲买来了水泥、砖头，在梨树下仔细地垒砌着水泥桌。他说等水泥石桌砌好了，我们一家人以后可以坐在梨花下喝茶吃饭。

身旁的母亲看着，她的脸上既不快乐也不忧伤，在她那里仿佛一切都静止了。她已经很少看书了，她新买的《射雕英雄传》只看到中间的部分。她每天机械式地做着一日三餐，天知道那饭食的味道有多难吃。可她还是像完成一项既定的动作一样，不断地重复着每天的日常。

这就是我们的新房子，以后也被称之为老屋的房屋。它像被施了某种魔咒。

每天摆着一张脸给谁看呢？我受够了。

一天雨夜里，随着一声很大的摔门声，父亲夺门而去。

我趴在玻璃窗上哭着呼喊父亲。窗外漆黑一片，只有雨水顺着窗户不断地往下流淌，我什么也看不清。

我回过头，母亲紧咬着下唇，她的脸色很难看。可是她始终没有流下一滴眼泪。

父亲在那个雨夜一走就是好几年，每个漆黑的夜里，当剩下我和母亲的时候，我总觉得窗外的风很紧。再吹一吹就会吹进窗户将我和母亲吹透。

从十三岁父亲离去到二十三岁的那一年，我整整盼了父亲十年。在这中间的多少年里，我曾渴望着父亲突然打来一个电话，我曾渴望着他突然出现在我们的生活中，可是都没有实现过。

父亲有时会按月邮寄来生活费，有时候几个月也没有音信。母亲与我靠着祖辈留下来的几间房屋的租费度日。

村里有的人说我父亲去了云南，有的说在缅甸，有的说我的父亲在青藏线上当起了卡车司机。他们看见父亲的身边有不同女人出现。

只有我知道，我有多想念父亲。可是母亲自那个雨夜后，从未在我面前提起过父亲，我只能悄悄地将对父亲的惦念放到心里。到最后我居然由想念生出莫名的恨意来。我从心里自动地开始屏蔽关于父亲的一切。

我明白母亲是知道父亲在哪里的，因为邮寄钱的电报上是有父亲地址的，可是母亲从来没有主动联系过父亲。

后来，院子里父亲栽种的梨树长得越来越高。每年的四月，一簇簇雪白的梨花如朵朵云团开满了整个院子。

繁盛的梨花映衬得院落更加寂静，父亲不在的日子，母亲坐在梨树下安静地看着手里的书。一朵一朵白色的梨花砸在母亲的肩头，风里母亲的脸很惨白。

八月，结了满树的果子。

有些果子在某个深夜清脆地从树枝跌落，跌在死一样寂静的院落里。

这样的夜里，有时候我总会止不住地流泪。我止不住地怀念曾经的老屋子，怀念被爷爷惦记的日子，怀念被父亲宠爱的日子，怀念那埋下包裹我生命的胎盘的早晨。

后来也是一个雨夜，当那个说好要和我共度一生的人也决绝地摔门而去的时候，我突然觉得我所表现出的一切和母亲是那么相似。我没有哭泣，也没有觉得撕心裂肺地痛。我只觉得汹涌的大海终于停止了波涛起伏。一切都归于平静，归于死一样的寂静。

我突然想起母亲说过的那句话：很痛的时候不要去呐喊，会费去很多力气，而且会让自己面目变得狰狞，最深的疼埋藏在身体的每一根神经里。

那一刻我也在不断地问自己，我为什么要活成母亲的样子。为什么？只因为母亲的那具身体对我来说是我生命的来处，是我的生命里的"老屋"。

我也在想我为什么也会爱上像年轻时父亲一样的男子，是因为他的身上埋藏着我最初想要的样子，是我情感世界里的"老屋"。我这样想着，我觉得无限无力扩张的痛苦在我心里蔓延。

我蹭了蹭鞋上的泥，向上屋的中间堂门走去。

窗外的天已经黑透了。

黑暗中我推开了堂屋的双扇门，顺手拉亮了屋里的日光灯。我讨厌白得耀眼的日光灯，因为曾经在这盏日光灯下，母亲和父亲争吵的面容是那么清晰。

我抬眼望去，堂屋的上方供奉祖先的案桌上，厚厚地落着一层土。那案几上的清油灯盏里，灯芯僵硬在那里，突兀地立在岁月深处。我在想是父亲忘了祭拜祖先还是隔绝了祖先气脉，父亲新制的神龛上也没有祖先的灵气。

我遵照母亲给的指示，揭开了炕下的长条柜。我伸手在里面摸了又摸。果然是那本母亲喜欢的金庸小说《射雕英雄传》。母亲的确重新包了书皮。翻开书的中间，夹着那张已经被重新粘贴的结婚证。我想起来那是在父亲走后不久母亲撕裂的，又在之后的一个午后母亲坐在梨树下拿胶带仔细地粘在了一起。

　　后来在我上大学的时候，等我联系上父亲的时候，我在电话里特意将这件事说给父亲听。父亲听后在电话那头不言语，过了许久，他说他要在今年腊月，我过生日的那天回来。

　　那年，当我站在老家的门口，当冬日沉沉的黄昏将我吞没时，父亲还是没有出现。到最后，我甚至还在想，如果此刻快要下雨，有浓浓的雾气该有多好，父亲一定会出现在雾里，为我抹去额前刘海上湿湿的雾气。

　　我甚至有一段时间想过，我一定要在力所能及的范围内拆掉现在新建的这所房子。我要揭了水泥，拆去玻璃窗，在院子里种上月季，在房屋上安上花窗。我要让曾经随着老屋失去的都慢慢复原。

　　只是我的猜想只是猜想，我最终明白，因为心底所有的过往都无处可去，所以老屋才显得那样重要。而拆了重建又会是怎样一个不可预知？

　　窗外下起了淅淅沥沥的秋雨，秋雨裹着陈年的灰尘，从破旧的玻璃窗吹进来。

　　整个老屋沉入窗外漆黑的雨夜里。

　　我痴痴地坐在老屋破旧的沙发上。

　　我吸吮着空气里发了霉的岁月之味。

　　而我的孤独也沉在漆黑的夜色里，像沉入黑暗的大海，深不可测。

绿绒蒿与黑土地

太阳出来，冰雪渐融，一簇簇黄绿色的花在草坡上绽放，那些花朵的大小如女人的拳头，花瓣犹如丝绸，它迎着风在高山凛冽的寒风里高高挺立。它的植株不高，食指一样宽窄的枝叶上通体长着绒毛。小时候我很喜欢用手指去触摸那些绒毛，手指轻轻抚过的瞬间，仿佛滑过了婴儿长着绒毛的背部。

山里气候阴冷，山坡上唯一一片黑色的土地是外婆专门开垦出来的。以前那里没有土地，是一大片的流石滩。山坡上有的石头很大，可以成功地遮挡一头肥壮的牦牛，多半在那些大的石头脚下总散布着一些稍小一点的石头。小时候的我在那些石头缝隙里，总会发现死去婴儿的尸体。他们的身体卡在石缝里只露出一个圆圆的脑袋，头上戴一顶帽檐很大的小圆帽，把整个脸遮挡起来，这是家人对他们最后的疼惜，怕他们的脸暴露在日光之下。有时那顶小圆帽被风吹走了，就露出脸部来。我看到过一个裸露出来的小脸，他应该是刚离世不久，双目紧闭，长长微卷的睫毛将阴影扑打在脸上，他的嘴微张，一副酣睡的模样。我在阳光下凝视了那张脸很久很久，直到山间的冷风吹来，我才意识到这是一张已经没了生命迹象的脸庞，过不了多久，他会腐烂，会被秃鹫叼食，死亡的恐怖与绝望瞬间让我心生悲凉。

外婆将黑土地开垦出来，她将更多的精力倾注在那片土地里，固执地认为那片土地一定会种出金灿灿的青稞来。外婆说她开垦那片土地整整用了两年的时间。两年里，她将那里的石头一个个推下山坡，然后用镢头挖起深厚的草皮，赶着牛，架了家里最锋利的犁将土壤翻了又翻。

她做这些时，一株一株黄花绿绒蒿在风中摇摆。她想起第一次来到山寨，就是满山满谷的绿绒蒿在寒冷的风中迎接她。十七岁那年她顺着洮河一路狂奔，这是她人生中的第一次叛逃，她心跳得厉害，小腿上布满了植物划破的伤痕。她顺着河岸上的石子路拼了命地狂奔，嗓子快要被烧着了。

在逃跑的前天晚上她端茶水路过西厢房，听到了一个可怕的消息。她抽大烟的丈夫要卖掉她，他正和里面的大烟贩子讨价还价。她端茶水的手抖得厉害，茶盘里的盖碗发出了清脆的瓷器碰撞之声。

半夜，上屋里的灯亮了。公公敲着房门嚷着家里的耕牛不见了。她的丈夫用被子裹着病态的身躯，催着让她去找牛。耕牛是她专门放掉的。她急忙穿了衣服，从大门洞提拎了早已准备好的包袱出了门。漆黑的夜里，她没有点燃火把，顺着隐蔽的山路一直往南跑，因为她听说人牙子是从北边来的。

从半夜走到中午，她整个人虚脱了，躲在古阆门的废墟里睡着了，熊蜂和蝇虫在头顶嗡嗡作响。在岷州读书的外公，背着书箱从废墟旁路过。他将书箱放到阆门的阴凉里，放好书箱，他怔住了，不远处躺着的女人让他断定一定是一具女尸。胆小的外公，在慌乱中将书箱里的书撒了一地。他边装书边哆哆嗦嗦地嚷道："死人了，快跑快跑。"睡梦里外婆被"快跑"两字惊醒，一下起身，跑得比外公还快。那个中午安静的山谷被他们的惊叫声打破，惊得天空中的鸟雀嘎嘎叫着乱飞。

外婆和外公顺着山沟一路前行，直至一座高山挡住了去路。外公指着山顶告诉外婆，他的家就在山顶上。外婆抬头望去，高耸入云的山峰云遮雾罩。那些雨雾是很好的伪装，她想人牙子是怎样也不会想到她逃跑到这样偏僻的山里的。

外婆跟在外公的身后，攀爬她一生见过最高的山峰。山里的雾很大，外婆冷得牙齿打战，登上山顶，傍晚的天空下呈现出一片绝好的牧场，灌木和怪石嶙峋的石滩上覆盖着一层厚厚的冰雪。外婆蹲下身，她看到黄色的绿绒蒿，它的花枝半截埋在雪里，花朵像水晶一样倔强地从冰雪里探出头。她对其中一株静静地凝视了好长时间，轻轻拨去枝干上的雨雪。外公告诉她，书本上叫它"绿绒蒿"，山里人叫它"野牡丹"。现在开的这种叫黄花绿绒蒿，到六七月份还会有开红花的绿绒蒿，八九月份在青石山顶会开蓝花绿绒蒿。她觉得那是她平生见过最特别的花朵，它会呼吸，会说话，在寒风中颤动的花叶仿佛告诉她要绝地逢生。

春雪后，外婆就数着日子期待绿绒蒿开花的日子。她爬上山坡，在那些流石滩里仔细数着花株。等她看到去年开过的花今年又在原地开放，就兴奋地跑去跟外公说上大半天。她认真地描述着每一朵花的样子，激动之余用炭笔一笔一笔地描绘下那些花的容颜，继而将它们烙在绣布上。天气晴朗的日子她坐在廊檐下，在阳光下仔细比对丝线的颜色，她乘着风一针一针扎出绿黄色的绿绒蒿。

山里老下雨，雨滴顺着屋檐一滴一滴不断地滴落。外公在炕桌上为学生批改作业，外婆就着花窗里的光亮将那些绣好的绿绒蒿枕面缝在枕头上。冷风吹得厉害，吹得外公的书纸哗啦啦地作响，吹得雨气直往屋里涌。外婆向外公诉说起她的梦。她梦见大片的绿绒蒿盛开在屋前的流石滩上，她将其中一枝采摘拥入怀中，雪就将她全身染白了，她被冻醒，肚子一阵痛。

那年秋天绿绒蒿结种子的时候，外婆生了一个白净的女儿。外婆目不转睛地凝视着她，那是她生命中的第一个孩子，她在她没出生之前缝好了各种碎花的小被，在每一个小被子上缝制了一朵绿绒蒿，在每一件白色的婴儿肚兜上缝制了同样的花样。他们的孩子叫香蒿，香蒿是我未谋面的姨妈，她在第二年的春天死了。关于她的死因，听家里人说是当时来势汹汹的一种痢疾，那个春天山寨里好几个孩子都染了这种病，他们都没能活过来。

大雪在山间飞舞。外婆抱着她死去的女儿，抱成了石塑的模样。她双目呆滞，紧锁双臂，任谁都无法从她的怀里抱走她的孩子。外公说要给孩子换一件新衣服，外婆才松了手，刚一松手，身旁的村人就抱着孩子夺门而出，将她安放在山坡隐蔽的石头缝隙里。反应过来的外婆，疯也似的一路狂奔，雨雪里她在那些缝隙里拼命地寻找，泪水与雪水融在一起，她的心都快要碎了。那个时节绿绒蒿还没有开花，只有植株在风雪里摇摆。在寒冷的风雪里，外婆扑倒在绿绒蒿上，她的手使劲撕扯身旁的绿绒蒿，幸好绿绒蒿的根扎得很深，而它的枝干又特别坚韧，它忍着痛，悲悯着另一种痛。

这之后，外婆又生育过两个女儿，她们同样莫名其妙死于某种疾病。孩子的不断死亡让外婆外公变得麻木，快速地老去。外婆焚烧掉那些孩子用过的被褥、衣服、鞋子，她再也没有刺绣过一朵绿绒蒿。她变得面容憔悴，整齐顺滑的乌发开始变得凌乱。山寨里的人说，在午后总能听到外婆趴在流石滩哭的声音，有时村人看见她坐在绿绒蒿花丛中发呆痴笑。

"真丑，好烦人。"外婆总嫌弃我的母亲没有之前的几个女儿好看。那些孩子离去后，她开始每夜被梦魇淹没，在梦里她抱着那些夭折的孩子一路狂奔，和一种无法说清的神秘力量赛跑，不断地奔跑，不断地咒骂夺走她孩子的神秘物。只是她很是力不从心，抱了这个丢了那个，她总是被这样的梦魇折磨、惊醒。她心如枯草，再抽不出一丝水分滋养身边的人，她疏于对我母亲的照顾。她总觉得自己快四十岁生的这个女儿也会被可怕的神秘物带走，保持最开始的无情，才没有之后撕心裂肺的疼痛。

只是外婆从没想到，这样疏于照顾的孩子却在一天天见风似的长。"她是谁家的孩子，长得这样快。"在不做梦的时候，她使劲抚摸着小女儿的头，一直摸到她躲避。

她总觉得她是另一个世界的孩子，或者是别人家的孩子。她的孩子都在梦里，她们都那样娇小，那样柔软。

母亲说，童年里有一天她从黑土地带回一块快要风化掉的布块，她用那块破旧的布条扎了一束山里的野花讨好似的捧给外婆。外婆的脸瞬间凝固了，那个布条她再熟悉不过了，那是她第一个孩子死去时裹着的被单，那上面隐隐约约还有她刺绣的痕迹。她刚将花放在外婆手里，就听到了一阵撕心裂肺的哭叫。她被外婆的哭声吓到大哭。

那夜的月光很亮。外婆半夜摇醒了外公。他们拿了窗檐下的镢头和铁锹出了门。外婆和外公乘着月色，在那些石头缝隙里仔细地寻找他们夭折孩子的尸骨。他们冒着被村人忌讳的方式，将那些孩子的尸骨寻找出来，在附近挖了坑埋了进去，他们做完这些的时候，晨雾渐起，牦牛已经开始上山啃草。他们告诉山寨赶牛的人，他们要在这里开垦一片土地种植青稞。

赶牛的人摇摇头走了，他觉得外公和外婆就是痴人说梦。青稞都长在山脚下的河谷里，这样阴湿高寒的地方怎么会长出青稞。外婆拔掉那些草皮上盛开的绿绒蒿，她拔的时候很用力。绿绒蒿的根很深，她每拔一株，手掌都被绿绒蒿的枝干捋得生疼。她已经没有了当初对它的喜爱和怜悯。她边拔边嘟囔："听别人说，你和那些害人的大烟花是同一家人，你们没有一个是好东西，没有一个。"外婆疯狂地拔掉那些开得正旺的绿绒蒿，推掉那些不大不小的流石，在安放她五个孩子的大石头前，开垦了土地。她将土里的石头、草根一一清除，将周边的绿绒蒿也一株一株地拔出来晾晒在山坡上。

播种的季节，风向东吹，风向南吹，外婆的牛艰难地翻起了黑色的土壤。她从裤兜里抓出一大把的青稞，撒入黑土地里，有些青稞种子被风带着飞到绿绒蒿身边，在它的身旁开始了艰难的谋生之路。撒好种子，外婆用牙齿锋利的猫儿刺将地圈起来。村人觉得那个曾经眼眸清澈、说话低沉、性格温顺的外婆不见了，那些孩子的夭折让外婆变得性情古怪。

母亲梦见外婆在梦中赠予了她一朵红色的绿绒蒿，那是她见过最艳丽的花朵。她将自己的梦告诉了外婆。外婆惊呼着询问母亲是否怀孕了。母亲告诉外婆已有三个月的身孕，这次回娘家，就是要分享这个消息。"啊真好，有孩子多好。别走，可别再离开我了。我要在山顶垒一座玛尼石，我的外孙要长命百岁。"外婆每天弯腰捡石头，田埂上的，河滩里的，沙石路上的，她都将它们小心地捡起垒高。阳光正好，绿绒蒿在她身边静静地绽放。她笑着对母亲说，她觉得她已经活成了她奶奶的样子，同样是垒起的玛尼石，诵读同样的六字真言，同样为世间万物祈求吉祥，她的心安静极了。

大雪纷飞，大河封冻。外婆踩着厚实的冰面，背着她为婴儿缝制的棉被、棉袄走过河来。她看着熟悉的洮河，想起她十七岁那年逆河奔跑的情景，想起第一次在高山上见到绿绒蒿的样子，想起她绣的那些绿绒蒿，她心里满是对新生命的期盼。在母亲生产的日子，她每天都会祭祀家神，半夜起来询问母亲的身体状况，甚至迷信到不让一些属相生猛的人靠近母亲。

大雪停止纷飞，阳光透过厚厚的云层映在了花窗上。母亲的眼里，那天的太阳变成了放大的绿绒蒿，一朵一朵直往她眼里撞。羊水将我滑向外婆，她抱着我不断地端详，不断地抚摸。"太像了。"母亲当然明白外婆说的是谁，只是她坚信她的女儿定会如山间的绿绒蒿，有着顽强的生命力。

黑土地里种植的青稞黄了,外婆要将它们收回家。她在劳作时将我放在一块大青石上。我放眼望去,那片土地里稀稀拉拉长着几根芨芨草一样的青稞。外婆一根一根仔细将它们用手拔了起来,她的鞋帮上裹着黑色的泥土。我用脚轻轻触碰着脚下绿绒蒿的尖刺,绣有红色绿绒蒿的鞋面在阳光下一下一下地晃着。外婆时不时直起腰回头看一看我,她的脸上满是褶子。山间没有风,只有绿绒蒿种子爆破的声音,我听到那些种子四散开来,落地有声。

隐秘的河流

一

　　他和父亲坐在卡车的车厢里，背包里装着大小不一的雕刻刀，怀里抱一卷破旧的雕版图样。父亲说他们这次要去的地方，是他阿妈的故乡。

　　黄昏，他们抵达了小镇，车子在一个缓坡上停了下来。站在山坡上向下望去，顺着山势错落着暗黄的藏式房屋，洮河蜿蜒着像一条巨蟒在草原上滑行，地平线的尽头雪山像一头横卧的狮子。

　　"呼啦啦！"风在群山与草原之间奔来跑去。大风中走来一个穿绛红袈裟的喇嘛，他用不太熟练的汉语告诉他们，他的师父让他来接寺院的画师。喇嘛帮他们拿了一些行李，缓缓朝山坡爬去，"高反"在那一刻开始了，他胸口闷闷的，像压了一块东西，吸气与呼气的声音很大。费力地爬到山顶，一座气势恢宏的建筑出现在他们面前，经堂门前悬着的黑白帷幕在晚风中猎猎作响，低矮灰蒙的天空下一切肃穆中暗生神秘。父亲说，他们要为这座刚建好的经堂镀上绚丽的色彩。

经过一个白色的佛塔向右一拐，一排僧舍出现在他们面前。勾头钻进舍门，不大的院落里只有紧凑的三间木屋。喇嘛告诉他们这是一间闲置的僧舍，里边住着的僧人去拉萨朝圣了，正好空出来让他们入住。

月亮很大，照得满屋透亮。他裹了一床厚实的被子，听着身边瘦小的父亲发出深沉均匀的呼吸。父亲大半辈子都在高海拔的地方度过，他从一个寺院到另一个寺院，他雕刻廊檐上的画板，给寺院、农户的房屋油漆绘彩；他的身体已经与这里的气候融在了一起。他的太阳穴却鼓胀得厉害，躺在床上辗转难眠，一股很硬的风带着湿寒的气息吹进来，"吱吱"——他能听见身体各个骨节的呻吟声。

天微亮，父亲就带他来到经堂前，手里拿一卷以前勾描好的画稿向他讲着整个经堂建筑的结构。父亲用干枯的手打开画稿，告诉他藏式寺庙建筑彩绘以红、黄、白、茶色为主。意云纹、火焰纹、宝相花、缠枝卷叶、石榴花、彩的梵文"六字真言"、宝珠都有各自特定的用途。比如平板枋、阑额藻头上常作云头彩画、莲瓣等，而如意祥云多绘在侧柱头，额枋多用连续十字形、万字形等几何图案等，最重要的是绘完这些还要用沥粉金线勾线。父亲一口气说了很多。他听得迷迷糊糊，只觉得经堂金色的琉璃刺得他眼睛发痛。

阳光里有细碎的脚步声传来，一个老人佝偻着腰披着晨光走过来。走近来看，她的脸膛紫红里透着黑，额头上一圈紫青印迹，那是常年磕头留下的疤痕。她一只手不停地飞转着经筒，另一只手握着一串念珠。快走到他们跟前的时候，老人望着他父亲的背，突然说起了藏语。父亲像被这声音惊到忍不住打了个颤，他急急地跑过去握住了老人的手。他们谈话间，老人不时转过头朝他望上一望，他听不懂藏语，但他觉得他们的谈话与他有着某种关系。

老人再次来到他身旁，在他的肩膀上拍了拍，眼里升起了一层雾。她想说什么却什么也没有说，将他的手放在两手间摩挲好一阵才走开。她径直走到经堂的廊下，兀自铺上毡子，双手合十高举过头，依次碰下颌、嘴唇、胸前，之后双膝跪地，整个身体匍匐下去，双手使劲向前拉直，嘴里轻声诵颂着六字真言，稍许起身依次循环。

　　他呆呆地站在廊檐下，看着老人虔诚地叩拜，灵魂深处的某些记忆被唤醒。他记得，他的阿妈，在老屋昏暗的光色里用同样的姿势叩拜，一遍又一遍，直到脸上渗出一层密密的汗珠。他跟在母亲身后，摇摇晃晃学着母亲的样子，叩拜、起身，起身、叩拜，案桌上油灯摇曳着，上方供着的佛像闪着金光，一切恍若隔世。

　　在他的记忆里，他的母亲身材高挑，发髻乌亮，麦色的皮肤让她看起来像一粒长相饱满的麦粒。母亲说她的家乡在"碌曲"，藏语是指洮河。在碌曲汩汩的洮河水时聚时散，当那些从雪山上融化下来的水和大河相遇的时候，就有了一片又一片的高原寒湖，那些湖泊托起腾飞的水鸟也收留饥渴的牛羊，他的阿妈带着他在清凉的湖水边梳细小的麻花辫，湖边顺水转动的经筒发出"吱吱呀呀"的声音。阿妈给他说这些的时候，庭院里的大丽花开得正浓烈，一簇簇像燃烧的火焰。那些花朵的颜色和阿妈耳朵上戴着的珊瑚流苏耳坠很像，都像来自亿万年前海底的岩浆。

　　"洮生，我应该给你一个好听的藏族名字，可是我却想不来一个与水流有关系的藏名。"晚风中的阿妈很忧郁，她一直都是一副很伤感的样子。她说最终给他起名"洮生"是因为在生他的前一晚上，她梦见高原上的雪水都融化了，它们快速地聚拢，流淌，变成了一条一条的小溪，那些小溪像密布在草原上的血管，密密麻麻，最终又汇聚在一起，形成了奔流的洮河。梦里云蒸雾绕的河面上跑出一头黑色的小牦牛，猛地向河岸的她撞过来，她被这突如其来的梦境吓醒，细密的汗珠爬满了她的额头。她摇醒身边熟睡的丈夫，坚定地告诉他，她肚子里怀着的是像牦牛犊一样健壮的男孩，她说着，一声很响的雷在窗外炸响，闪电一下子划在了空中，她子宫里的河流迅速地汇聚，直到奔流而出。

"你生下来就像一头强壮的小牦牛。"阿妈说着将了将他头上卷曲的黑发。他问阿妈，为什么村里的孩子都管母亲叫阿娘，而他要叫阿妈？为什么他有一头怎么也梳不直的卷发，村里别的孩子要叫他"卷毛"或者"半蕃子"？寂静的空气里只有大丽花的香味，浓郁的香味产生了一种无法言说的迷幻，让他忘记了继续去追究。

雨夹雪在窗外下得铺天盖地，他困乏地躺在僧舍里，叩门声在寂静的空气里显得很重。打开僧舍门，上次见到的喇嘛将衣服的一角当作头巾披在头上，上面覆着一层白雪，他的身后跟着一个穿羊皮藏袄的人。雪下得很急，她整个人裹在一袭厚重的藏袍里，她微欠着身，背上背一个牛毛编制的黑色褡裢。喇嘛告诉他，来的人叫央珍，是专门来找他的，他说完又急急地消失在风雪里。

一双黑白分明的眼睛望了望他，兀自走进了僧舍。进房后她将裹在脸上的围脖取掉，露出一张布满红血色的脸来。女人将身上背着的包放在墙角，从里面拿出一团黄色的酥油和一小袋奶酪，用生硬的汉语告诉他，她的奶奶说，曲珍阿姐的孩子回来，她是专门来看他的。

"吱！"僧舍门再次被推开，父亲带着一身寒气推门进来，看到屋内的女孩先是一惊，随即用熟练的藏语和她交谈。他们说话的时候，女人望向他的眼睛亮亮的。父亲将一碗茶水递给她，她显得很局促，轻轻抿了一口茶，转身望一望他，起身出门了。

雪越下越大，屋内都是雪的味道。父亲将熬了半罐的松胶放在铁炉边上煨着，松脂的香味和雪气纠在一起形成了另一种难以言说的气味。他使劲吸了一下鼻子，像要努力记住这种味道似的。

父亲坐在暖炉边的矮凳上，吞咽了一口碗里的茶，他的眉头微微皱了一下，露出了一副痛苦的表情。

"洮生，有些事情我觉得要告诉你了。"父亲的语气很坚定。

"洮生你知道的，你不是我亲生的。"

他不作声，汹涌的浪潮在胸腔里涌动。很多次他都想从父亲嘴里求证这一切，当赤裸裸面对这些，当这一蛰伏在心口多年的秘密袒露出来的时候，他的心却像被松胶裹住了一样难受。他强忍着夺眶而出的泪水，沉默着低下了头。

父亲伸出手摸了摸他的头，长长地吸了一口气。

"洮生，你的阿妈出生在山坡下的村庄，她叫曲珍。我遇到她的时候，她十九岁。我借住在你阿妈家，跟着寺院里的喇嘛学习绘画。"他说着一些久远的在他脑海里翻腾的物事。脑海里首先出现的是那天的暴雨，暴雨里他在寻找走失的牦牛，豆大的雨滴砸得他的皮肤生疼，可是直到彩虹在河两岸架起了桥梁，他也没找到牦牛。他沮丧地坐在河岸的大石头上，望着洮河飞涨的水势，心情极其低落。寻找走失的牦牛是他答应曲珍的，他总想在她的面前表现出不同来，可每次的结果都不尽如人意。雨后的天蓝得可以渗出水来，太阳的光像一枚枚银针从蓝水里掉下来，射在他的身上刺猎猎地疼。他忍着疼，坐在大石头上等太阳的光波将他淋湿的衣服晒干。他眯着眼望过去，彩虹的那端一个人支一个画架在草地上作画，一头牛蹚水上岸，吓得那人扔了画笔就跑。他认出来那正是他要找的牛，他一下立起身隔着河岸向牛打口哨，他飞速地穿过摇晃的吊桥向河对岸奔去。

河岸的草地上，那头湿透的牦牛正在悠闲地吃草，身上的水珠在阳光下一闪一闪的。"憨货。"他随口说道。"帮我取一下画架。"有个声音怯怯地从他身后传来。他扭过身，差点笑出声来，一个高瘦的青年身上裹满了泥巴，眼睛里满是恐慌，向他指着不远处倒在地上的画架。他回过神来，想起他可能是刚才被牦牛惊吓跑掉的人。他想到这里，忍不住笑出了声。

他听到父亲发出的笑声，愈发不知所以。回忆里的笑声突然地跑出来，也让他的父亲意识到了自己的唐突。他将刚才所想的都告诉了他。

"你的父亲是从四川来的支教老师，后来我将他带到你阿妈家喝酒，他们就是那时候认识的。"父亲说完，长长地舒了一口气。空气中松脂的香味更浓烈了，水壶里的水沸腾得厉害，空气被一层氤氲笼罩着。

"洮生，你应该学会喝酒了，在高原上喝酒是一件好事，它会让身体瞬间变得暖和。"父亲说着，从壁橱下的角落提溜出一个五斤左右的塑料壶。打开盖子，青稞酒的浓香飞速地乱窜。他将酒倒进两个龙碗里，放在铁炉上。炉火很旺，碗里的酒迅速变得温热。

"洮生，端一碗喝了它。"父亲的语气充满了毋庸置疑。

他端起碗，一饮而尽。一大口下去，胸腔像被燃着一样，酒的辛辣刺穿鼻腔，一直往大脑里蹿。

"年轻真好。那时候我和你父亲也一起喝过很多酒，是那种你阿妈家酿的青稞酒。我们一口气会喝好多，你阿妈也喝，她喝酒可要比你厉害。"父亲说完，嘴角溢上了笑意。

第二碗酒下肚，他整个人沸腾了，世界开始倾斜。他强撑着坐在炉火旁的矮凳上。迷乱中他看见父亲又将一碗喝了下去，喉咙里发出"呲呲"的响声。父亲微黑的脸庞变得通红，眼神却变得忧郁，端着酒碗的手微微颤抖。父亲的双手，因为常年的劳作骨节粗大，指甲变得很厚，拇指和食指的上方都是细小的褶皱，他看着，心里顿生出许多辛酸来。那一刻，他很为自己惭愧，明明他记忆里的父亲只有他，可是他却要忍不住去探究那个隐藏在他心底或者埋在血液里的男人。

"洮生你还记得你的阿妈吗?"父亲涨红着脸问他。

"嗯,记得。"他说完,眼泪使劲往眼窝里涌。

二

"有些人藏在记忆里就好。"他对我说这句话的时候,晚阳的光打在他的脸上,酱红色的脸上泛着光。我们是从小认识的,在铁城里我也曾叫过他"半蕃子",我们甚至为此狠狠地打过一次架,他奋力地将我推倒在石沙路上,有一粒调皮的沙子藏了我的手掌里,变成了一颗醒目的痣。

"洮生,今天为什么要给我说这样多?"我不解地问道,因为他跟父亲去碌曲后,我们都不曾有过联系。我甚至一度忘记了他的存在,他和我所有童年的玩伴一样,时间让我们成了彼此都不熟悉的人。这次要不是我在碌曲的这个小镇碰到他,或许我们还需要很多时间才会见面,或许不再见。

我是在离开采风团一个人瞎溜达的时候碰到他的。起初是那个架起来的大铁架吸引了我。像信号塔一样的铁架上,几个人站在高处在一面石墙上作画,图画已经初具模样,是放大了的吉祥八宝。这几年来高原旅游的人很多,他们喜欢看到更多浓郁的藏地风情,所以很多景区都会在一些空的墙壁上绘上大幅如唐卡一样的画作。我定定地看着在日光下劳作的人,一种不知所以的孤独感包裹着我,每个专注某件事的人都是孤独的,比如我,比如那些作画的人,孤独又让我变得极其安静,我想知道他们最终能画出什么来。我的目光跟随那些背影和墙壁而动。盯了好久,我越发觉得那个满头卷发的身影是那样熟悉,我使劲地调动我的记忆。"洮生!"我惊奇地喊出了这个名字。

"洮生!"我喊了很大一声。果然那个身影小心地从铁架上转了过来。

"洮生，我在这里。"我兴奋地挥手。他猫着腰在铁架上朝我望了又望，利索地爬下了铁塔。

"你怎么在这里？"他的眼里多出了喜悦。

"走，去哪里坐坐，好多年不见了。"他环顾四周，在找寻一个可以喝茶聊天的地方。

这里就很好，我将他拉到旁边的栈道边，我们坐在了行人很少的一个台阶上，台阶的草原上可以看到一条清澈的溪水。

"洮生，这些水都流到了铁城的洮河里。"和从小认识的人说话从来不需要那么多的顾虑，想到哪里说哪里。洮生说他也有好几年不曾去过铁城了，他很想念那条洮河。

从一条河开始，我们滔滔不绝聊了很多，分开的二十年都被我们细细地拼凑起来。

"晚上有时间在小镇唯一的茶餐厅见。"暮色席卷了一切，黑夜的幽光淡淡地笼罩过来，和他一起作画的人吆喝他收工。

十月的高原冻雨说来就来，雨将玻璃窗砸得很响。服务生送来一个电暖，热量一波一波在房间里升起。我点了一壶酥油奶茶，托着腮看窗外的雨。"咚咚咚"，童年里熟悉的脚步声响起，洮生推门而入。他为自己的晚来而略显尴尬，刚进门就忙活开来，唤来服务生，一下点了很多吃食。

"我在宾馆的餐厅吃过了，喝点茶就好。"

他越发显得尴尬，还是执拗地点了很多。

餐厅里播放着草原上很受欢迎的弹唱"拉伊"，所唱内容多为爱情题材。我听不懂歌词，调子听起来规律自由。洮生坐在我的对面，有些局促不安。很多年不见的朋友，一见面或许很熟络，但中间流失的岁月又会带来偶尔的生疏。

"巴巴（叔叔）还好吗？"我向洮生打听他的父亲。

"去年走了，是肺心病。"

空气又是巨大的静默，直到服务生端进来饭菜，他与服务生用熟练的藏语交谈。

"你学会藏语了？"

"嗯，我阿妈的语言，我应该将它学会。"他笑着说，"对了，傍晚在草地上的时候，给你正好说到我阿妈的事是吗？"

"嗯。"

雨在窗外越下越大，顺着玻璃窗不断地淋下来。洮生的故事又慢慢地开始了。

三

那年，喝完父亲煮的腊八粥，阿妈将他拥在怀里。因为过分地用力，他觉得他的骨骼在那一刻快要被她揉碎了。他清晰记得，是他使劲挣脱了阿妈的怀抱，阿妈说她的母亲去世了，她要赶回去。她还说过完藏历年，她要和家人去拉萨朝圣，那是她一生的愿望。阿妈走了，没了任何的消息，父亲在一个午后，从邮局回来之后就变得更加沉默。很多次，他问父亲，他的阿妈去了哪里，他想她，他说着抽泣到哽咽。明天会回来的，父亲简洁地答复道。

瓢泼的雨声里，他再一次向父亲质问母亲的去向。这次，父亲告诉他，他的阿妈在朝圣翻雪山时昏迷了，拉到山下已经没有了气息，一起朝圣的亲人在当地火葬了她，带着她的骨灰完成了朝圣，回来遵从她的遗愿，将骨灰撒入了洮河。

"洮生，我为你阿妈高兴，她一定在洮河里找到了你阿达的灵魂。"父亲向他说道，他用双手使劲揉搓了一下涨红的脸庞。

那晚的夜变得深了起来。屋内朦胧的灯光让人目眩。半夜，窗外的雪停了，月挂在深黑的天边。身边父亲的鼾声依然深沉，他扯了扯父亲身上棉被，为他掖实。

他托着沉重的头，起身靠在窗边使劲呼吸着窗户外的冷气，这会让他迅速变得清醒起来。在清醒的瞬间，他想起，他生命的最初。生命的最初是那条草原上最宽阔的河流。河岸边，在高原底色浓重的背景下。他的生父一笔一笔画着眼前女子，他眼前的女子有着羚羊一样的灵动，羊羔一样的真诚。

苏鲁花盛开的草地上，强烈的紫外线将那个爱画画男人的脸变得黑红。他涂好最后一幅画，转身对身边的女子说，曲珍，我不走了，我决定留下来。他说这些话时双目炯炯，语气诚恳。他除了每天画画，也会帮孩子洗净脖子里的污垢、脚上的泥巴。他做这些事的时候，曲珍总是和他在一起。

他的班上有个叫央珍的女孩。她的父亲在一次风雪的夜晚被失惊的牛群踩踏而死，母亲生第二个孩子时也失去了生命。央珍手上的污垢结成了厚厚的痂。曲珍一遍一遍帮她清洗，帮她梳好发辫。

强烈的太阳光晒得草地上的草木疲倦不堪。洮河水懒懒地流淌着。一声刺破苍穹的炸雷，从雪山那边传来，继而黑色的乌云迅速地凝聚。接着是滂沱大雨。在高原上一切都来得那样干脆和猛烈，第一波大雨从天泼下来的时候，空气一下就变得冰冷。

瞬间的暴雨，让天色变得昏暗。昏暗中，他的生父在宿舍的小木屋里开了灯，给孩子们画星期一临摹的画稿。一阵很急促的敲门声打断了一切，带给他生命的那个男人，他扔下手中的画笔，朝河岸狂奔而去。汹涌的河水里，八岁的央珍，小小的身躯在河水里挣扎不停。

雨停了，阳光冲淡了乌黑的云层。一切停止了。河岸上只留下他的一只鞋。

洮生回忆到这里，痛苦地闭上眼睛，背靠在身后的沙发上，长长地叹了一口气。

"洮生,一切都过去了。"

四

洮生的母亲赶到河岸的时候,河的下端,寺院里的僧人和牧民正拿着长杆和自制的木筏在打捞尸体。暴涨的河水漫过她的脚面,可是她从未感到冰冷,她总觉得她深爱的人在水中央一遍一遍呼唤着自己。她要去找他。

那是洮生生命的初期,他在阿妈的肚子里感受前所未有的疼痛。那个给了他生命的男人永远地消失在高原的大河里。洮生的阿妈在家昏睡了很多天,醒来的时候,她告诉家里人,她要跟着同院的画匠离开。她说要离开这个生活了二十年的草原。这里的河水黝黑得可怕,它的河床上爬满了数不清的诅咒,它们总会在某个瞬间带着无言的隐秘将她淹没。

草原的清晨,他的阿妈跟着画匠从草原、从牧区,一直来到了氤氲的峡谷之地。一切都是陌生的,陌生的语言、陌生的人群、陌生的植物,甚至连牛羊都是陌生的。只有从高原、从草原流淌而下的河水是那样熟悉,在每个她睡不着的夜晚陪伴着她。

"你知道吗?我是在我养父给我说完我的身世之后才开始决定当一名画师的。"

他说,那夜他从父亲的包里拿出那些长短不一的凿刀,一把一把仔细地擦拭干净。他打开那些父亲勾描的底稿,看着那些细腻的线条,他觉得它们是有生命的,每一笔都在努力地拉伸出自己的形态。他身体里的某些基因被重新呼唤起。他想在不久的将来他会成为高原上最出色的画师。

"你做到了，我听铁城里的人说你现在是草原上最受欢迎的画师，听说你也挣到了很多钱。"我说完他笑了起来。

"丫丫，聊聊你吧，一切可都好?"

"不好不坏，一切刚刚好。"我居然说出这样一句言不由衷的话。的确，听了他的故事，我觉得我所遭遇的一切好像不是那么重要了。

"洮生，明早带我去看看你们曾住过的寺院，再陪我看看洮河可好?"

"好呀，这个没问题。"我们像童年那样约好了明天的行程。

晨光很好，洮生陪我观看完寺院，走出寺门，朝着山下一路走去。晨光里，我们穿过寂静的村庄、漫步的牛羊、白色的佛塔，一口气走到了洮河岸边。

远眺东方，太阳已跳出。金色的光波里，雪山变得更加神秘，山坡上的寺院金顶灿灿，宽阔的河水银光闪烁，河对岸的草地上升腾着一缕缕白色的雾气。

"阿妈，我是洮生啊……噢……嗬……我是洮生……"

"……噢……嗬……我也是洮河的孩子……"洮河边我扯长了嗓子喊道。

古老、奔流的洮河水默不作声，渐行渐远，隐藏在草原的尽头。

梦也何曾到铁城

　　生活在临潭，因为是县城，会有来自周边各乡镇的人群，也有外地在此谋生的外乡人，这些"正宗"的外乡人倒是很好辨别，可是以临潭新城镇为中心划分的东、西、南、北路人，在别人眼里却不是很好辨别，唯一能在言谈中辨别的便是乡音，比如县城的人说话比较喜欢拉长后音，可是东路人说话就显得语速过于干脆。

　　很可惜，这唯一辨别我身份的乡音也在岁月的侵蚀中消失了。我说我是东路的陈旗人，却很难有人相信。我觉得这是我的一种悲哀和尴尬。

　　我以前觉得故乡好贫穷，裸露的山顶、干涸的土地、兀自奔流的洮河，她一度成为"贫困"的代名词，一度让我无法在一个外乡人的面前理直气壮地提起她。年少的无知给予了我们浅薄，也给予了我们无限的愧疚。

　　年少不知乡愁事，总觉得故乡只是一个特定的符号，因为太熟悉而从未试图有过多的了解。可是在越长大越老去的岁月里，乡愁却成了我的一种疾病，它潜伏在我身体的每个细胞里久治不愈。我会在很多的时候想起那个大山褶皱里的故乡，有意无意地搜集关于它的点滴。这一搜集，故乡在我的脑海里突然变得立体起来。突然想起我的第一声哭泣，我所喝的第一口水，我睁开眼第一次所看到的人间都是它。故乡那高耸的山脉、奔流不息的河水就这样安静地接纳了一个新生命，我的人生由此启航，千帆过尽之后，吾心安处居然还是故乡。那里蕴藏着我最初的记忆、最初的欢笑，那里的人文里潜伏着我对这个世界最初的解密，在故乡的天空下祖先的脚步声仿佛还未走远，它很清晰地告诉我："我来自哪里，要去何方？"这一朴素的质问确定了我千山万水都走遍，也走不出心里的故乡，也走不出灵魂的质问。

所以，在一个窗外风雪肆虐的夜晚，独居临潭的我就着一盏昏黄的台灯再读余光中先生的《乡愁》，此时再没了年少天真烂漫的想象，而更多的是莹莹泪光，真是应了那句"年少不懂乡愁味，读懂已是飘零身"。记得在初中读《乡愁》，我总觉得余光中先生少不了"为赋新词强说愁"的意味，可是随着时光的拉长，随着人生阅历的丰富和年龄的增长，我觉得乡愁不再是诗人的专属情愫，它更多的是一种沉淀在心里的分量。

后来，我喜欢在五月走进故乡，氤氲的空气、疯狂生长的植物、奔流不息的洮河水，还有中午能晒得人皮肤生疼的太阳，一切显得那么炙热，那么亲切，生命的张弛力在故乡的每一寸土地上达到了极致。

我喜欢在故乡的阳光里行走，很多时候，我会沿着中学时走过的绿荫小道顺势走下去，不知不觉中就越过一道道田埂，突然眼前的视线会变得宽广起来，在马蹄状自西向东敞开的平台上，安静地睡去的是甘南最早的文明，那烧制彩陶的浓烟仿佛刚刚散去，那祭祀天地的傩舞只在昨天。站在一排排齐家人曾长眠过的墓地边，我的心无比沉静。我在侧耳倾听远古的文明正在大地的深处发出轰轰烈烈的声响，这是一种多么震撼人心的声音，它不会随着时间的久远而销声匿迹，反而越有生命力，越会在时空的某个节点突然地如一声炸雷刺破历史的长空，震开一条通往远古的神秘隧道。那一刻，我觉得我的故乡是那么富有，随手一拾就会捡起一段文明。每想至此，我内心的情感被鼓胀得满满的；我觉得我必须要向世人说说我的故乡，说说那个藏有太多秘密的铁城。

梦里谢桥，梦里铁城

"谁翻乐府凄凉曲，风也萧萧，雨也萧萧，瘦尽灯花又一宵。不知何事萦怀抱，醒也无聊，醉也无聊，梦也可曾到谢桥？"穿越历史，在那个凄风苦雨的夜晚，纳兰性德先生倚在历史一角轻吟着他梦里的谢桥，可以看出这里的谢桥更多是一种美好的意向，是一种心灵的故乡。可对于一个故乡情愫浓郁的人而言，我的梦尽头，那谢桥便是故乡，便是藏有太多秘密的铁城。

铁城处于临潭县最东端的王旗镇，历史上的铁城是从秦汉存续至今的一个军事重镇，铁城距临潭县城六十余公里，距卓尼县城四十公里，距岷县县城四十五公里，处临潭县、卓尼县、岷县三县接壤的地带，曾有"鸡鸣一声三县闻"的美誉。

从现存古城墙的残垣断壁判断，城墙厚达五米，高至十余米，若从铁城北端洮河边算起，其长度不下八公里。整个铁城依山傍水，地势南高北低，呈马蹄状向北敞开它的胸襟。古铁城建构精密，因其所处的独特地理位置，宜战宜守，利于进退，整个城池"固若铁打，坚不可摧"，故称之为铁城，是少有的军事要塞。

铁城所在地是全县海拔最低的地方，是每年将春讯第一个传遍高原的地方。铁城的山，脊梁沉浸在氤氲的空气里，一直延伸到遥远的天边；穿过铁城的洮河水，呜咽着向东奔流而去。靠山依水生活的人们不会过多提起发生在这片土地上的故事，而是更多忙于生活的细细碎碎。尘封在光阴里的铁城不像"洮州"让人耳熟能详，也不像"洮州卫"那样在整个中国守边史上熠熠生辉，也不像"红堡子"有几道恩赐圣旨彰显曾经的辉煌，也不像"牛头城"拥有一个王国的传奇。铁城更像一册遗忘在时光里的古书，置于历史的书架上，尘封在匆忙的光阴里，等有心人去翻阅。

很多年我的梦里，总会流淌着数不清的陶罐，那是童年的一种印记，遗留在梦尽头总也忘不了。小时候，一场夏雨过后，在磨沟村通向中寨村的泥泞小路上，田埂里被浑浊的雨水冲刷出色泽泛红的小陶罐，裸露着滚圆的陶肚。小孩子看了很是新奇，就好似阿里巴巴突然发现了金光闪闪的宝藏，而且不用喊芝麻开门，那些流淌着童年幸福的陶罐就泛着泥土的清香浮现在眼前，孩童的心总是被兴奋鼓胀得满满的。很多时候我们都是用双手从泥里抠了出来，迅速拿到河边清洗干净，在阳光里彼此对比着陶罐的大小、陶上的花纹。可是新鲜感一过，大多数的陶罐都被扔掉了，有时有些也会拿回家随便摆放着，里面放一些捡来的石头或者插几朵野花，而更多的是在反反复复随随便便的挪动中遗失了。也有细心的村民会用铁锹小心地铲去旁边的泥土，刨出一个个红泥的土罐，然后好奇地拿回家，堆放在厨房的一角用来盛放东西。有的干脆掏了炕洞里的灰用来当拜祭灶王爷的香炉，觉得那已经是物尽其用了。谁也不曾细想，这些色泽美丽、设计古朴的陶罐来自谁人之手？遗失在哪个年代？为何会在一场雨水的冲刷下谜一样出现在一些不相干的人的手中？谁也没想过那么多，好像就去河边突然捡到了一块亮丽的石头一样，带回家，新奇一两天就又遗忘在不起眼的角落里。喜新厌旧、不思深究好像是尘世间大多数人的心态，终其一生，很多时候我们也就在这迷迷糊糊的处世观里错过了许多美丽的故事。

小时候的我们也不曾懂，觉得一场夏雨过后的捡陶罐就是童年记忆里太稀松平常的记忆；长大后，当我隔着电视屏幕听着新闻里关于磨沟遗址的报道，当齐家文化在经历亘古的黑暗惊艳世人的时候，我才觉得自己触摸过的是甘南大地最早的"心跳"。小小的陶罐，它的身体里有原始的篝火、最初的祭祀、野兽的嘶叫、不安的灵魂以及人类记忆里最初的电闪雷鸣……它属于某种幻想，比眼睛看到的更生动更逼真。小小的彩陶，喘息着先人的气息，那是史前文明在经历亘古的黑暗之后向后人排列着记忆的密码，那些黑色的、褐色的、古朴的、简约的、残缺的、完整的陶罐诠释的终究是什么？是最早的文明吗？这片土地曾经还发生过什么？正如英国实证主义史学家亨利·托马斯·巴克尔所言，"首先怀疑，然后探求，最后发现"。我也抱着这样的心态，慢慢揭开故乡神秘面纱，慢慢地离既熟悉又陌生的故乡走得更近；在光阴的流转里我愿做那个依附在故乡心腹里的孩子，触摸她温暖的心跳。

磨沟村里的齐家人

公元前2200年至公元前1600年，临潭最东端青的是山、绿的是日夜奔流的洮河水，在青山绿水之间呈马蹄状的平台上，齐家人烧制陶罐的青烟冉冉升起，孕育着甘南大地最早的"文明"气息。那些面容清丽戴着青铜镜护胸的齐家女子，手执精美的玉刀，俯首雕刻着彩陶上古朴的水波纹。半地穴式居室里，墙壁上挂着最初狩猎所得的兽皮，平整的地上铺一层光亮的白灰，室内葫芦形灶台上把爱与信仰都烧制在泛黑的甲骨上。那是人类史上的"童真期"，巨大的安静里，"文明"正在迅速地发酵。临潭的历史乃至甘南的历史被善于制玉的齐家人装扮得如山谷里金灿灿的谷物，结满的全是人类文明进步的果实。

我的爱人曾含泪／将我埋葬／用珠玉／用乳香将我光滑的身

躯包裹／再用颤抖的手　将鸟羽／插在我如缎的发上／他轻轻合上我的双眼／知道　他是我眼中最后的形象／把鲜花撒满在我胸前时　撒落的还有他的爱和忧伤……

　　我记得那是一个清风拂面、夕阳如血的傍晚，空气里弥漫着豆花醉人的芬芳，我独坐在出土齐家文化的墓坑边，怔怔地看着眼前废墟上空洞的墓坑，心底不止一次涌起席慕蓉《楼兰新娘》里的诗句；不止一次想，在史前氤氲的空气里，那些心底像璞玉一样的齐家人也曾在这片天空下演绎过爱与信仰，承受着生死离别。那些墓坑出土的不仅是惊艳到所有人的史前文明，也在岁月的风雨中，在被惊醒之后的无尽荒凉之中，传递着人性最初的温情。

　　生同寝，死同穴。齐家人的墓葬很好地体现了这一饱含人类温情的思想。考古发现，齐家人的墓葬结构可分为竖穴土坑和竖穴偏洞室两类，其中以竖穴偏洞室居多，这些竖穴偏洞室多为合葬墓，少量为单人葬。在那个氏族社会即将崩溃、阶级社会即将诞生的时代，天地之间永远不变的还是埋藏在人类心底最初的温暖，最初与最终的爱。不管是最初人类的穴居，还是氏族公社的群居，以及阶级社会出现后统治者赋予被统治者的残忍，都无法改变涌动在亲人之间的爱与被爱，那最熟悉与最亲爱之人的轮廓是人类在历史前进中抵御灾害一路披荆斩棘最有力的武器。虽然曾经植被茂密、水草丰美的世界早已成为传说，但在临潭的最东端，在尘封已久的黄土下被惊醒的千年文明，在时光里慢慢渲染着后人的心。不鸣则已，一鸣惊人，那个静默在大山褶皱里的小村庄就这样轻踩着远古的文明，带着太多的秘密出现在世人面前。

　　我也不止一次地幻想：史前那面容清丽的女子，怀揣着质朴的心，高举刚烧制好的陶罐，跑过荒原，跑过风雨，跑过电闪雷鸣，如烟的目光里摇曳着希望的光芒；那高举的陶罐里盛满的全是欢乐的谷粮、绚丽的光明，她一路跑来电闪石惊，而她的身后，野蛮在远去，文明姗姗而至。我一直在想，如果甘南高原自己举办一场盛会，需要点起文明之火，那圣火一定在临潭的磨沟村，就如普罗米修斯圣坛点燃的奥运圣火一样，从遥远的时空一直接力到现在，它除了爱与信仰，还有对文明的坚守。甘南高原因为这一坛圣火而有了自己独特的魅力。

齐家文化被誉为史前文明的最早一缕曙光，是人类通向文明之旅的桥梁，是华夏文明承前启后的纽带，齐家人用他们燃烧的彩陶叩响了中华五千年的文明。临潭的齐家文化，就那么安静地埋藏在临潭县王旗镇磨沟村临河的一级阶梯上，在岁月里沉默着，将最初的美、最初的爱与信仰在繁华之后埋于脚下的土地。齐家人不知，那被埋下的是被称之为"文明"的东西，让后来的人在一只小小的陶罐面前浮想联翩，在反复的推敲中惊喜万分。据考古所知，磨沟遗址出土墓葬以齐家文化、寺洼文化墓葬为主，还有零星的明清墓葬，总面积约四十万平方米。磨沟遗址是目前甘南地区发现最早的人类居址，也是目前洮河流域发现的仰韶文化、马家窑文化和齐家文化分布最西端的一个遗址，对研究三种文化的分布及延续变异关系具有重要价值。墓葬区对研究齐家文化的性质、丧葬习俗及阶级的起源具有较高学术价值。临潭县磨沟遗址被中国社会科学院考古学论坛列为"2008 年度中国六大考古新发现之一"，被国家文物局评为"2008 年度全国十大考古新发现之一"，2013 年被评为国家重点文物保护单位。

《水经注》里的铁城

传承了仰韶文化、开启了寺洼文化的齐家人神秘地消失在洮河以北临潭之东的时候，整个西北弥漫着战火的硝烟，那是人类文明的"叛逆期"，好似所有文明的诞生都要经历粗暴的、野蛮的杀伐征战，还名曰"为人类文明的催生而战"。"童真期"一过，人类学会了为所有的战争戴一项用谎言编制的华美王冠。当强悍的秦王朝用它的金戈铁马统一六国之时，临潭的最东端成了始皇西至疆界，《史记》里载录的"临洮"是始皇最西的疆域，唐代的《括地志》以是时的"洮州"来注释秦时"临洮"，而铁城作为古洮州的东部屏障、军事要塞，最早的历史记载是郦道元的《水经注·河水》："洮水又西北经步和亭东，步和川水注之。水出西山下，东北流出山，经步和亭北，东北注洮水。"《岷州续志采访录·山水》："洮水又北经元山坪东，有水系来注之……以《水经注·河水》可知……元山坪有铁城（堡）故址。"元山坪即《水经注·河水》里所载步和亭故址，步河川水为临潭县王旗镇磨沟村磨沟河，而铁城"金銮殿"古遗址在今天临潭县王旗镇梨园村叫"殿地下"的地方。而在磨沟村"边墙河"边，秦汉时所筑的烽火台，作为历史的见证，在岁月的侵蚀里倔强地支撑着残破的身躯。在静谧的秋夜，站在故乡的天空下，每一阵风滑过手指，我总觉得那轻轻溜走的都是一个充满诗意的史诗。何其有幸，我挚爱的这片土地每一阵风里都涌动着历史的温度。

唐诗里的铁城

你可曾相信，铁城藏在绝美的唐诗里。

逝者如斯夫，当历史的时钟有力敲响某个时空的时候，历史的主人——大唐王朝迈着它雍容的阔步登上自己的舞台。草原，战马嘶叫，吐蕃王朝也随之崛起。那个从白山黑水间走来的流浪部族——吐谷浑骑着他们日行千里的"青海骢"在铁城里饮马放歌。此时的铁城对唐王朝的中央政权来说处于时收时失的状态，而吐谷浑在铁城的金銮殿上，时而对吐蕃的来使美酒相待，时而对唐王朝遣使奉表，在弱肉强食的民族大兼并中，对于成长期的民族，朝秦暮楚不失为一种明智的选择。可是所有的谎言都有被揭穿的时候，所有的背叛都要付出代价。长安城里战马的铁蹄声划破了静谧的夜空，临潭的最东端，烽火狼烟里吐谷浑的"青海骢"仰天鸣叫，它的主人，那个用热血和生命谱写过历史的民族——吐谷浑，某个后裔被披枷戴锁沿着奔流的洮河水押解进京，"固若金汤、安若铁打"的铁城或许再也不愿意护佑一个背叛者的灵魂。消息传到长安，连缜密清高的"七言圣手"王昌龄都赋诗高歌"大漠风尘日色昏，红旗半卷出辕门。前军夜战洮河北，已报生擒吐谷浑"。对不忠者的报复是对正义的礼赞，铁城曾让整个长安一片哗然。

走进宋词里的铁城

历史步入宋代，清瘦的月光里，汴京的西风正烈，吹得满地的落木萧萧。这个重文轻武的朝代，经济发达但军旅不振，边防积弱，铁城就像一块遗失在古洮州里的"璞玉"。宋王朝在党项和吐蕃的蚕食中将处于边疆要塞的铁城遗忘在绵薄的月色中。

所有的忍耐都是有限度的，当党项和吐蕃的铁蹄踩碎了洮河沿岸沃野千里的时候，宋神宗"奋然将雪数世之耻"，熙宁四年（1071）命王韶主动出击熙河路（熙河即现在的临洮县、临潭县、岷县一带）。据史料记载，北宋熙宁四年八月，宋置洮（洮州）、河（湟河）安抚使，并任王韶为秦凤路经略安抚使。《临潭史话》：熙宁七年（1074）三月，"北宋在洮州东北筑铁城"，以临潭县王旗镇王旗、中寨、梨园和磨沟四村为铁城四寨。铁城因其地理位置的特殊，青唐羌酋长、鬼庄王鬼章盘踞铁城十一年

（1076—1087），鬼章多次联合西夏攻破洮州，使得宋王朝边民流离失所。一个风高月黑的夜晚，王韶一鼓击破铁城，将还在酣睡中的鬼庄王一举生擒。鬼章在铁城稀薄的晨雾中告别他心爱的自由王国。

这场被淹没在历史长河深处的大战是北宋开国八十年间最大的一次军事胜利——"熙河大捷"，宋军连败吐蕃和西夏联军，此一战不仅打出了宋朝的精气神，完成了对西夏的包围之势，也标志着吐蕃政权开始由盛转衰逐步瓦解。此战开边拓土两千里，之后的铁城辖地界与河州、狄道接壤，界域包括现今临潭县王旗镇、三岔乡、石门乡、店子乡、羊沙乡、新城镇、冶力关镇，卓尼县洮砚乡、藏巴哇乡，岷县的维新乡、中寨镇、西江镇，以及渭源县峡城镇的大片土地，地域面积三千多平方公里。

宋的月光终于在历史的天空显得无比明亮，就连当时名震天下的苏东坡在听说"熙河大捷"后也奋笔疾书遂写了《江城子·密州出猎》，"酒酣胸胆尚开张。鬓微霜，又何妨！持节云中，何日遣冯唐？会挽雕弓如满月，西北望，射天狼"。铁城的烽火狼烟曾为柔美的宋词注入了金戈铁马的豪气。

烽火岁月里的铁城

边墙上的杂草黄了又青，青了又黄，洮水映着桃花送走了几度晨曦晚霞，历史在淡淡的哀伤中徐徐流淌。吐谷浑走了，吐蕃、党项走了，铁城的烽火狼烟里金人高举旌旗在宣示着这座城池的归属权。《临潭县志·大事记》载，金人曾于金天眷三年（1140）十月破铁城堡，被统制孔文清、惠逢击败。此后洮州得失无常。

青山依旧，洮水如斯，在一个月笼雾罩的夜晚，建起中央集权的大明王朝要以它的威武雄姿征服元人高昂的头颅。一纸圣谕，明初开国大将沐英、李文忠的军队在铁城外和元人展开了殊死搏斗。三日久攻不下，是年农历五月十二日，沐英首先跃马横刀，一声呐喊带士入城，但所有人都惊呆了：铁城空空如也！聪明的鞑王一定是个饱读兵书的奇才，将兵书的空城计演绎得淋漓尽致，城中施以"悬羊擂鼓，饿马摇铃"之际，鞑王已从城池的阎门逃之夭夭。

可怜无定河边骨，犹是深闺梦里人。所有的战争都是以血的代价换取短暂的胜利，在作战中威武王将军战死，葬于王家坟（今临潭县王旗镇王家坟村），当地留有诗句"明代威武王将军，马革裹尸垣足村。边墙河畔几跃马，营盘山下几交锋。横刀驰骋疆场上，一战再战不成功。雨淋征鞍马不前，云笼雾罩月朦胧。血染战袍将军死，泪洒旌旗虎帐空"。穿过历史的云烟，刀光剑影早已远去，我们只能在流传的地名和史料的只字片语中触摸曾经披荆斩棘、金戈铁马的历史征战，而后人为纪念此战胜利以农历"五月十二日"做当地最大的庙会。时间过滤了痛苦的记忆，留下的是每年热闹的庙会和洮河岸边的"花儿"阵阵，"五月十二"也成了好多人乡愁里割不断的念想。

洮砚与铁城

"赠君洮河绿石含风漪，能淬笔锋利如锥"。墨海翻澜处，在时空的一边，黄庭坚送友人的那一方绿石还泛着沁人的芳香。跌撞而至的战争已经远去，洮河水奔流着，安静地带走那些刀光剑影，她用最细腻的情感孕育出一方方书写和平的洮砚。

洮砚全称"洮河绿石"或"洮河石砚"，学名辉绿岩，据《甘肃通志稿》载："洮河绿石出洮州。"而据史料记载，洮砚至迟在唐朝就已经出现，北宋时期王韶开边，洮河绿石得到进一步发展，洮州大地大开砚田，为索一方佳石，文人学士不惜重金，不避千里者大有人在。至明清，已形成一定规模，当地农民每至农闲，将开采所得砚石，用人背、驴驮和车拉各种办法运至洮州卫，再由云集洮河下游一带的工匠精雕细刻运送至附近州县，直至省城兰州。

所有的偶然都是必然，洮砚之所以产自铁城，并非偶然。纵观人类历史，所有的文明都启航于一条条美丽的河岸。当古老的洮河从青藏高原一路曲折东流，行至下游临潭东部时，水量充沛，河床宽阔，而在河床上方呈马蹄状展开的平台上，齐家人烧制彩陶的青烟燃起了甘南大地最早的文明之光。聪明的齐家人用雕璞琢玉的手，聆听洮河的声响，将洮河的身影一笔一笔临摹上去，那一刻定是洮水特有的灵气打动了他们简单纯真的灵魂。后来齐家人去了哪里无人得知，可是他们的灵魂早已畅游在那些水纹之间，要不千年后那些陶罐上的水纹怎么能那么打动世人的心？

故事还在继续，我曾不止一次猜想，曾经那个最早雕刻洮砚的屯边将士也好，还是那个慧根颇深的喇嘛也好，他们无一不是聆听着洮河的低唱，望着碧波荡漾的洮水，雕刻出一方方造型精美、质地如玉、黄标带绿的绝美砚石的。

可是如果说洮砚源于唐，盛于宋，那么一定精于明。历史倒回到明洪武年间，在某个阳光明媚的早晨，洮河两岸人声沸腾，军号声、孩子的哭泣与嬉笑声，在洮河两岸经久不散。可以这样说，洮河觅得了知音，这是一群血液里和水有着渊源的人们，他们来自江南的山水泼墨里，那里鲜花烂漫，空气里飘荡着茉莉的清香。他们也带来江南习文的精神，洮河懂这些人们，她用潺潺的流水磨出了质地如玉的石头，用来做砚，用来发墨。这些带有水色灵气的人们雕刻的砚，古朴典雅，面目温润。洮砚所刻图形不再是单一的龙砚，更多的如"岁寒三友""五福捧寿""凤戏牡丹"以及楼榭花卉、名山胜景、飞禽走兽，这些江淮韵味十足的景致轰轰烈烈涌现在洮砚上时，洮石明白，这些江南人是将故乡的思念一股脑儿寄情于石头上。如果说中国的四大名砚都有自己的故事和出处，那么洮砚的故事里怎么也绕不开离别的愁楚和思乡的忧伤。当一方方色泽温润的洮砚盛满墨汁让你挥墨自如时，你一定要相信，这小小的砚石有它自己的魂灵，那是蕴藏在铁城人心底的一抹朱砂痣。

铁城里的人

神秘消失的齐家人真的消失了吗？

要说生活在铁城里的人，还得从最早的齐家人说起。2008年，专家对磨沟遗址考古发现，神秘消失的齐家人，并没有彻底消失，他们在甘肃这块土地上生活了三五百年后，最终流向了四面八方，其中有一部分在王旗镇逐渐向寺洼文化类型过渡。那么不难说现存的铁城人血液里流淌的不仅有江南人的娴静、高雅，也有齐家人质朴灵性的生命特征。历史是严肃的，需经得起逐一地寻根究底，可是在某些问题上我们不得不靠推测和分析来解读某些点点滴滴积累起来的文化堆积。

在临潭，以新城为中心，人们习惯将居住在东、西、南、北的人按地域称呼，所以铁城里的人被称之为东路人，东路人在洮州人眼里还是有极高的辨识度的，东路人没有西路人（新城往上至县城周围）精明能干，但吃苦耐劳，诚实守信，铁城里的人性格沉稳，很多时候你还会听见铁锥雕刻洮砚的声音，在午后的阳光里，你会听到老人们谈今论古的声音，还有较真的老人会对古典名著里的某个细节而与同伴相约明天再一辨真伪。铁城里的女人大多乌发皓齿，眸子闪烁着灵动的光芒，她们尊老爱幼，笑声如铃，质朴纯真的笑容清澈得如最初的那汪泉水。据说铁城女人如此素美的容貌源于河岸台阶上那一排排的南水泉。所谓南水泉，冬暖夏凉，清澈见底，甘美醇香，是一个天然的温泉，铁城四寨的人一年四季饮用此水。冬季的南水泉最为热闹，铁城的女人会背着背篓，拿着洗衣盆，在温暖的泉水里洗菜洗衣，不像春秋农忙时，挑水洗衣都是来去匆匆；此时虽说是洗衣，其实更多是聚集在一起聊天说地，畅谈一年的喜怒哀乐，泉水热气翻腾，女人们洗衣的身影在雾气里若隐若现，乌黑的发辫随着洗衣的身躯有节奏地摆动着。如果说洮州有如莲的"尕娘娘"，那最灵动的定会在铁城。

日升日落，鸡鸣犬吠，铁城里的人在流转的光影里对这片土地爱得深沉。戏台根老人吐出的旱烟味，夕阳里飘动的炊烟，晒场上晒得发红的小麦，孩子放学时所唱的儿歌，都搅着浓浓的乡味，冲进铁城蔚蓝的天空，伴着北风怒吼着吹进每个人心里。我想无论是质朴的齐家人，还是之后强悍的羌、狄，以及莺歌漫语的江淮人，只要与铁城相遇，他们就再也不愿与脚下挚爱的土地来一次生死离别。

像飞翔的河流，我要离开故乡／离开三十年来酸涩的村庄／去寻找陌生的烟尘。在此之前／我沉默着，像一块石头经历着／被风化的疼痛以及暗藏的内伤……收住眼泪，收住悲痛／像收住生命的缰绳。在不断的回首中／故乡与我的距离越来越远……

我记得在六月的一次诗会上，诗人花盛在朗诵自己这首名为《离开》的诗歌时几度哽咽。其实台下的我也难掩内心的疼痛，那种疼痛只有经历过和故乡诀别的人才会明了，那是一种血肉剥离的切肤之痛，多少年当再次与废墟上的故土相逢时还会重重地痛一次。

我不知道曾经的齐家人在史前的那一次大迁移时是否哀泣过，千年后的彩陶没有回答，可是一定会有难舍的情愫将齐家人的双眼蒙眬，因为人类的情感都是相通的，没有谁甘愿魂远故里，漂泊他乡。可是铁城盛满了太多离别的泪水。

历史在不断的重复中推进，与六百年前江南的那次离别一样，这些铁城里的人，这些已经将他乡当故乡的江淮人的后裔又来了一次历史大迁移。

故事开始于一条河，离别也因为最初的河流。正如余秋雨先生所说，中国历史上每一次大的社会变动都会带来许多人的迁徙和远行。或义无反顾，或无可奈何，但最终都会进入一首无言的史诗，哽哽咽咽又回肠荡气。

当时间进入21世纪，引洮入陇，经过几辈人的努力，终于在九甸峡筑坝拦水。这项浩大的工程建成后将解决陇中十一个国家级贫困县三百万人口的安全饮水问题。可是在陇中人喝到的清凉洮河水中浸透着铁城人太多离别的泪水。

九甸峡地处临潭、卓尼两县的交界处，九甸峡工程建成后水库汛期水位2199米，将会淹没库区24.6平方千米的地方，其中临潭县城陈旗乡（现王旗镇）陈旗村、韩旗村、唐旗村、中寨村、磨沟村、王旗村六个村正好在淹没区内，也就是说一旦汛期放坝，这些曾经承载着铁城人一生记忆的地方，将会变成洪泽千里，这里的人必须和故乡诀别。

千里行程，泪别故土。2008年5月铁城人开始了千里外迁。高耸的山脉，静静流淌的洮河水，无不承载着离别的愁绪，此一别就像蓬草随风飞转，此一别他乡是故乡。离开时老人在移民干部的搀扶下，拄着拐杖，怀抱故土，老泪纵横，年轻人背负行囊，怀抱幼儿，哀泣不断，更多的人在晒场上面对祖坟的方向长跪不起……那是五月，铁城的五月梨花带露，草长莺飞，铁城正温柔地做着关于整个季节的美梦，她从一声声离别的哭声中惊醒，之后哀恸难耐，她的乳儿，生活在她香甜臂弯里的乳儿，就这样撕扯着从她的怀抱分离，山川能否告诉她，生活在这片土地上她挚爱的人们是否还会归来？

离别之后是长久的沉默，沉默之后是另一种生活的开始。就像曾经的齐家人一样，当希望的火炬点燃之时，大部分人满含热泪离开故土，而部分人还是固执地留了下来。现在留下来的铁城人生活在洮河一级台阶上，库区水淹没了河岸的广袤土地，洮河河床变得更加宽广，而洮河因为挟裹着更多的泥沙而变得臃肿，它更多的时候是沉默，再也唱不出欢快的歌谣，那激起的水波纹也转瞬即逝，而河岸上的铁城在岁月的流光里默默地承受着这一切。

还是在五月，我悄然走进故乡。雪也似的梨花吐露着沁人的芬芳，那写着"威武铁城"的匾额在新修的文化戏台上格外醒目。新建的文化广场上，老人的旱烟打着圈飘散在空中，几个上了年纪的老人偶尔也谈论着铁城曾经的辉煌和这片土地上曾经发生过的一切；孩子们在广场上奔跑着，嬉笑着你追我赶。我曾想，不知道在夏雨过后他们可曾再挖过陶罐，再闻过泥土的芳香；他们是否还会听大人讲"悬羊擂鼓，饿马摇铃"的故事。一切开始了又结束，结束了又开始。铁城里一切仿佛又回到了最初，只是岁月还是在时空里静静流淌，铁城的故事也在继续。那些曾经在这片土地上发生过的一切都随着洮河的流水声，慢慢地再次尘封在光阴里，它使得脚下的这片土地变得更加厚重，而踩上去的人，只能匍匐在它的胸口才会听见它的心跳。

多年后，无论我身处繁花似锦的南方，还是结伴而行去黄沙漫漫的大漠，我的心里总是有一隅安放着我的故乡。我的书柜上童年所捡的那个陶罐里还盛放着我最爱的洮河石，而多少年了，我还是不习惯远离洮河的日子。我总是喜欢对认识的人说说我的故乡、我的铁城，再说说高原上铁城里开出的第一朵花，以及在一场夏雨后挖出的那些陶罐，我总是乐此不疲。这最初与最后安放我灵魂的地方，是我一生走不出的梦，梦里那远远的铁城是我心灵的"谢桥"。

盛世铁城

因为曾经的贫穷，故乡的出场略带些许的荒凉、些许的酸涩……

因为地理原因和诸多客观条件的制约，我的故乡首先不是以她富足的"文明"而被世人知晓，而是因为山大沟深，自然条件恶劣，基础设施薄弱，产业发展滞后……铁城一度成为临潭人眼里最贫困的地方之一。正如《平凡的世界》中所写的那样，祖祖辈辈生活在黄土地上的铁城人，他们和中国的大多数农民一样，为土地而苦，和土地斗争，和环境斗争，和命运抗衡，目的就是想通过一片热土摆脱贫穷过上好日子，这是所有在这片土地上生活的人拥有的平凡而真实的梦想。

对故乡的贫穷我是记忆犹新的，小时候因为打破一个碗而被大人追得满村跑的小孩比比皆是。因为交不起学费而过早出去谋生的孩子更是大有人在。也有很多女孩子因为家里贫困而很早就嫁人了。也见过吃了上顿找不到下顿的乡亲，他们会在别人家逢年过节的时候，伸着黝黑的手，从别人家讨得几碗白面、一些馍馍、几件穿旧的衣服用来解决暂时的温饱……

临潭别的地方的人们提起故乡的人们，大多会带一点戏谑的口吻说"东路长干腿"。这里并不是赞美的意思，因为交通不便利，以前故乡的人外出没有交通工具可乘，多数只能步行。后来，在我小时候终于有了班车，一天仅此一辆，可是很多乡亲还是会选择步行，因为十元的车费对他们也是一笔不小的开支；县城距离故乡七十公里路，乡亲们有时会走上两天。村里一辈子没见过外面的老人很多，一辈子没坐过车的老人也有很多，在县城或新城读书的孩子，走着上学的更是大有人在。如此，我们就得了"东路长干腿"这一令人心酸的雅号。

虽然故乡的贫穷还没到"囊无一钱守，腹作千雷鸣"的地步，可是这种贫穷还是曾让我一度难以向外乡人提起她。

脱贫攻坚战在古老的铁城打响后，铁城所在的乡镇王旗镇在精准扶贫政策的全面落实下，因地制宜，因村施策，大力发展特色产业，注重养殖业和基础产业的培养，新建基础设施，繁荣新农村文化……如今行走在故乡的五月，漫山遍野的经济作物生机盎然，宽敞的硬化道路通向各家各户，粉刷一新的新村新居整齐有序，新建的文化广场上乡亲们的脸上洋溢着幸福的笑容，校园里孩子们琅琅的读书声在故乡的天空下显得那么辽远清脆。而对于铁城，人们有了更深入的认识。乡亲们会很得意地告诉外边的人，我们的故乡不仅生活富裕，而且我们还有铁城，还有数不尽的陶罐，还有说不尽的齐家文化……我们所拥有的那么多……故乡在逐梦小康的路上，绘出了一幅产业兴旺、生态宜居、乡风文明、治理有效、生活富裕的美丽乡村新画面。

而那些外迁铁城的人，据说在遥远的瓜州发展现代戈壁生态农业，种起了枸杞、蜜瓜、棉花，过起了好日子，在戈壁滩上唱起了幸福的"花儿"，在诉说乡愁的时候更多的是对幸福生活的畅想。

故乡，盛唐的月还高挂在天空，宋时的星河还悬挂在九天，那明朝的金戈铁马还回响在静谧夜空、回响在孩子们的梦里，而那齐家女子高举着陶罐也一直从亘古走向了光明。

此时，站在魂牵梦萦的故乡天空下，阳光灿烂，水波温柔，呼吸着故乡熟悉的空气，我的双眸盛满了幸福的光泽，我将会再次在一个晨曦时分告别故乡的山川河流，一路追逐尘世光明。

属于洮河的时间

一

洮河的源头在哪里很少有人去探究。每个生活在铁城里的人，早已习惯了洮河浪花与浪花的击撞之声。那声音在重山峻岭的峡谷之间回荡不绝。

腊月，大片大片的雪花从天而降，奔流的河水凝固在高山峻岭之间。河对岸那艘笨重的木船，被白雪覆盖，孤零零搁浅在岸边。河对岸的土坯房门窗紧闭，里面住着的船夫早已不知所终。只有西北风卷着雪花，卷着窒息人的冷气从冰面上飞过。

冰雪消融。那失踪了的船夫又会在一个阳光明亮的早晨出现。他身上搭着褡裢，身后跟着一头小毛驴，挨家挨户来敲村里人的大门。这时铁城里的人会从面柜里挖上半袋面粉，倒进船夫事先准备好的面袋里，算是半年的船费。

铁城里的人是极其乐意给船夫船钱和食物的。因为船夫不仅是此段洮河上唯一的船夫，他还是河岸的清道夫。他每天帮人们扯完船，还会将上游漂下来、浮上岸的那些死尸、死动物重新推入河水里，在河岸边为那些逝去的亡灵燃灯、烧纸钱。

很多个夜晚，尤其是夏季的夜晚，万籁俱静的夜空下，会看到河岸边，低矮的土坯房散发着暗黄的灯光。河岸边跳跃着纤细的火苗，在漆黑的夜里显得那样孤寂。洮河水哗哗地流淌着，整个世界像进入了一场自我的安抚。如果真有鬼魂，那些漂浮在河岸上的魂魄，此刻一定不再惊慌失措。它们告别河岸上的安魂人，顺着河水漂流到黄河、大海，在海的尽头投身于另一个世界。

船夫和木船同河岸的土坯房一样木讷、笨拙。他握着油丝绳的手粗壮厚实。天晴的时候，如果能看见河对岸的小屋飘荡的炊烟，听得见狗的吠叫声，就证明他定会在小土坯房里，是可以渡河的。

"扯船了，扯船了！"河岸的人朝河那边呼唤。只见头顶横跨在两岸间的油丝绳晃动不已，河那边一艘笨重的木船从远处摇摇晃晃地滑过来。

等河岸边的人上船坐定，船夫用粗糙厚实的手使劲扯一下横在洮河两岸粗壮的油丝绳，将船平稳地推入洮河中。船随着水的浮力慢悠悠地朝河对岸驶去。到了河对岸，坐船的人也不和他多作告别，匆忙消失在岸边的村庄或山坳里。

午后阳光温暖。送完最后一拨人，他将木船泊在河岸边，自己卷上一支黄烟，坐在河岸的大青石上吧嗒吧嗒地抽起来。

此时，他很是想念一个叫河女的女人，她是他的第二任妻子。他的第一任妻子，和他结婚一年就跟一个贩卖药材的男人跑了。那时他只有二十五岁，他第一次感觉到了惨遭背叛的耻辱。那时候他还不是一名船夫，只是洮河岸边一个刚学会雕刻的洮砚雕刻师。他将自己关在家里，疯狂地雕刻石头，在刻刀滑向洮砚石的顿挫感中，在刀柄顶向胸肌的疼痛中，在线条到线条的组合中，他暂时忘记让他窒息的耻辱和村里人密不透风的讥讽。

在所有的雕刻中，他对侍女的雕刻是最擅长的。可是那段时间他每雕刻一张侍女的面孔，他的脑海里就会映出妻子那张瘦小的脸庞，以及那张脸庞上呈现出的各种表情。他开始改雕飞禽走兽、楼榭花卉、名山胜景，反复的雕刻中，他左胸口的胸肌被刻刀把磨出了血丝。

二

横渡洮河是极需要勇气的。他向来是一个略微怯懦的人，他需要这种极致的挑战，完成自我的飞跃。他朝奔涌的洮河水大吼一声，脱掉上衣准备跳进洮河里畅游。

身后传来一阵狗吠声。他回过头，一个身穿红毛衣的女人朝河水边狂奔来。在她身子将要扑入河水中的那一刻，他一把拉住了她。女人还想挣扎，被他连拖带拽拉上了岸。

那是他第一次见她，他记得那天她就坐在他现在坐的石头上，脸埋在腿上哭得很伤心。

"干吗要救我？我真的很想做了水鬼。"白皙的脸上闪烁着一双漆黑的大眼睛。那是他迄今见过最黑最大的眼睛。他不作声，更何况在这炽白的阳光下，和一个陌生的女子待在一起，本来就是很尴尬的一件事情。他又不好一下子走开，怕她又想不开会去跳河。

风里传来了哭喊的声音。一个中年妇女跑下来抱着女子又哭又骂，使劲地攥着她的手朝大路走去。

中午的阳光闷热，抬头一看南山涌来大片的黑云。他望着奔流的河水，还是怯懦了。可是心里淤堵的那块心结像变小了，自妻子离家后他第一次迈着轻快的步子走回家。

上冬的时候，那些来收洮砚的人对他雕刻的洮砚石赞不绝口，一下子买走了很多，连一些陈年的存货都脱了手。他给自己买了一辆崭新的自行车，去县城买了一双城里人流行的长筒靴、一件皮夹克，甚至买了一台双喇叭的录音机，理了一个"两片瓦"式的分头。他那天从县城回来的时候，活脱脱一个港版明星。他提着录音机、穿着长筒靴登上木船的时候，同船的人都向他投来了异样的目光，是羡慕、稀奇、嘲讽，他一时想不起来，只是他很享受这样的目光，至少人们在议论他妻子的离开时，不会说他是个"婆娘式"了。他现在不一样了，他很有钱，以后还会有更多，那些来购买他洮砚的人说，他雕刻的洮砚在南方很受人们的欢迎。他们又向他预订了好几盒。

他趾高气扬地站在船中间，打开录音机，里面传来邓丽君甜蜜的女声："小城故事多，充满喜和乐……"一丝丝婉转悦耳的声音伴着起伏不定的船、波光粼粼的水面倒是很配。

"年轻人，坐到船的木凳子上去。"船夫稍带一丝呵斥的语气。

"老汉不要太凶，我这就去。"他说完打了一个口哨坐到了木凳上，眯着眼睛看着阳光下扯船的老人，他戴一顶暗黄的草帽，藏蓝色卡其布的便衣洗得泛白，跟木船的颜色相近，一双黄色的军用胶鞋被河水浸泡得很湿。

他想他这一辈子就算老了，也不会变成船夫的样子，木讷、贫穷、困苦还略带倔强。他定会是个阔气的老头子，在自家的大院里喝茶下棋，含饴弄孙。他想到这里突然又惆怅起来，妻子走了，含饴弄孙的愿望像洮河水一样渺茫。他想起以前去村里的舞厅跳舞，他都很害羞，除了妻子他没揽过任何姑娘的腰，没牵过任何姑娘的手，再说他的妻子是出了名地泼辣，每次去舞厅只能和她一个人跳舞。他的眼睛要是稍微朝哪个姑娘瞟一眼，就会遭到她的九阴白骨爪。他到现在都搞不懂，她的下手怎么可以那么狠，隔着衣服都可以将他腰间的皮肤抓破。

"臭不要脸。"他想到这里，在心里对她越发地仇恨，早知道她要走，他就不会忍受那锥心的抓痛了。他应该当场将她的胳膊拧反，一脚将她踢远，然后看着她的脸由黄变红再变绿。看着她痛苦地撕扯自己的头发，让她在众人眼里出完洋相。那该多过瘾呢。他这样想着，船已经到岸了。

"年轻人，慢点走，鹅卵石会拐脚。"船夫边抽烟，边慢悠悠地说了一句。

他刚要回船夫的话，就被脚下的鹅卵石拐了脚，哐地将录音机摔在了石滩上。

"还是带跟儿的鞋。"船夫说着哼笑了一声。

他又羞又恼，涨红着脸，瞪一眼船夫，回家了。

三

他每天骑着自行车，跟着村里的年轻人下河、摸鱼、进舞厅。现在去舞厅，大可不同以前，他会慷慨地给姑娘们买大大泡泡糖，买汽水，甚至在和某个姑娘跳舞的时候，他也会顺带捏一下她的腰，紧握一下她的手，有时还会专门和她贴得很近，直到他感受到姑娘胸脯的颤抖。他发现姑娘们好像都喜欢他，没见哪个姑娘因为他过分地亲昵而骂他，她们甚至向他投来暧昧不清的眼神。只是她们中，他觉得没有一个姑娘能让他心动，他握这个人的手和另一个的手好像没什么区别。他想起第一次握妻子的手，手心里、额头上都渗出了汗，心揪得很紧，月光下他们攥紧彼此的手，顺着洮河来来回回走了很多遍，直到远处传来妻子家人焦急的寻找声。

"臭婆娘，还是跟人走了。"他在心里又大骂了一声。借着舞厅的灯光，借着微醺的酒劲，他突然想流泪。他不清楚这想哭的感觉是因为对自己的痛恨，还是因为自妻子走后他所承受的侮辱，还是因为他发现自己变成了一个父母眼里货真价实的"二杆子"。

夏天的一场暴雨过后，洮河的脾气变得很暴戾，它的走姿很凶猛。水面上漂浮着黑色的木桩，一棵一棵连根拔起的大树，肚皮肿胀、四脚朝天的牲畜，还有面容模糊、身体臃肿的尸体。它迅速地、咆哮着从峡谷穿过。它们浩浩荡荡列队而下，以实物的形式演绎死亡的走势。

靠近渡口的地方，那些声势浩大的死亡队列，在那里悉数旋上岸，晾在岸边的大石头上。天放晴，河岸边站满了看热闹的人，顺带他们想打捞一些可用的东西。他也站在河岸边。他不想打捞东西，他只是很喜欢看这样气势汹涌的洮河。这样的时候，他总会想这水量充沛的洮河从哪里来又流向何处。它多么自由，可以穿越很多的群山，最终去了他所到达不了的地方，比如人们说的南方。他没有去过南方，村里很多年轻人都没有去过，他们从出生就像山崖的野草，被死死地定在了岩缝里。

人们站在河边，看着一头在河水中漂浮的肥大牦牛，唏嘘不已。他们也在猜测上游发洪水的地方。突然河边漂来一个木柜，有眼尖的男子直接跳到河岸的浅水里，奋力地将其推上岸。

"小心丢了命。"老船夫严肃喊道。

"看，是个女人，还有孩子。"人群骚动了起来。不过也很快地撤离了。他们怕那些死尸浮上岸会带给他们霉运。

河岸留下老船夫和他。那两具尸体在渡口不远的下游旋上了岸。老船夫赶紧跑下去。他也好奇地跟了去。

尸体是趴伏在岸边的，船夫用一个篙头轻轻地将身体钩正。炽白的阳光下，女尸的尸体肿胀，皮肤被水泡得惨白，半张脸血肉模糊，指甲也脱落不见。不一会儿又有一具较小的尸体被水流旋上岸，是个男孩，四五岁的样子，尸体倒是没有什么走样，可是脚上的一只鞋子早已不知所终。

他看着，心跳不已，也在暗想，他们死前到底经历了怎样室息的绝望，他们的亲人此刻又是何等地心碎欲裂。

老船夫在河岸的猫儿刺树下挖了两个浅浅的坑，拿来一个麻袋裹着小男孩的尸体放到坑里，在上面盖上一层猫儿刺。当老船夫要去裹第二具尸体的时候，他迅速地过去帮忙。他强忍着内心的惧怕，用麻袋的一角裹着手，刚用力拉了一下女尸的胳膊，"噔"的一下，那女尸的胳膊居然脱了。他愣了一下，反应过来时，扔了麻袋，大喊大叫地跑开了。迎面撞上了一人，他拉着她一起跑，等反应过来，他才看清眼前的人是河女。他下意识甩开她的胳膊。

"疼死了，我的胳膊要被你甩断了。"她边揉胳膊，边涨红着脸说。

"真的脱骨了，胳膊。"他惊魂未定地说。

"你见河边的死人了？"

他点点头。

阳光照在他身上，暖烘烘的。他怔了怔，跟着她朝刚才的地方走去。老船夫早已埋好了女尸，蹲在河岸边吧吧地抽着羊骨旱烟。

"河女来了？"老人说。

"你又来了，今天没穿靴子？怪不得跑那么快。"老人猛抽了一根烟，被呛得咳嗽起来。

他被窘得说不出话来，使劲地用手抠后脑勺。

夕阳烧红了西边的天，一只鹰鸣叫着朝南山飞去。洮河水上折射着星星点点的红光，此刻它又变得很温柔，大木船安静地依偎在河岸。他走进老人的房间，炕头条柜上放一摞线装的古书，还有一张他穿着中山装、戴着学生帽的照片。照片上的他眉清目秀，眼眸里都是藏也藏不住的聪慧。

"我曾沿着洮河，坐着马车去兰州上过大学，学的是桥梁建筑。可惜现在只能在洮河岸边划船，不过好像也有异曲同工的效果。"老人说完深吸了一口烟。

他说洮河最终入了黄河，黄河最终入了大海。终有一天他会和河女的外婆在那里相遇。

在洮河声中，他给他讲了很多他的过往，好像他们认识很久一样。他想或许是他救了河女的缘故吧。老船夫说。他唯一的女儿，曾是村学里的老师。她和河女一样天生一对双瞳。河女还未出生的时候，她的丈夫在护送孩子过河时掉河里淹死了。村里的人说是她的双瞳克死了丈夫，后来她魔怔了，生下河女不久就跳河走了。

"她的尸体我沿着洮河找了很久也没找到。后来有人告诉我，看见一具极像我女儿的尸体，竖立着漂浮在河中。没有人愿意打捞这种尸体的，他们说戾气太重了。有人说她被晾晒在下游的河滩上发烂、发臭，肚子被阳光晒得爆裂，最后被水边的鸟儿啄食了。后来河女的外婆也走了，她的尸体被焚烧后撒进了洮河水里。她说她会顺着洮河找到女儿的魂魄，在洮河的尽头她们还会相会。"老船夫说这些事情的时候，语速均匀，声调很低。河女安静地在土灶边为他们烧着茶水。

四

那天从河岸回来，他想了很多。他觉得比起老船夫，比起河岸死去的那些人，妻子的离开又算得了什么？那些雕刻洮砚挣的钱又能为自己带来什么？是摸姑娘的腰，在舞厅里大声喧闹，在人前故作神气地耀武扬威，这些只会让他更加空虚，更加地觉得自己悲哀。想到后来他又很惦念自己的妻子，不知道她现在过得怎么样、在什么地方。那个贩卖药材的男人会不会像他一样包容她的坏脾气。

她向来就是一个敢想敢做的人。她曾经告诉他，如果有机会她一定要顺着洮河走出去，看看群山外面的世界是什么样子的。她说，听祖上的先人们说，铁城里的人来自金陵，那里的水要比洮河柔顺得多。

她果真走了，到现在他们还没有领结婚证，现在就算想拿结婚证来找她回来，好像也没了借口。活着，只要她活着就好。想到后半夜，他得出这样一个结论。

五

阳光很好的午后。河岸的风吹得大木船摇晃不已。河女坐在船上，认真地缝补着从河岸捡来的麻袋。河水的光波打在她脸上，明暗交替的斑驳光影里，她认真的样子很是好看。

自上次在河岸边再次遇到河女后，他再没有去过舞厅。他藏起了长筒靴、皮夹克，那些装束属于曾经陌生的自己，他毕竟还是一个情感不容外露的人。一阵喧闹后，留给他的是像河水一样绵绵长长的疲惫。

现在他不去舞厅了。没人渡船的午后，他更愿意待在老船夫身边，听他讲《三国演义》《隋唐英雄传》，也听他坐在河岸边诵读《红楼梦》里的《好了歌注》："陋室空堂，当年笏满床；衰草枯杨，曾为歌舞场……金满箱，银满箱，转眼乞丐人皆谤。正叹他人命不长，哪知自己归来丧……"河岸的风，吹得船夫的声音有些凌乱。不知道是河风的原因，还是诗句让他触景生情，有眼泪迷住了他的眼睛。

老船夫说他家以前说不上金满山、银满山，也是方圆几百里最富有的人家。连着他家后院的大山曾经有一个小门，里边的元宝如果装完的话，需要三辆马车整整运上一天的，伺候他的仆人就有六个，长工就有一百多号人。大梦一场，如今也只剩河岸的陋室一方了。

"外爷，提那些有什么意思？现在你就是船夫一个。"河女说。

"河女，不知道为什么，和你、和爷爷待一起，我觉得很踏实。"他说这话时，显得若有所思。

"我可是内心很不踏实呢。村里人现在都开始说我们了。"

"要是我们在一起那该多好。"

深秋，洮河水很清澈。他和她只觉得天地都安静了，只有洮河水在铁城的天空下流淌。

六

他说他要和河女结婚。家里的人一下子炸了锅。

"她的母亲做了跳河鬼。她克死了一任丈夫，连她自己都觉得晦气。你救她的那一次，她就是被她婆婆打了，跑出来跳河的。"母亲急切地说。

"我也跑了妻子。"一句话说得他的母亲难以回复。他已经二十七了，在村子里已经是大龄青年了。更何况他结过一次婚，谁会愿意再将女儿嫁过来。

上冬的时候，他们在村人的议论下、在父母的叨念中结婚了。结婚那天，河女在红色的羊毛衫上套了一件更红的棉袄。她告诉他，她要一直穿着红色的衣服。这样红的衣服每天穿着，霉运会躲得远远的。

结婚后的河女处处表现得很谨慎。她力争要洗脱别人对她克夫的评价。天没亮她就早起将院子里里外外扫上一遍，接着做早饭，喂猪食，去河边洗衣服。每天她都将家里的被褥晾晒在院落里，用柳条仔仔细细地抽打几遍，她说那样的被子睡着蓬松、暖和。

深夜，四下静了下来。伴着哗哗的洮河声，他们聊童年，聊自己最糗的事情，偶尔也聊曾经失败的婚姻。这些他以前是不敢说的，他不敢给以前的妻子说自己失败的一面，不敢说自己出丑的事情，那样她会更瞧不起他。

那一年冬天，收洮砚的人没有来。据说贩卖洮砚的人，在收购洮砚的时候，顺带在洮河下游的森林里种了很多大烟，被警察带走了。

"你说，他要那么多钱干什么？"河女说。

他明白河女是安慰他，自那个贩卖洮砚的人被抓了后，他一盒洮砚也没卖出去。这对他是个巨大的损失。

七

河女怀孕了。

他说，他要将雕刻好的洮砚运送到河对岸，在那边有一个外地人开的洮砚厂子，定会卖个好价钱。

河女说，不知道为什么，今天她的心跳得很厉害。送他出门的时候，她突然从身后抱住了他。她一直将他送到渡口。船划了很远，她还穿着结婚时的红色毛衫，立在岸边。

他在心里祈祷，一定要卖个好价钱，回来的时候，给河女买一些好吃的。自怀孕她就吐个不停，三个月，她的脸瘦得像核桃，一双大眼睛陷得很深。

他朝河岸挥挥手，示意河女回去。河岸边的河女还是固执地站在岸边。等他上了岸，消失在河岸时，她才回了家。

那天，他背去的那盒洮砚很快卖掉了。他买了烧鸡、麦乳精、炼乳，顺带给老船夫也买了二斤青稞酒和一盒大前门香烟。

他背着鼓鼓囊囊的背包站在河岸，大声地朝河岸喊着要过河。

喊了很久，河那边一直没有动静。高原的天气早上还是寒风凛冽，中午太阳一出，就能将人的皮肤晒得开裂。爷爷可能是躲屋里乘凉了。他在心里猜想着，将背囊放在岸边，使劲地擦汗。定睛一看，河岸边今天站着很多人。他们在干吗呢？赶到一起坐船？难道河这边来了马戏团，或者是录像室里来了好看的带子？可是他在洮砚场出来的时候，也没听人说呀，因为洮砚场就靠近麦场，一般有杂耍团来一定是在那里，再说录像室在晚上才会开门。

他正思索着，河岸的木船摇摇晃晃、慢慢悠悠划了过来。快靠近岸边时，他才看清扯船的是村里牛倌。他闲暇时偶尔也帮船夫扯船。

"我家阿爷呢？"他好奇地问划船的人。

"阿爷今天不小心扭伤了腰，让我来接你。"牛倌的语调低沉。

"河岸上的那些人在干吗？"他朝牛倌问。

他问了几次，牛倌都不吱声。他心想，或许是河风太大了，牛倌的耳朵不好使。

等船快靠近渡口。他听见河岸的人群里传来哭声。那声音听着有点耳熟，好像是他母亲的声音。一种不好的情绪漫上他的心头。

他匆忙下了船，拨开人群。眼前的一幕让他痛不欲生。一层柳枝覆盖着一具尸体，那尸体下是他所熟悉的红。他的母亲瘫坐在尸体旁。

"是河女吗？"他不可置信地大吼一声，用颤抖的手拨开柳枝。映入眼帘的是河女那张苍白的脸，紧闭的眼睛，头颅下流着大摊的血迹，鼻孔上未擦干净的血迹粘连在脸颊上。河女是最爱干净的，从不容许自己的脸和身体出现任何的污渍。他这样想着，快速地脱下自己的外套，用衣角给她抹去脸上的污渍。可是那血迹像是焊在了脸上怎么也抹不去。他又用衣服去包裹她的头。他的手刚摸到她的后脑勺，就有黏糊糊的东西沾满了他的手，他举起手一看，是河女的脑浆。他彻底绝望了，只觉得全身发软，心悸到四肢麻木。他听不见周围嘈杂的人声，只听到剧烈的心跳和奔流的河水声。

"过年的时候，我就能生一个大胖小子了。我才不要再去跳河，不能让我的孩子和我一样也没有了娘。"他的脑海里不停回荡着河女的话。

"走，回家。"他使劲想抱起她，可是他此刻一点力气也没有。

"不能这样做，带血死在外面的人是不能运回家的。"他的母亲搋着他的胳膊说。

"难道我的媳妇儿和孩子要一直睡在外面吗？"他开始有些魔怔了。他总觉得河女还活着，他只想带她回家。他也没顾得上询问河女的死因。后来他才知道，那天河女送完他回去，从河岸刚入了马路，远远就听见一阵马的嘶鸣声和狂乱的马蹄声。她扭头一看，是一匹失了惊的黑马狂奔过来，缰绳和马蹄扬起的灰尘漫天飞舞，而离马不远的地方，一个四五岁的女孩正蹲在地上玩石子。她跑过去，一把将女孩扑倒在身下。一声马鸣，马脖子使劲往后一仰，前蹄高高上抬，又使劲落下去。如此反复几次，她的脑袋、后背，落在了马儿坚硬的铁蹄下。

八

按着铁城的习俗，年轻死在外，尤其是见血的年轻人，是不能入祖坟的，是需要被大火焚烧掉，将骨灰找荒郊野岭埋掉，或者撒入河水里。

第二天深夜，在老船夫打捞尸体的地方，燃起了熊熊烈火。尸体的烧焦味四散开来，一直蹿到老船夫的鼻孔里。

老船夫关紧了门，用厚床单遮了窗户。那味道还是一个劲儿往他鼻孔里蹿，往他心里、骨髓和脑海里蹿。他只能捂了被子，将头裹在被窝里呜咽不止。

后半夜，燃烧尸体的火彻底熄灭了，人群打着火把走了。老船夫走出门，和木鸡般的他一起将河女的骨灰装到事先准备好的小木盒里。不知什么缘故，灰烬里河女的一只脚未被焚烧完，完好地躺在那里。老船夫捡起，放到胸前，就像小时候他帮她焐脚时一样。

凌晨四五点的河风很烈，有些骨灰已经顺着风飘走了。晨光乍现时分，他们将河女的骨灰全部撒入了河中。

"走吧，河女，顺着洮河一直走。在尽头你会看见你阿妈和外婆。你们会在那里相遇，还有那些我送走的亡魂，他们会一路护佑你的。"老船夫说着，将焐在胸口的那只脚也抛入了洮河里。

九

上冬的时候老船夫走了。他按照遗嘱将老船夫的尸体焚烧了撒入河中，大木船孤零零地躺在河岸边。

春天河水解冻，那些急需过河的人，此时才想起老船夫的好，也想起他悲惨的一生，发出一声声唏嘘。

河岸上，那些浮上来的尸体晾晒在太阳底下，散发着股股恶臭。人们抱怨着，捂着鼻子逃离渡口。沿着洮河走两里多的路，去上游走摇摇晃晃的吊桥抵达彼岸。

他在一次雕刻洮砚的时候，电钻溅起的碎石将他的一只眼睛打瞎了。本来他想着河女走后，他要顺着洮河而下，看洮河是怎样入的黄河，那些死亡的灵魂最终又汇入怎样一条大河，可是现在哪里也去不了。

他每天夜里都会梦见河女。梦里她还活着，睡觉的时候，喜欢留给他一个漂亮的后脑勺。当他准备要去抚摸那脑壳的时候，却看见从里面流出很多很多的血和脑浆。从认识河女到现在，短短的两年时间，他好像经历了一生。还未到三十岁的他，苍老颓废得没了人样。

浪拍打着寂静的河岸。他在大青石上坐了很久。他决定要做一名船夫，这样会让他内心觉得踏实。他清理了河岸漂浮上来的垃圾、尸体。学着老船夫的样子，在河岸边为那些送走的尸体燃了灯，烧了纸钱。他重新打扫了老船夫的房子，在屋里烧了火，煮了茶，甚至养了一条狗。风里，他拿出一块铁皮将大木船的裂缝仔细地缝补起来。

谁能想到，他第一次扯船，坐船的居然是他的第一任妻子。两三年不见，她看起来就老了，丹凤眼四周都是褶皱。她告诉他，他是她遇到过最好的男人。她说她以前老欺负他，是因为她不能生育，但她也不敢和他提起，她怕他嫌弃她。

他不想过多去辩解什么。她问他为什么变成了船夫，他也不作声。她惊呼他的眼睛怎么了，他转过头不说话，只是安静地将她送下河岸。下船的时候，她突然从身后抱住了他，哭得很伤心。她说，外面并没有想象中的好，这次回来她就不走了。他松开她紧锁着的手，用低沉的声音告诉她，注意脚下的石头。

十

铁城通了班车。村里的年轻人越来越多地走出铁城。村子一下子空了很多。坐船的人越来越少，只是奔流的洮河水依旧，洮河岸边很少有尸体浮上来。见过他的人都说他沉默、木讷，甚至有些固执。他越来越像一个船夫。他固守着小土屋，固守着那艘大木船。他觉得终有一天他的灵魂也会走出群山，顺着洮河自由地行走，在河的尽头他会和河女、老船夫以及他们曾经送走的那些灵魂相遇。

冬，大雪冰封洮河，木船冰冻冰雪里。老船夫不知所终。

月是故乡明

我梦见漫天尘埃从天空撒落，一层又一层，密不透风。在梦里，那些尘埃里散发着的都是我所熟悉的气息。梦醒了，我清楚地知道那是故乡的味道。

故乡的孩童时期遥远到开辟鸿蒙的原始社会。

据了解，人类经历了四个温暖期。第一个温暖期是公元前3000年至公元前1100年。那时候处于新石器晚期和夏商时期。而处于这个时期的故乡，洮河两岸都是郁郁葱葱的树林。那些世代流传在洮河两岸的地名铭记了曾经的生态良好。比如什么桦树林、大林坡、绿宝山、林眼里、白杨树下、香树台上……这些世代留下来的地名都在隐隐约约地告诉我们，曾经我们有一个青山绿水之乡。

那时候的故乡美得惊心动魄。密密麻麻的原始森林从山顶一直延伸到故乡的一级台阶上。碧绿的洮河水曲曲折折、缠缠绵绵从群山间穿过。在洮河的一级台阶上，在史前温润的气候里，齐家人正在安静地烧制着陶罐。他们烧制了两耳用来盛放谷物的大陶罐、稍小一些用来盛水的黑色陶罐，还有各种类似盛放果子的小碗碟。生活的细细碎碎没有远离过任何一个时代。人类总喜欢用自己制造的东西填满生活的角落，这些东西除了一小部分是用来方便生活的，多是用来装饰生活。这除了人类高于其他物种的审美，是不是归根于我们灵魂深处的孤独？因为智慧让我们孤独，这是一种高处不胜寒的感觉。或许史前故乡人也是寂寞的。茫茫的天地，四下都是危机。原始森林里那些狼虫虎豹占据了大多数，而生活在洮河岸边的人类是多么渺小。是有惶恐，是有孤独在史前人内心激荡。所以洮河岸边燃起了祭祀天地的青烟，燃起了制造陶罐的浓烟，也燃起了刀耕火种的黑烟。这都是人类文明开始启航的符号，它们曾经就那样充斥在故乡的天空下。那时候的故乡人不明白这种符号，留给后来生活在这片土地上的人是一种多么丰厚的精神养分。

后来一切都归于了厚厚的黄土，那些陶罐也深埋于亘古的黑暗之中，极其的黑暗或许是接纳一切不安灵魂的佳所。

故乡的孩童时期结束了，人类的阶级时代开始了。

羌笛的悠悠在故乡的天空飘荡。那时候故乡大山里的树被一棵棵砍伐下来，故乡的先民们已经不满足于半地穴式的居住。他们用砍伐来的木头在地势平坦之处搭盖起了简易的木屋。即便这样山里的那些大树还是生长得葳葳蕤蕤。所以让我们大胆地设想一下，那时的故乡几乎保存了史前应有的样子，青山绿水，笛声悠悠。故乡的天地还是一副空灵的模样。

后来洮河两岸突然地热闹了起来。这种热闹里满是人间烟火。

六百年前的暮色时分，一群讲话轻清柔美、长相甜美的南方人拖家带口出现在洮河边。在洮河的一级台阶上，他们用忧愁及期待的目光打量着周边的环境。

还好，一切还没有想象中的糟糕。虽然群山险峻了些，虽然风中再没有吹来茉莉的清香，只有丝丝的凉风飘过，可也不是预想中的冰天雪地。人总是这样，做好了最坏的打算，所有稍好的出现都成了一种预期之外的惊喜。

这群江南人在故乡的暮色里生起了火，支起了锅，安顿好了疲倦的马匹，卸下了一路背来的背囊，拍一拍上面的土，略带伤感地呢喃道："终是到了，再不用风尘仆仆，这里就是最后的归宿了。"孩子们围着篝火满地跑，他们还不懂乡愁是什么。反正这山里捡来的柴火还是一样地能煮熟食物，这满山的葱茏看上去和自家对面山上的也没什么区别。那碧绿的洮河里或许也有肥壮的鱼虾。孩子们更关心自己的童趣。他们跑累了，在父母的怀里睡去。奔波一路的大人心里也安然起来，那憋着一股子赶路的劲儿松懈了下来。他们在火边临时支起的帐篷里睡去了。洮河水哗啦啦在梦里一遍遍地响着，一遍遍安抚着这些远来的人。

第二天，太阳光亮亮堂堂洒在人们的身上，这些远来的人心底也无端地亮堂起来。他们打量着周围，觉得山上那些长势良好的树可以砍来盖起一座座结实的房屋。从安徽、从金陵来的人可高贵着呢，怎么可以幕天席地？再说明天后天，近几年还有一些戍边的移民要来，先来的人总要为后来的人预备些什么。

说干就干。满山传来了"咔嚓咔嚓"树木断裂的声音，惊得满山的野兽四处逃散，惊得惶恐的鸟儿惊叫着向天空飞去，树底下的苔藓被踩踏得血肉模糊。这些来自南方，善于伐木、善于制造的人是我们的先辈。凭着每个物种生存下去的本能，"呦嗬……呦嗬……"地开始了伐木。一根根的大树从山上运下来。夯土，砌墙，柞木，故乡的天空下从来没有这样热闹过。

紧接着背山面水的房屋建成了，廊檐木雕都是江淮的模样。一院挨着一院，一个村落挨着一个村落。家里慢慢地也置上了桌椅家具。晨夕燃起的炊烟轻轻袅袅在湛蓝的天空下飘荡。

河岸边的树也被砍伐了，在一场一场的大火的焚烧下那些未被砍伐掉的草木被烧成了原始的肥料。河床边露出了黑色的土壤，这样的土壤用来播种是最好不过的了。其他稍微平坦的地方也被开垦了出来，撒上从南方带来的油菜籽、长势良好的小麦，屋前房后种上桑麻、梨杏。总之除了水稻不能种植，其他在春夏俨然一派江南田园风光。

农耕文明的气息在故乡的天空下浓浓郁郁地演绎着。这种生活模式一直延续了好几百年。

春来秋去，时光飞逝。人们突然发现山里的森林变得稀疏起来。山坡裸露出了黄色的肌肤，高山的坡地也被开垦成土地，曲曲折折的山路缠缠绕绕通向一块块沙砾状的山地里。我猜想此时烧制陶罐的史前人午夜梦回一定会被吓一跳，望着光秃秃的山一定会惊慌得要紧，他们觉得他们肯定要被饿死了。森林没有了，野兽没有了，可以采摘的野果没有了。他们一定会吓得再次躲进黑暗里去。

时间的经线再一次缩近。在父辈的时候，故乡的山上除了稀稀拉拉的几棵野杏树和梨树再无树木可寻。

我曾经问过父亲，问他小时候可见过桦树林里的树，问他香树台上香树的去向。父亲摇头苦笑，说哪来的树，连山里的蒿草都割光了，有时候还得半夜起身走很远的路去别村的山头偷着割。

父亲说他小时候觉得最辛苦的事情就是去割蒿草、铲草皮、挖草根。小时候在故乡，麦子就是一年所有的指望。这不仅是人的指望，还有牲畜的。比如麦子磨了面粉，麦子的糠皮要用来饲养家畜。麦子的麦壳和着土，冬天用来烧炕洞，麦子秆用来烧饭吃。

那时山里已经没有可以砍伐的树木了。冬天用来烧的炭也是从几十里之外的地方背回来的。所以用起来极其仔细，只有在来客人的时候烧上一点，或者在老人的炕上煨上一些。年轻人就捂着一床被褥过冬了。可是用来填炕的东西也是极其有限的。光麦壳根本不够用。所以秋天的故乡出奇地干净，每个角落都被扫得干干净净。先是扫树上掉下来的树叶，当第一场秋风飘下几片落叶后，就有眼快心急的人拿起笤帚飞快地扫了起来。扫的时候，如果地下的扫光了，就伸起笤帚将树上未掉落的一通乱打。那些未掉落的树叶就被这样残暴地打落下来，通通进了扫树叶人的背篓里。当看到第一个人开始扫树叶后，村里的女人一下子就慌张了起来，就怕自己稍微迟钝害一家人一个冬天睡冷炕头，所以天还没亮，"唰唰唰"扫树叶的声音已经打破了故乡的黎明。

有时候几个女人也会为了争夺扫树叶的场地而吵得唾液四溅，生之艰难让吴侬软语的江南后裔变得面目狰狞。村里的女人们都心照不宣地在心底盘算着明年的目标。她们已经掌握了一定的规律，清楚地知道村里哪棵树叶落得最早，哪棵树上的叶子最多，等来年一定第一个将它们扫回家。

村里最后一片树叶也被收进了背篓，晾晒在了院子里。一夜寒风，冬天到了。

冬天到了，人们变得更加惶恐。看着炕洞里那禁不起烧的树叶和麦壳，再看看草房里那一天少过一天的麦草和填炕的东西。人们觉得寒冷总在逼着自己要做些什么。

人们的眼睛盯上了高山上仅剩的一点草皮。一场霜降后，那些草皮变得干黄，连在一起的草根因为浸入了霜冻的缘故，因而和土地连接得不再那么紧密。这时人们拿了铁锹在草地一旁找了切口，然后将草皮一块块铲下来。一整个冬天，村里的人几乎扒光所有山头的草皮，那些裸露在外的山头估计都在寒夜里咒骂着可恶的人们。这还不够，人们连最后山坡边上剩余的草根也刨了出来，一堆堆晒在太阳底下。

晒干了的草根烧饭要比麦秆实惠得多。用"草芭子"烧的炕洞能将屁股烙熟了。可是那些裸露的山坡，那些千疮百孔的山坡一定在冬天的夜里气得发疯。人与自然的关系变得剑拔弩张。

一年一年，山上的植被越来越少。天干旱得紧。人们渴求着一场雨解救土地的干渴，也浇灭他们内心的焦虑。雨说来就来，可是来得是那么凶猛。倾盆的大雨从山坡上泼下来，挟裹着山上的泥沙从山坡从地头从河谷里冲了下来。涨起的洪水像一头发怒的怪兽一路狂啸而下，席卷掉了河堤两岸的庄稼、牲畜、住房，有时候还有未逃走的大人或者小孩。

一切来得很快，一场暴雨就成了村庄里的一次灾难，而这样的灾难年年上演。一下大雨，奶奶就望着窗外的雨叹气。她担忧地说道："这样大的雨，不知又有谁家的田淹没了，但愿人没事。"瓢泼的雨声里故乡的哀愁和贫穷密不透风。

　　雨从屋檐上一滴一滴地滴下来，汇在院里流成了小溪。我趴在窗户上期待着一个晴天。毕竟庄稼、长势、收成不是一个孩子所要去盘算的事情。我盘算着一场夏雨后，离家不远的田地里就会冲刷出红色的陶罐。然后我会约上要好的朋友一起捡了回去。捡回去可以去大柳树下的池塘里捉了蝌蚪放里面，也可以掏了小鸟，拿陶罐给它安置个家，对了，也可以去河边的泉水里抓了虾米放里面……我的这些盘算在一个个晴天都一一实现了。发生过的终将成为回忆。这些都成了我回忆的一部分，都成了我乡愁里的一个音符。总之那时候的故乡虽然会发洪水，村里的人会为了一年的生计而百般惆怅。可是一个孩子的心里都屏蔽掉了这些，留下的都是美好的回忆。所以有童趣的故乡还是美的。

　　不从什么时候开始，村里的街头巷尾都是铺天盖地的垃圾。故乡还是缺少填炕、烧饭的柴火。但那些垃圾却没人清扫。因为那些塑料袋既填不了炕也烧不了饭，燃起来还有一股刺鼻的味道，没有一个人会将那样无用的东西带回家。那些塑料袋越积越多。二月里的一场风，那些大的、小的五颜六色的塑料袋和着扬起的黄土张牙舞爪地在风里狂欢，它们的身影无处不在。曾经水光涟涟的池塘已经被张狂的塑料袋覆盖了一层。小孩子要掀开那些塑料袋才能看见摇着小尾巴的蝌蚪，还未来得及伸手去抓已经被惊吓得跑掉了。

　　原本清澈的河道因为漂荡了可恶的塑料袋，人们渐渐地对它产生了厌弃，女人们不再去河里洗衣服，渐渐地在人们的意识中河道两边成了倒垃圾的好去处。顺着河两岸，每天会看见背着破背篓、推着小板车往河道里倒垃圾的人。一直是这样，春天倒，夏天的一场山洪卷裹着一堆堆的垃圾冲进了洮河，那些未被冲走的，在夏日阳光的发酵下散发出一股股冲天的恶臭，这种臭隐隐约约飘散得满村庄都是。

第二年春风一吹，暖阳一照，万物开始蠢蠢欲动，当然蠢蠢欲动的还有那满河道的垃圾。它们顺着涨起的春水，一股脑儿推推搡搡涌进了洮河。

可怜的洮河身体变得那样臃肿，像中了毒的人一样，整个人浮肿得不像样子。洮河低声地呻吟着，拖着臃肿的身体，带着一身的毒和满腹的怨气缓慢地向黄河流去。

洮河一定会说，怎么会这样？怎么会这样？我曾经给那些烧制陶罐的人跳过欢乐的舞蹈，我曾经给远来的江淮人唱过和他故乡相似的歌谣，我用我的乳汁哺育了几辈的人。可是这群人，现在生活在这片土地上的这群人，怎么就那么狠心。洮河这样想着，这样怨恨着，慢慢它就变得神经质了，它的水量一年少过一年。

洮河两岸的人也开始焦虑了，总觉得有些什么不一样了。也有些人开始给自己的故乡贴上"穷山恶水"的标签。有的人也开始向外去谋生。其间就有自费去了张掖、新疆、酒泉开荒的人。而更多的人就生活在了一种抱怨中。故乡的人抱怨山上不但连烧的柴火都没有，山坡上那稀稀拉拉的几根草，连稀稀落落几只小山羊的肚皮都喂不饱。猪也快养不下去了，人们把山里的草都割光了，村里的猪估计也是饿疯了，直接去了庄稼地拱吃的。山上的地一年一年长不出庄稼来，河边的地收获也没有保证。所以村里的青壮年就被逼着去了外面打工。

那几年打工都是去了煤矿。二月里种上微薄的庄稼，女人们翻洗了家里的棉被，再替男人们纳上几双千层底的鞋，在满心的期待和不舍中送走了自己的男人。

男人们走了，村庄变得空落落的。空落落的村庄里垃圾还是一如既往地乱飞，飞得女人们的心也跟着乱了。

期盼的冬天里，背着行囊的男人们从班车上走了下来。村里变得像过年一样热闹，可总也有几户人家再没有盼到她们的顶梁柱。女人接过黑色的骨灰盒，接过一沓抚恤金，哭得惊天动地，孩子和老人的哭声更是让人听之心碎。这样的事每年都会发生，女人的眼睛在送男人时多了一份惆怅。村里的男性在不断地减少，迷信的老人把村头塌方的一个山口堵了，说一定是那些无征兆坍塌的山土冲撞了村里的年轻人。贫穷时出现的灾难让人们变得神神道道，人们无力地只想用迷信寻得暂时的心安。

"过去后有房有地，而且还能就近打工。"午后的戏台根里，几个从城里来的干部在给晒太阳的老人宣传着外迁的政策。

老人们眯着眼睛，一时拿不定主意，毕竟这是生活了一辈子的地方，更何况现在家里也不是他们做主了。

干部们又一家一家地去做工作，说着引洮工程的意义，说着外迁的各种优惠政策，他们说得口干舌燥，终于有年轻人站出来说："人挪活，树挪死。而且国家的政策这样好，一定是替我们做了好的盘算的。我报名。"洮河两岸又开始热闹了起来，夜晚还能听见人们窃窃的探讨声。

和六百年前的那次大迁移一样，离开的时候一样地哽哽咽咽，一样地荡气回肠。而少数未离去的人，依旧过着周而复始的日子。

"唰唰唰。"还是熟悉的扫落叶的声音，可是现在还没到秋天。接着又是铁锹铲土的声音。人们好奇地跑出家门，他们被眼前的景象惊讶到了，乡镇干部正在家门口清扫着垃圾。一车一车的垃圾像常年没有洗澡的人身上冲下来的污垢，一堆一堆看着让人恶心，看着也让人羞愧，毕竟这些垃圾的制造也有自己的一份。

扫过后的村庄看着就像新出浴的美人，看哪儿都舒服。人们发现村里所有的垃圾也有了固定的去处。河床变得异常干净，银白色的水在阳光下欢快地流淌着。前几年栽的果树，也就是乡镇干部说的经济林，不论是春天开的花，还是秋天收的果子，都看着让人心生欢喜。村里安装了亮堂的太阳能路灯，明晃晃照得夜不再那么孤寂。

外迁去瓜州的人，在遥远的瓜州给留在故乡的人通过视频分享着自己种的西瓜、枸杞，还有人邮寄来了自己种的棉花纺成的棉被。故乡的人也骄傲地在朋友圈晾晒着一尘不染的村庄，稍有文化的人还喜欢晒上几张彩陶的图片。也会告诉遥远的乡友，村里又种了新的树苗，山坡变得青翠起来，有夜莺夜夜啼叫不停。村里人开了农家乐、合作社，再不会有人去煤矿掏煤了……这世上痛苦可以蔓延，快乐同样可以用来分享，而这个过程是多么令人觉得愉悦。

麻娘娘的麻面具

　　六月的高原，淅淅沥沥的雨声总会彻夜地响起来。它会让故乡的夜变得更加幽静。而在雨夜里淋透了的月季，凉风一吹，隔着花窗一波一波将它的暗香直逼到我的鼻孔。很多年，我还是喜欢故乡这样的雨季，喜欢这个季节所散发的气息，它会在潜移默化之中唤起我潜藏已久的记忆。

　　小时候，我们住在太爷爷留下的老屋里。因为年代久远，房屋有了岁月的包浆。屋顶的天花板乌黑黑地透着幽幽的岁月之光。花格窗户上蒙着一层薄薄纸张，地板早已经看不见曾经的颜色，走上去咚咚作响，随着脚步起落的是那厚重木板散发出的一股朽木之味。

　　天边第一颗星亮起的时候，窗户上厚重的隔板一拉，世界就处在一种原始的黑暗中。抑或是下雨的时候，淅淅沥沥的雨敲打在屋顶，雨气逼着窗户，将满院花香吹得满屋都是。较之前者，我更喜欢下雨时候的夜晚。

　　奶奶的声音从久远的黑暗中传过来。她梦呓似的说："我给丫丫讲个故事吧。"奶奶的故事很多，但更多和鬼神有关系。她讲的时候，我觉得自己只是躲在一个既安全又隐蔽的地方，而在我所看不见的地方，或许只是花窗外，那些神灵就在屋外的土地上、在清凉的雨夜里狂欢起舞。这种感觉一直伴随着我长大。日后很多的岁月里，我都觉得故乡每寸土地都是神圣的。每一寸土地都生活着一个精灵，在我看不到的地方守护着我，守护着我们脚下的土地。

也是在一个幽黑的雨夜。奶奶告诉我，早些时候的洮州，各家各户的房屋是连成一片的。从我家的屋顶走过去，可以走到你家屋顶，可以一直走到村子的尽头。这样走着的时候，整个村里喜怒哀乐都是连在一起的。奶奶说，这样连着的还有人们的心。所以，生活在同一方土地上的人们要彼此相亲相爱，因为在很早之前，我的祖辈就在彼此的屋顶上，一起看过高原的蓝天。

每个城市建筑的背后，都有自己的一段故事。而专属洮州的这种屋屋相连的房屋形态，据奶奶说，是麻娘娘隔着时空给自己故乡邮寄的情书。

关于麻娘娘的故事奶奶讲过很多次。大致的情节是说，很久以前在洮州生活着一个美丽的女子，她每天都戴着一副麻面具示人。所有人都在背后议论她的丑陋，说她肯定是长得太丑了，不敢以正面见人。因为长期戴着面具的缘故，周围的人都称她麻娘娘。麻娘娘的嫂嫂对她更是冷嘲热讽。有一天嫂子半夜起床，看见麻娘娘的房间大半夜还点着灯，更让她吃惊的是窗户上投影着一个美丽的背影：一个身材俊俏的女子在打理自己飘逸的长发。嫂子走近窗户一看，房间里一个俊美的女子正在照镜梳妆。再走近一看，麻娘娘正在轻轻揭去脸上的面壳，而面壳下美丽的容貌让她的嫂子大惊失色。无知的嫂嫂才知道每天戴着麻面壳所谓丑陋无比的麻娘娘其实是像天仙一样的人物。和所有的套路一样，最终麻娘娘的嫂子将这一消息告诉了周围的人，消息不翼而飞，像长了翅膀一直传到皇上的耳朵里。最终麻娘娘被选去做了皇妃，并且得到盛宠，给生活在高原洮州的人们争得了如皇宫一样一嵌套的房屋。洮州的女子可以梳像皇宫一样的头饰，可以穿凤头鞋，家门口可以雕刻石狮子。总之在奶奶的讲述中，麻娘娘最终过上了幸福的生活，而且用她的善良造福了一方百姓。

奶奶的故事讲得反反复复，而且每次版本还略微不同，讲到最后，奶奶也没有告诉我麻娘娘真实的姓名。奶奶总说："凡是长相可人、心地善良、聪明能干的女子都可以叫麻娘娘。丫丫长大也要当麻娘娘。"奶奶讲这个故事的时候，也是在幽黑的夜里。在我幼小的心里，麻娘娘和那些让人感觉神秘的神灵一样，闪烁着绮丽的光，恍恍惚惚就走进了我童年的梦里。在梦里，我突然就长成了一个亭亭玉立的大姑娘。我穿着漂亮的花裙在故乡广袤的原野下疯狂飞奔。我心里有一束光，它指引着我，告诉我，再往前，再往前就可以看到美丽的麻娘娘了，她就会赐给我一种神奇的力量……

后来细想起来，这或许是我对女性最早的启蒙，这种启蒙是如此神秘且有力量。它在我心里树立起一个光辉、美丽、善良的女性形象，她就像一束光指引着我，告诉我一个女性该有的样子。

一个女人该有什么样子呢？是智慧、教养、博爱、高贵、雍容的化身？我一直这样在心底询问自己。我也不止一次询问过奶奶，奶奶总告诉我她心中的理想女性就是麻娘娘。奶奶说六百年前有一群唱着茉莉花儿、头戴着茉莉花儿、镂花摇曳的江南女子，在皎白的月夜里与戍边的队伍一起前行。她们跟着戍边的丈夫，一步一步走进高原艳蓝的天空下。奶奶说，她们是我们奶奶的奶奶，是最早的"麻娘娘"。所以在洮州每个女子都可以活成麻娘娘，都可以按照祖辈的样子一路前行。

长大后，我终于知道，麻娘娘真实地存在于历史里，生活在离我故乡七十里之外的新城洮州卫里。

翻阅历史，千百年来，处于黄土高原和青藏高原交会处的边关洮州，在承受近乎粗野的西北风的时候，也在承受着历史狂风的肆虐。那些处于庙堂的帝王，他们的双目穿过茫茫人海，穿过千军万马，一直在仰视中将目光锁定在苍苍高原，锁定在这片处于河湟洮岷地区的大西北战略要冲之地。而在这所有目光中，有一位帝王的目光越发冷峻。他将目光穿过江南的山明水秀、重重雾霭，投射到了素称"番藏门户"的洮州。作为大明王朝的开国之君，他决定要"戍边移民"，将西北诸地牢牢掌控在自己的手中。

麻娘娘的父亲是时任洮州卫提督的李达。这位来自安徽凤阳的戍边将领在大明朝的"西控诸番，东屏两郡，南俯松叠，北蔽河湟"中立下赫赫功勋。虽然在当时的朝廷中李达只是一个武官，可是因为洮州卫所处的地理位置和明王朝对戍边将士的重视，为显皇恩浩荡，十六岁的麻娘娘被选入宫，陪伴明成祖长子朱高炽。

公元1424年也就是明永乐二十二年，明仁宗朱高炽继位，麻娘娘被封为贤妃，育有三子一女，即郑靖王朱瞻埈、淮王朱瞻墺、蕲献王朱瞻垠（永乐十九年卒）和真定公主。本以为自此可以安享荣华，笑看风云。可是朱高炽登基仅仅八个月后，突然崩于钦安殿。在那个还盛行人殉的年代里，仁宗的死亡带给后宫妃嫔的是一场灭顶之灾，或许是因为麻娘娘育有三子的原因，抑或是李氏家族对朝廷戍边所立下的汗马功劳，麻娘娘在不绝于耳的哭声中逃过了被殉葬的厄运，但最终也是老死他乡。可是好像也有一说，麻娘娘入宫后深得圣心，引起后宫妒忌，最终年纪轻轻惨死宫中，而在将死之际她心心念念的还是自己的故乡，说出了对自己家乡的无限企及，以及需要朝廷对自己家乡所赐的恩惠。

历史是遥远的，是遥远的时间排序，可是那种从历史里沉淀下来的东西，总是显得那么根深蒂固。很多年我一直在想麻娘娘戴着的面具会是什么材质做成的，是用轻巧的纸张，是用质地柔美的绢帛，是用洮州人自己纺织的麻布，还是用笨拙的木材？我一直在不断地设想，可不管是哪种材质，因为绝美的容貌而带给自己这样的不便和不快乐的麻娘娘是痛苦的。可是也是那样一张神秘的麻面具，遮挡了麻娘娘所有的脆弱和恐惧。所以那具麻面具其实是一张最低调、最坚硬、最能抵挡生活困苦的盾牌。一个女性，从母系时代开始，时至今日可选择和可拥有的总是那么微少、坚韧，美丽的麻娘娘没有选择，她能选择的是，留给后来的我们一具洮州女人人人戴而无惧的麻面具。

六百年如斯，明洪武年间所筑的城郭在月光下隐隐地彰显着自己的轮廓，倔强中略带寂寞。而城内亮起的灯光，在夜色里闪闪烁烁，在山坳里散发着一片人世安详。夜风轻轻地吹着，时空是那样安静，历史已被岁月牢牢地锁在时空的盒子里。而在这明亮的月色中，我多希望月光下的城郭中，麻娘娘还在洗漱装扮。

"一样是明月，一样是隔山的灯火，满天的星，只有人不见，梦似的挂起"，每次读林徽因的这首诗句，我总是在高原的月夜里想起我所熟悉却又感模糊的麻娘娘。这种感觉美好而略带忧伤。岁月是那样平静，山河如此无恙，而谁又能记得起六百年前那个走出高原的柔弱女子？

行走在如今的高原古镇，在暮色的洮州卫城墙下，偶尔还会看到温婉雅致的洮州女子。身着"西湖水"色的齐膝长衫，头戴银制的镂花，脚蹬足履尖尖的凤头鞋，云鬟峨峨，莲步轻移，在洮州的古陌巷道中缓步走来。那种盛放在骨子里淡淡的、幽幽的美如江南烟雨中随风摇曳的水莲。而在暴雪的时候她们也会坦然行走，她们无惧生活的残风暴雪，因为你所不知道的是，她们有一具无形的麻面具，那是美丽的麻娘娘留给洮州女性的。

我一直在想麻娘娘属不属于一种文化，虽然它不像西王母文化、妈祖文化成为人类文化组成的一部分，但是它却影响了一代又一代的洮州女子。于是关于对善良、智慧、坚韧的信仰成了洮州女子的一项文化遗产。麻娘娘之于洮州的，除了那别具一格的建筑、服饰，还有那一具有神秘力量的麻面具。

雨夜洮河轰鸣，我依偎在奶奶身边，旁边睡着我娇小的女儿。在这样一个让夜变得更深更幽的雨夜，我轻抚着我可爱的女儿，给她讲起了麻娘娘的故事。她懵懂的眼睛里闪烁着亮丽的光泽，似懂非懂地睡去。而奶奶不会再给我讲故事。或许她明白，为人母的孙女已经不需要一个光怪陆离的故事应对黑夜的幽黑。幽幽的夜里，就着窗外淅淅沥沥的雨声，奶奶给我说起了她的一生，快乐的、痛苦的、心酸的、幸福的，最后都伴随着均匀的呼吸声丢失在故乡静静的夜里。我看着身边她如同岁月一样苍老的脸庞，想起那些高原上的麻娘娘，她们就是这样安静且又坚忍地度过一生，而后平静地老去。每想至此，我不再会为自己偶尔所承受的生活苦难而心有余悸。

好庆幸，我生命中有那样幽深的雨夜。而在那样的雨夜里，有那样美丽、神秘的麻娘娘，她隔着时空给了我一具具有魔幻神力的麻面具。

甘加光影

一

离开甘加草原的时候，窗外皎白的月正从草原尽头升起。

白天有些干枯的草原，在朦朦胧胧的月色中突然变得盈润起来。更远处，大力架山影影绰绰，沉默着熟睡了。熟睡中，大力架山褪去了白天刚毅的面容，线条变得极其温柔。

一泻千里的甘加草原在夏日的微风中，一波一波将自己的密语传递到遥远的天际。

遥远的天际，月亮梦似的挂起。那最后一只回巢的雄鹰，正在收拢自己的翅膀。

遥远的天际，丹尼索瓦人在月光里追逐着最后一只野鹿。

遥远的天际，月色打在古八角城的残垣断壁上，也照在城里干净的街面上。

遥远的天际，文成公主远去的背影正在昭示一个王朝与另一个王朝的辉煌。

遥远的天际，一张巨幅的唐卡，描摹着关于大夏河、关于甘加所有的美好，缓缓地向山外飘去。

离别总会让回忆变得美好起来，此刻，甘加与我在草原的月色里，在离别时做最后的打量。

夏河对于我一直是一种神秘的存在，在我的印象中，它是古老恒远的。作为一名甘南人，明明它距离我只有一百三十七公里的路程，可我总觉得它遥远得仿若在天边，这种遥远是历史空间的遥远。首先它总会让我想到拉卜楞，这个世界级的藏传佛教佛学院，继而是唐卡，那一幅幅色彩斑斓、美不胜收的唐卡，总让我能闻到一股久远的味道从远古飘来。再之后是传说中的桑科草原，在我的脑海里，它苍苍茫茫毫无边际，浓缩了所有草原的广阔与苍茫。

世上所有美好的事物都会让人惦念，也会让人忐忑，不敢靠近。

所以我与夏河在时空的维度里只有一溪之隔。我在彼岸看着它在夜色里灯火摇曳，我在彼岸听着关于它所有的传说。我终是没有迈出过一步。

七月之行如一艘小船，让我在夜色里划向河岸。在第一缕阳光照射来的时候，我的脚终于踏上了传说中的土地。

首先是高原明晃晃、热辣辣的太阳，继而是大夏河流光溢彩的河水。河中乖巧的野鸭正在挥动小巧的翅膀，那翅膀溅起的水花，在阳光下晶莹剔透。

河两岸林立的街道，将斑驳的影子投在干净的街面上。行走在阳光里的夏河人行色从容，他们已经习惯了南来北往的人对夏河不知所以的探究和窥视。他们明白所有关于夏河的秘密都藏于时光的每一个缝隙里、每一缕阳光里，而探究让它多了更多的神秘。

我们的第一站没有去拉卜楞，也没有去桑科。我们去了一个我曾经以为只是一个大牧场的地方——甘加。

伴着晨光，西出夏河县城，刚翻过一座山，向右拐，便来到了甘加草原。

从山头俯视，甘加草原气势磅礴，果真是天地间一块绝好的牧场。广阔的草原，目至终点达宗湖波光点点，更远处，天光乍现处，大力架山像一个绝壁长城矗立在天边。这种视觉的震撼与冲击远甚于好莱坞镜头下的特效场景。

看来彼岸的我只有传说，我在摇曳的灯火里揣测着这座小城的烟火人间，揣测着灯火后的世界亦如此岸的世界。

可是彼岸的夏河有太多的秘密，那灯火后是一片片神秘的境地。而这一刻我误入了让时光变得遥远的"甘加秘境"。

七月的草原是安静的。它坦坦荡荡躺在阳光下，敞开怀抱接纳着每一个外来的游人。它好像以这样的姿势在告诉人们，尽可能地探究吧，我需要来过的人都能读懂我的故事并说给我听。我生活的年代太久远，我所经历过的太多，我所拥有的太多，可是我突然有些不大记事了。我多希望你走进我的心里，读懂关于我的一切，继而再认真地告诉我，一定要说给我听一听，说给世上的人们听一听。

二

正午时分，我怀揣着对八角古城的猜想，在时空里慢慢向八角古城走去。

我急于见到古城，所以我的目光一直在平缓的草地上寻觅，我多希望在不经意间，谜一样的八角古城就会像海市蜃楼一样出现在我的视野里。

突然车子左拐，向旁边的一个小山坡驶去。

当我得知，我们首先抵达的是露营基地。我的心里突然有一些愤愤然，总觉得又离心中的古城远了去。可是后来我才知道这是古城特意的安排。

登上山头。山顶是一个个建造简约又时尚的星空帐篷。站在接待厅的露台上，眼前大力架山气势逼人，而山脚下广阔的草原深处，安然存放着的居然是我心心念念的八角古城。

我的惊讶和欢喜，难以言表。我深情而热切地望向古城。我总觉得它也在远处看着一脸惊喜的我，继而会心地笑了，那笑听不见声音，却是古城心底的克莱因蓝。

我在山头，在古与今的融汇点，在时空的边缘安静地张望着古城，这种感觉是梦幻的。仿佛时空突然一下子错了位，将一座久远时空里的古城，一下子拉回到我眼前，放置在我的视野下，任我静静观望。而城里的烽火狼烟仿佛刚刚散去，城里的故事才慢慢拉开序幕。

从山头看，整个城池轮廓清晰。不同于中国大部分方正的城池造型，八角古城的城墙是十字形的。这样细数起来正好有八个城角，或许这也就是这座城池名字的来源。

和所有的中国城池一样，这座古城已经很老了。

我到的时候古城已经忘记了自己的年月，它一会儿说它来自汉朝，一会儿又说它来自唐朝，又说是西夏。

古城，这不是我此次拜访你的目的。

你不必惊慌，对于世上很古老的物事，我的心里装满的都是感恩和感激。

古城，我只是心疼你，再怎么老也不会倒下去。这样倔强的你和我有多像。

就着中午的太阳，我站在大力架山下，大力架山默默地注视着我。在甘加，在千万年隆起的大山面前，我仿佛听见远古的大海翻卷着惊天波涛，在大力架山头顶狂啸着向苍穹祈祷。

那时的大力架山隐没在海底的幽深处，猛然间它愤怒了，熔岩如柱般喷涌，海面沸腾了，天空顷刻电闪雷鸣，炽热的海涛向黑暗的苍穹涌去。

这是二三亿年前我脚下的这片土地的故事，而我此刻就站在时空的大海中央。

时空的大海中央，火光四射，天塌地陷，海洋开始退去，那古老的大力架山连带着高原轰鸣着从海底升起。

从海底而来的大力架山啊，我面对你仿佛面对自己颠覆、重塑、重塑、颠覆的命运。告诉我吧，我们总要跟着世间的潮汐，将所有的悲伤和痛苦都体验一遍。

我有种想要呐喊的冲动，在甘加的群山之间将人世的起起伏伏都喊上一遍。可是当我扭头看到视野之下的八角古城，我缄默不语了。

我不知道古城是何时与大力架山相遇的，总之在时空的某一维度上它们就这样交织在了一起。

我眼前的八角古城，已经经历了千年，千年人为的、自然的、无意的、有意的改变，可是敦厚的八角古城，依然撑着残破的身躯在世间不言不语。

痛到对痛已经失去了表达，我在你面前怎能放肆地呐喊。

八角古城与大力架山的相遇，是须臾与须臾的重合、疼痛与疼痛的纠缠。这样的组合是沧桑与悲凉的组合，是理解与被理解之后的拥抱。

此刻我多想把自己化成海，包容你们所有的过往曾经。

天上的浮云一片片掠过……

八角古城。它们说，它们记得你曾经的兴盛繁荣。记得古城里皎洁的月光将城里的门户照亮。

古城，那是哪一个朝代的月光呢？汉的、唐的，还是宋的？可是这有什么区别呢？你喜欢这样的月光，笼罩着静静的城池。

浮云说它们记得，曾经战火狼烟里，那城头守门的将领，血如残阳，一滴一滴滴在时空的尽头。

那些浮云记得，那些说好要保护你的将士最终都埋进了城外的格桑花下。那格桑花每年一遍又一遍地看着，像他们不愿离去的英灵。古城，据说他们死去的时候还睁着绝望的眼睛，他们涣散的眼眸里，那锋利的利剑一下一下划破了你的城墙。可是古城，他们心爱的古城还是没吭一声。

那些浮云记得，那悲怆的女子，穿过战火狼烟，在草原的风里呼唤自己爱人的名字。那女子，胸前的珊瑚项链里还蕴藏着爱人的誓言。古城，八角古城，你还是不吭一声。你觉得你已经没有了眼泪，你已经无力去告慰天上的英灵和残破的心痛。古城，那一刻你该是多么绝望。

可是古城，经历了岁月的沧海桑田。

你破洞的身躯又被一点一点缝补了起来。在时空的海洋里，这个时空的海面是如此波澜壮阔，海风是如此轻柔。

古城，八角古城，你如海上的那叶舟，从容地在海里遨游。可是你的身体还是紧紧裹着城里的人。

你瞧你现在的城池里，街面上，孩子们正在放飞手里的气球，那整齐的房屋在阳光底下干净得可以透出光来。

古城，你一定会咧着你的嘴，在海浪轻柔的安抚里，在时空的海面上怀抱自己的幸福。

高原的满天星斗下，古城，八角古城，白天那个眼眸清澈的姑娘走了。

古城，八角古城，那个与你、与大力架山一起幻想过大海的姑娘，她说，她愿意做你海里的一尾鱼。

三

2022年7月，我们这些被称之为智人的后裔，沐浴着这个时空的日光，怀揣着关于夏河白石崖洞的所有好奇，向丹尼索瓦人洞穴走去。

这一路走去，我总觉得时空以光的速度往前奔跑。

在奔跑中，我看到远古的长毛象、狒狒、狐狸、猎豹都与我们迅疾地擦肩而过。再往前，遥远的非洲大陆上，尼安德特人、丹尼索瓦人正在捶打着自己的胸膛，而我们所谓的智人正在旁边胆怯地看着我们人类的堂表兄妹炫耀自己魁梧的身材、发达的肌肉。

大约在二百万年前到一万年前，我们人类只是很多人种中的一位。据初步估计有六种，比如尼安德特人、梭罗人、鲁道夫人、丹尼索瓦人……

只是丹尼索瓦人的发现要晚了很多，直到2010年科学家在西伯利亚的丹尼索瓦洞穴中才发现了一块已经变成化石的手指骨。在那满天星斗的远古时期，原来我们人类要比现在热闹得多，我们还有那么多的堂表兄妹，在广阔的世上行走。那个远古辽阔的空间里，我们智人并不是繁星下唯一主宰。

据考古发现，尼安德特人、丹尼索瓦人，这些人的肌肉更发达，脑容量更大，也更能适应寒冷的气候。或许这也是他们能在青藏高原适应高海拔缺氧环境且度过末期冰期的主要原因。

也有发现表明，丹尼索瓦人将这一耐寒的基因传给了生活在青藏高原的藏族人，并表明丹尼索瓦人是最早使用飞石索的人。这种DNA的固执和时空的坚持，让我对白石崖的丹尼索瓦人洞穴充满了无限的思索。

行至白石崖脚下，眼前面北的草原仿佛被雄壮的大力架山切割了下来。那白得耀眼的大力架山恰似白玉屏悬挂在天地间。蓝天碧日都成了它绝美的底色。

坐东面西的山崖上，赫然显现着的溶洞就是四万年前丹尼索瓦人住的洞穴。她如丹尼索瓦人留在人世上的最后一只眼睛，茫然地看着山下的我们，那眼睛里隐藏着我们所猜不透的暗语。

爬上陡峭的山峰，离脚下峡谷约一百米的山坡上，我们进入了丹尼索瓦人生活的溶洞。洞口比较开阔，可容十几人进出。在进溶洞的地方有一块平坦的露地，这仿佛是专门为丹尼索瓦人设置的天然露台，而露台的对面，大力架山的余脉挡住了山外的风。

站在露台上，可看得见对面陡峭的山崖，听得到崖下潺潺的流水声。时空的幻想也顷刻冲击了我的大脑。

我在幻想，在四万年前，还不怎么会使用太多语言的丹尼索瓦人，站在火光冲天的洞口，望着满天星斗，会不会也为自己之后的命运担忧？他们会不会对白天进行的那次狩猎开始笨拙地八卦？会不会莫名地开始寂寞，继而望向浩瀚的、冷漠的苍穹？

或许我的幻想过于繁杂，因为对于穴居人而言活下去才是唯一的念头。或许在那遥远的时空，天还未黑的时候，他们就用石头堵了洞口，再燃起火堆防备野兽。他们来不及思考，也来不及感怀。夜只是另一种生活的方式。

进入洞穴，有一股来自远古的彻凉涌入心肺。这股冷来自时光深处无法解读的冷漠。或许上苍对于丹尼索瓦人就是残酷冷漠的。这样一个曾经东出非洲，西至西比利亚，抗住了所有寒冷的人种，却还是没有抵过岁月赋予的残酷冷漠，悄无声息消失在久远的时空里，关于他们的一切仿佛从未发生过一样，这是多么大的一个预谋。或许上苍从一开始就收藏了所有的恩典，都给了体能并不发达的智人，这个世界在最初就没有真正的公正可言。

洞里的宽度可容五六个人并排走动。洞里的地势并不是很平坦，一直呈山坡的走势向里延伸。有几处更陡峭的，需得上面的人拉扯一把方可上去。越往里边走空气越稀薄，走了四五百米，我已经气喘吁吁。我这进化成熟的智人，孱弱的身体已经不喜洞内缺氧的环境。

　　据说整个洞深达十五公里左右，可以一直通向山后的青海循化县。看来我是不能行至洞深处了。

　　我转身，往洞外走。我仿佛又从远古、从黑暗向光明奔去……

　　看过了黑暗，奔向光明的脚步总是急切而有力量。

　　出至洞口，洞口的光刺得我睁不开眼睛。

　　容这样不堪一击的我，将所有的恐惧和黑暗都封锁在身后的山洞里。

寂寞珍珠梅

珍珠梅全开了，一簇一簇像高原的云朵。

她坐在珍珠梅的树荫下，看着手里的书，松散的发辫时不时滑向胸前。这是她在娘家最后的一个夏天了，秋收后她会嫁到山的另一边。

山里的人，将珍珠梅称为通花秆。他们说山里的女子不能养成珍珠梅，麻秆腿，单薄身，开出的花矫情得要紧，风一吹就散了。山里的女人应该像绿绒蒿一样，顶着风雪都能绽放。

可是她俨然活成一株珍珠梅。她两腿笔直细长，皮肤没被山风吹出一丝红血丝。在盛夏风里，她十指纤细地翻着一本《红楼梦》。珍珠梅似雪一样一层一层落在她的肩头。

她站起身，折了一枝珍珠梅放在蓝天下观望。这是一枝花苞多于花朵的珍珠梅。阳光下那些还未开放的花苞似一颗颗饱满的珍珠粒，晶莹剔透。高原的阳光，晒得她微晕，光圈里她想起半月前见到的男子。那是他们第一次见面，他站在未绽放的珍珠梅下，通身透着一抹淡淡的温柔。之前上门求亲的男子拘谨又浮躁，他好似与他们略有不同。父亲说他们家世代都是中医。

上屋的花窗被支起，熬煮罐罐茶的烟雾顺着花窗飘散出来。媒人和两家的父母正坐在炕上热络地喝着罐罐茶。媒人时不时透过花窗观察着他们的动向。

她已经记不清这是第几次相似的情景。十七岁的她是村里唯一上到初中的女孩子。山里的女孩十五六岁都嫁了。她一下子就成了村里的大龄剩女。母亲愁得要死，抱怨她的父亲送一个女孩子去上学是天大的错误。女孩子应该活成牦牛的样子，任劳任怨，现在一切都乱了。她的女儿不仅不会干农活，连最基本的女红都不会。她小脚的母亲每天絮絮叨叨，絮絮叨叨，她的话语和她的脚步一样细碎，她快要被窒息在这烦躁的声音里。

　　她烦透了这个夏天，需要尽快地结束这一切。那天当媒人拐弯抹角地问她对他的看法，她说了一句："可以。"母亲先是一惊，继而笑了。

　　他们的婚期很快被定了下来。家里人对她变得客气与小心翼翼起来。刚下学回家那会儿，嫂子嚷嚷着让她去挖虫草，看到她挖回来的少得可怜的虫草，就对她充满了鄙夷。母亲也拿出了针线筐，哀叹着让她尝试学一些针线活。只有父亲从黑旧的书箱里拿给她一本《红楼梦》，说是人生不过也就大梦一场，劝她何必觅闲愁。母亲骂父亲就是书呆子，痴人说梦，在山寨人们对她家的谈论就像怒放的珍珠梅，大有轰轰烈烈的气势。现在趁着上门求亲的人，母亲一定要将她嫁出去。

　　她被扶上马背，四周一切都乱哄哄的，风一直在吹，吹得她快要掉下眼泪来。他走在前面，时不时叮嘱拉马的人，一定要牵好缰绳。晨光在他的头顶打出一个圆形的光圈，他看起来比上次见到时要健壮很多。

　　新婚的日子里，她喜欢闻他头发散出的香味，那味道和珍珠梅一样，有一股被阳光晒过之后强烈的生命之味。她说你的发间都是珍珠梅被晒过的味道。他说这是生命特有的体香，每种植物都有自己的味道，在山间采中药不仅要看它的外形，还要闻其味。

　　他说春天他会从山里移植一株珍珠梅栽到他们的院里。他去山里采药的时候果真挖回来一株珍珠梅，就着雨雪他们将它种在朝南的墙根，在风雪的夜晚他们幻想着珍珠梅能在一夜之间长高、怒放。

在山寨，人们关心青稞的长势，关心牲畜的繁衍，关心飞鸟的行踪，关心一切的繁衍生息。她的公婆希望她的肚子也可以结出果子来，一天一天伴着山间的物候鼓起来。可是她的腰一直是那样细，像珍珠梅一样的双腿走起路来姿态是那样轻盈。行医多年的公公，断定她有宫寒的病症。婆婆送来粗盐布袋和一服中药。一服中药喝了不起作用再喝第二服、第三服，直喝到她口吐酸水。有一阵她吐到五脏六腑都快被提到嗓子眼了，婆婆急忙上前询问她是否怀上了。当得知不过是空欢喜一场，她的眉宇间就有了厌恶。

"是要多干活提些阳气了。"她在家里看书，窗檐下的婆婆提高了嗓音在屋外喊道。婆婆说她的体质过于单薄，都是闷在屋子里没有舒展筋骨的原因，生长在山里的女人可不能肩不能挑，手不能提，脸白得像个通花秆花，这都是病态。婆婆一副医者的口气。

她让她上山把两亩青稞地里的草都拔了。她前脚出门，丈夫也跟着一起出来了。六月满山满坳的珍珠梅都开了，从山下望去，一朵一朵垒成了白色的城池。风吹得吓人，将一波一波白色的花直往她脸上涌，花瓣打在脸上很痒。她想起小时候在娘家，珍珠梅花朵总喜欢往下掉落。她站在珍珠梅下，等着痛痛快快地下上一场花雨。那时候时间都是自己的，自己是自己的，不必去看谁的脸色、讨谁的开心，那样的时光对山里的女孩子是那样少。就像珍珠梅开得正旺，却经不起风的吹动，轻轻一吹全都散了，都散了。风里她哭得很伤心，她就是一朵矫情的珍珠梅，母亲说得对，是那些读过的书籍让她变得很矫情。

丈夫说过段时间他可能去铁城的医院上班，到时候他会领到工资，他们会从家搬到卫生院的宿舍去住。他说等领了工资到省城大医院再去看看她的病，他说一切都会好起来的。

山寨的青稞熟透了，一粒粒谷穗饱满，移植到院子里的珍珠梅抓着秋风，开出了一朵一朵的小白花。他领了第一个月的工资，说要带她去省城一趟。很多年后，她想起那天都是刺眼的白，就像《红楼梦》结局里所描述的那种白，白到虚无、空幻，白到无处遮蔽。白光里飘来的那张诊断书，赫然写着：先天性无子宫。她心跳得厉害，嘴唇发白，拿诊断书的手抖得厉害。没子宫，一个女人没子宫还是女人吗？她这才想起，十九岁，她从未来过月事。她的母亲认为她是看书看傻了，等结了婚就会好了。她的丈夫总认为她是宫寒郁结所致，调理一下会好的。

他们回到屋子，满屋子艾草味直往鼻孔里蹿。为了暖宫，她每晚都艾灸肚子、脚心。每次针灸，艾的香味闻起来都有一股无名的希冀在里边，现在这味道闻起来就像有鬼魂幻化在里边。鬼魂有一张绿脸，用虚幻的声音喊道："怪物，你是一个没子宫的怪物，哈哈哈。"那声音忽近忽远，让她整个人恍恍惚惚起来。

她爬上炕，打开了花窗，一朵珍珠梅飘进屋里，瑟瑟地在窗棂上抖动。"啊，这该怎么去和家里说？"他痛苦地挠着头发。有些许的汗味从发丝跑出，腥腥地遮掩了他头发间阳光的味道。"我去说，省得再浪费家里的中药。"她说着轻飘飘地走了。

没过多久，上屋传来了婆婆像狼嗥一样的喊叫，继而是茶盏破碎的声音。他看到了她进屋，伸出一只胳膊准备去搂她，又立刻缩了回去，像怕被传染似的。

他搬去洮河边的医院住，没有带她一起。空空的屋内，连艾草的味道也淡了去。深夜她面对花窗坐着，窗外的珍珠梅在风里无声地摇曳。她幻想自己化成一朵珍珠梅，被风一吹就能带走。

窗外的雨下得很大，夜漆黑一片。她借着昏昏的油灯，将手中的《红楼梦》又翻了一遍。她想起父亲说过的话，人生不过大梦一场，荒唐愈可悲。风将油灯吹得很恍惚，她趴在炕桌上睡着了。梦里巨大的白光里，他全身湿透，手里却拿着一枝珍珠梅。他像新婚时那样，嘴角上扬着微笑望着她。梦里他用花枝轻拍着她的头。"你从哪里来，你都湿透了。"她说。"我从河边来，我来给你送珍珠梅，送完我就走……就走……"他说着，脸变得惨白。一阵很紧的风，吹破花窗纸，一直将冷气灌到她的脖颈里。她被惊醒，快要燃尽的油灯，被风吹着摇晃得厉害。

雨下了一夜。早上出门，珍珠梅白晃晃地落了一层。清扫完飘落的花瓣，她绾了一个漂亮的发髻。她要去铁城找他，昨夜的梦，让她觉得他们是该到了说分别的时候。他已经有一年多没有回过家了。面对公婆的冷言冷语，面对他的嫌弃，她始终保持着沉默。她明白，他们正在用一种无声的方式逼迫自己离开，只是她需要时间，需要时间去补偿那个第一次见他的下午，需要时间忘掉他发间的味道和山间的那场大风。现在时间都将这些稀释了。

一阵凄厉的哭声将晨曦划破。婆婆撕扯着头发冲出了家门。她跟了出去，一群人围站在一起，在那些人的脚下，一具尸体被柳枝覆盖着，一种不好的预感遍布她的全身。她跑过去，莽撞地拨开树枝。他惨白的脸出现在她面前，湿漉漉的头发还滴着水，她上前，不敢置信推了一下他的尸体，她的手心里多出了褐色的沙子。珍珠梅一直在她眼前飞，不断地飞，最终那些花瓣将她死死地缠住，缠死。

后来他是怎样入殓，怎样被唢呐声送走的，她都很模糊了。村里人说她惨淡的脸配上头上的白孝布，和珍珠梅一样素净单薄，让人心生怜悯。

夜黑透了。珍珠梅花朵打在纸窗上，发出窸窸窣窣的声音。她怀疑他是不是也随着风一起来了。她细细地听那声音，一阵风过后，又听不见。她想，他或许是走了。她吹灭了油灯，将自己置身在巨大的黑暗里。如果他真的来了，她要与他说些什么，好像什么都是无力的。她眼眶困得厉害，好几天她都没能好好地闭上眼休息。一闭上眼，那个白光中的鬼魂又出现了，它的绿脸上满是狞笑："跑了，你个怪物，他跟一个女人在铁城跑了。哈哈哈……"那虚幻的声音飘远了，她全身都是汗水。这种感觉跟她第一次从邻居口中听到他的死因是一样的，身体的每个毛孔因为巨大的冲击，都渗出水来，那些水使劲地往出涌，往出涌，她的身体快要干了。

邻居说，他与同卫生院当护士的女子偷偷相爱了，是偷偷的，因为那个女子也是有丈夫的。她的丈夫去了牧区林场，有两年多未曾回家。邻居说他们俩真是胆大，那个女人挺着个大肚子就在铁城的街上溜达。那女人说她的男人被牧场上的狼咬死了，是不会再回来的。她快要临盆的时候，她的男人来了。他没被狼咬死，他就像一匹狼。他回到铁城的那天，眼睛发红，头发像狼毛一样，一根一根立了起来。他冲进了医院，踹开了他们住的房屋，从里边像叼一只羊一样，将他拎到了街上，轻轻一摔，他的骨架就像散了，发出"嘎吱嘎吱"的声响。那个像狼一样的男人扬起拳头又凝固在空中，眼睛发着幽幽的光，轻蔑地朝他"哼"了一声，走掉了。

他痛苦地闭上眼睛，斧头、刀子、麻绳、猎枪在他脑海里全部闪了一遍。他仿佛看到，他像撕咬一只动物一样，将他撕裂到七零八碎。据铁城里的人说，她的丈夫几乎是爬到卫生院的。后半夜可能又爬了出去，铁城的洮河在夜晚发出了"扑通"一声闷响。三天后，老船夫在岸边发现了他的尸体。

邻居们说，幸好那天那个女人和他不在一起，要不就是三条命。她听着，珍珠梅在风里摇摆得厉害，花朵都落光了，留下齿形的叶子在风里摆动。

她向公婆辞别。一向强势的婆婆抱着她哭得肝肠寸断。公公使劲揉搓着自己的脸颊，他的脸涨得通红，眼里全是血丝。

堂门不知何时被推开，一个女子出现在面前。可能走了很多路的原因，她的头发全湿了，空气中有一股馊馊的味道。女人快速地用眼光打量屋内的人，手脚慌乱地解开腰间的背带。他们这才反应过来，她的后背背着一个婴儿。包裹婴儿的被褥，红底白花甚是醒目。"快接孩子，我快活不成了，这是你们家的孩子，我送来了，我要走了。"那女人嗓子干哑，脸色蜡黄。她说着，就将孩子塞到婆婆怀里，跑出了门。

风吹着木门，发出吱的一声响。她像是从梦中惊醒一样，追着她出了门。她想问问，他们是怎样在一起的，他有没有向她提起过她。她还想问问她要去哪里，她能去哪里，她需不需她的帮助。她被自己弄疯了，她对她居然没有恨意。一切在她心底都是巨大的空白，无法抓住、无法摆脱的空白。

她搬把椅子坐在巨伞一样的珍珠梅树下，她头上的发和珍珠梅一样白。那个她从小被褥里抱出来的男婴已长成了中年人的模样，他成了村里最好的大夫，风一吹，她能闻见他身上药草和阳光的味道。"阿妈，起风了，快回屋。"他轻声呼唤道。她站起身，珍珠梅的花瓣撒落了一地。

时光碎片

一

　　腊月，临潭的街道被年的氛围充斥得满满当当。那些常年在藏区做生意的回族男性都回来了。他们热络地在人海里向亲朋好友打着招呼，他们在置办年货的人群里寻找着自己一年未见的"联手"。那些身着绸缎，头戴艳丽头纱，打扮精致的回族女子步履轻快地从人海里穿过。她们脸上笼罩着一层淡淡的光晕，是一种幸福的喜色，对她们而言，她们的男人终于回来了，带着一家人的希冀，带着一年三百六十天的期盼，没有什么比这更好的事情了。她们衣服的颜色变得更加明快起来，头纱质地选最好的材质，手上的戒指明晃晃地在不经意间昭示着心底的甜蜜和男人们一年在外的收成。

　　人群中头戴皮帽、身着藏袍的藏族女子，目光如炬。她们身着艳丽的藏袍，腰间银制的腰带在阳光下闪烁着金属的光芒。胸前的珊瑚项链映衬着艳丽光滑的藏衣，色彩明快浓郁。她们俯身在琳琅满目的摊位前挑着自己所需的物品，身姿庄重而美丽。有身材健壮的藏族男子，牵着马，马口喷出一团团的白气，热腾腾朝空中飘去。男人们大多无心眷恋身边诱人的物品,他们转一圈,最终将马拴到了县城朋友家门口,然后阔气地从马背的褡裢上卸下自己带来的礼物。

最热闹的地方是处于街道中心的十字路口,临潭人习惯叫西门口。在西门口的商铺台阶上,一大群人正在兴致勃勃地讨论去年拔河盛况,议论拔赢那一方庄稼的长势。听老人们说,拔河拔赢的一方庄稼会长得出奇好。他们也讨论着今年绳的长度,有人开心地说着去年拔河时见到的"联手"。

"今年的绳据说要比去年长上几十米呢。"人群里一位头戴无檐白帽的年轻人兴奋地说。

"我怎么没有听说?大庙里管会事的王家阿爷可是我一辈子的老联手,有这样的变动他会不告诉我?"旁边一位身着灰色长衫、白发徐徐的老人胸有成竹地说。

"听说去年两股合成的粗麻绳扯断了四次,今年要用油丝绳。"一位个子高大的光头中年男子饶有兴致地说。

"去年来得迟了,头两晚上的第一局都没赶上,今年我就住穆萨家,好好扯上几局,把去年输的赶回来。"人群里身体强壮、脸膛发红,穿着一袭白羊皮藏袍的男子不紧不慢地说道。

小时候总觉得年在他们这样热烈愉快的讨论中变得无比地浓稠。而从正月初十开始,住在县城的我家也成了城外亲戚们歇脚喝茶的中转站。这中间包括父亲的藏族好友,母亲娘家的藏族亲戚,也有父亲一年未见面的回族联手。大家闹哄哄地挤在家里的客厅里,炉火上的大茶不停地沸煮着,茶香飘得满屋都是。

从正月十三的晚上开始,拔河的人从四面八方拥进了县城。平常冷清的高原小县城一下子变得拥挤起来。

正月十四,最后一丝太阳从西峰山上黯淡了去。管会事的人早早联系了两辆卡车。两辆卡车上分别装着粗重的油丝绳,车子以西门的十字街为中心向两边街道拉去。绳子是用两股很粗的钢丝绳拧在一起的，绳长约有一千八百米，重有八吨左右。

华灯初上，小小的县城早已人山人海。人们按各自居住地迅速分成两边，以绳中间挽起的龙头为记号，绳两边不分民族乌压压趴满了人，一声震耳欲聋的炮声响起，角逐开始。

街道两边的屋顶上、商铺的台阶上、每层楼的阳台上都站满了观看的人。人挨着人，人挤着人，人群都沉浸在狂欢的喜悦中。

人群中只见那绳如出水蛟龙，忽上忽下，人群角逐的走势或静或动。小城的上空呐喊声、哨子声、礼炮声、人们的欢呼声融在一体，这一刻临潭的群山也为之震动，恨不能从四面八方汇聚了过来一观盛事，大河也恨不能立马解封，唱起澎湃的歌谣为参赛的人群鼓舞呐喊。

一根绳，一条心。此刻的临潭人忘记了一年的艰辛，忘记了疲惫，忘记了忧愁，忘记了往日的恩怨，呐喊着，奋力着，团结着，向各自的方向全力拼搏。

一局结束，一局又在人群的欢呼中开始，每晚三局，三晚九局。生活在临潭的人将幸福的期盼，将血脉相连的情谊都扯进了一声声的呐喊里。

十六晚上最后一局扯绳结束了，年也完美地画上了句号，沸腾了整整三晚的县城终于安静了下来。而临潭人的血液里，那根血脉相连的绳却一直在挥舞不停，从未停歇。

二

记不得是哪一年了，窗外的雪又急又紧。雪打着窗户外的塑料布发出"嘶嘶"的声响。大铁炉上的铜壶"咕嘟咕嘟"熬煮着大茶。木地板刚拖洗过，上面的潮气直往脸上涌，那些潮气与茶壶里的水蒸气一直跑到玻璃窗上，湿淋淋的像被雨冲过一样。太爷爷背靠弹簧沙发坐着，他穿一身灰色的中山装，映衬着银色的山羊胡，整个人显得精神矍铄。

天刚擦黑，家里人裹了大衣匆匆出门观看拔河比赛。他们边出门，边讨论着今年的输赢。一股雪气顺着掀起的棉门帘溜进屋。街上闹哄哄的，偶尔有骡马的嘶鸣声传进来。

太爷爷已经八十岁了，过了爱热闹的年纪，而我因为年纪太小，家里人觉得带我出门是极不方便与安全的。

火炉很旺。太爷爷摸摸我发红的脸蛋，嘴角露出一抹祥和淡定的笑容。在我眼里，太爷爷很是沉默寡言，平常难得听他说上几句话。但那天他却显得很健谈。他问我会不会打算盘，我摇摇头，拿过爷爷书桌上的算盘放到茶几上。太爷爷说算盘是老祖宗留给我们最简便的计算工具，作为江淮人的后辈一定得学会它。他说着先让我弄清了算盘上的"个位""十位""百位"位置，讲了算盘具体操作方法。为了提起我学算盘的兴趣，一辈子在银行工作的他，边念口诀边快速地拨起了算盘珠子。他一口气打了很多，气息吹拂着银色的胡须起伏不定。

"算啦，一时是学不会的。"太爷爷说着摸了一下胡须，背靠着沙发闭目养神起来。稍过片刻，他又说，在铁城正月十五是要去庙里祭拜龙神的。他说铁城的龙神是明朝开国大将军赵德胜。他擅长水上作战。

"水上作战，是什么意思？"

"就是几百条船连在一起。"

"洮河能放得下那么多船吗？"

"跟小娃娃说不清了。"太爷爷说着咳嗽了起来，拿起茶盅咽下一口茶水。雪下得更大了，扑打在窗棂上像抖擞的沙子声。

门外传来"咚咚"的敲门声。棉门帘被掀起，伴着冷气进来的是一位年纪与太爷爷相仿的老人。他头戴一顶黑色绸毡帽，手执拐杖，黑呢大衣上落满了厚厚一层雪。

他推门而入时，太爷爷眼里布满了光。他站起身，吆喝我赶忙去给客人找茶杯。

"老联手，几年不见了。"老人的手热切地和太爷爷握在一起。他们握了再握，久久不愿放手。

老人是西寺里的学董。他和太爷爷相识于少年，是正月十五拔河时候认识的。他们说那年旧城下了很大的雪，他们两个拔完河，在老人的家里就着雪花聊了一晚上。太爷爷说铁城的路太难走了，他以后有钱了一定要修一条好路让乡亲们通过。老人说，回族的孩子读书太少，他以后当了学董一定要动员寺里的孩子多读书。少年的梦想虽长不过七尺，可总是心胸万丈。

太爷爷带领家人修路的事迹上了报纸，老人特地从旧城邮局打来电话。

"快来接电话，说是你回族亲戚打来的。"邮局工作人员站在大门口喊道。

家里人都笑了，大家都知道那位回族亲戚指的是谁。太爷爷更是高兴，他去邮局，隔着话筒向他的朋友传递着喜悦。

"我将河边的马路修得既平整又宽阔，从兰州来的记者都采访了我。"太爷爷说着，眼里闪闪发光。

"听说你也当了学董。过完年我去看你啊。……一定要去看看，一定要去。一不小心怎么就都老了。"太爷爷挂完电话，心里充满了不解。曾经年少立下的誓言都实现了，可时间都去哪儿了？他分明听到电话那头的声音多了一分羸弱。

难熬的冬天过去了。太爷爷听说西寺正在维修大殿。他拄着拐杖，带着我去西寺找他的联手。当看着从屋檐下的泥坑走出来的老人，一瘸一拐地朝我们走来时。太爷爷的胡须动了动："老了，都老了。那年拔河他是多精神的一个小伙。"太爷爷显得无比惆怅。

天空下起了雨夹雪，他们互相搀扶着去厢房喝起了茶。他们谈论了什么，我已经细想不起来。后来读韩愈的诗句："少年乐新知，衰暮思故友。"脑海中总会浮现出雨雪中他们相搀远去的背影。

太爷爷将炉火添得更旺。他为老人沏了滚烫的茶水。头顶的瓦斯灯，昏昏的。他们边喝茶边聊起陈年的往事，雪白的胡须随着嘴唇一抖一抖地在舞蹈。谈到高兴处，他们大笑起来，突出的额骨，打满褶皱的前额下一双眼睛里有了少年的光泽。

他们聊"旧城保卫战"惨烈战役场景，聊青藏路上死去的洮商，聊那年跟着牛帮一起来的女人。聊拔河的时候，他们将绳背在肩膀上，四股的麻绳将他们的肩膀都磨出了血丝，但心里的那份畅快至今难忘。

凌晨的钟声响起，爆竹声和烟花将窗外的夜燃得沸腾。拔河结束了，街上纷纷的都是人声。老人拄着拐杖起身作别。太爷爷相送至门外。

门外雪停了，只有风在狂吼。

三

那天在车站遇到他，干净温顺的男子，穿白色的 T 恤，洗得发白的牛仔裤。

"你也要坐这趟火车吗？"说话间一列火车从我们身边呼啸而过，带起的气流将我的头发吹得纷乱。

走进车厢，里面的人已经撑满。泡面与汗液的味道纠缠在空气中不愿意散去。我们从一个车厢走到另一个车厢，终于在靠餐车的那个车厢找到了一个座位。

火车开始启动，车窗外的景色快速地向后退去。他坐我对面，神情镇定。

"我们是认识的，那年一起培训国导考试。我记得你的解说词很出彩，你讲解的是一个叫洮州的地方，还有万人拔河比赛。洮州是你的故乡吗？"他问我。我在脑海里使劲搜索我在培训中心见到的每个人，无奈没有任何的线索。

"嗯，我的故乡是洮州。它位于甘肃省南部，甘南藏族自治州东北边缘。"尴尬之余我连导游词都用上了。

他轻轻地笑了笑，说自己的故乡是在云南，那里有湿漉漉的石板路，空气中有桂花和金银花的气息。不知道为什么，在移动的火车上，看着车窗外他乡的景色，那些故乡的味道会顺着鼻孔爬进来。

窗外的夜黑透了，偶尔有点点灯光闪过。黑夜行舟，天地盛满了寂寞，乡愁第一次漫上我的心坎儿。每个人对故乡的记忆是不一样的，我想起故乡是陶罐的破碎声，是洪和城上士兵的夯土声，是旧城街面上茶马互市的讨价还价声，是正月十五声震山河的拔河声，是月夜下响起的金戈铁马声。

倚着车窗，我向他缓缓说起关于洮州的点点滴滴，说起小时候如何期盼过年、期盼拔河，向他描绘拔河时所用的绳长、重量、人数的多少。火车行驶时的光影打在他脸上，明明灭灭。我已看不清他的表情，他像躲在了大海的深处。车窗外一闪一闪的黑夜，像极了月下波光点点的大海，而我正在对深黑的大海描绘那个叫洮州的高原城池。城池里有烽火狼烟，有哥舒翰、沐英、侯显，有孤傲的土司，有如水的丝绸，有智慧豁达的商人。正月十五，皎洁的月光中，他们从城池的各个角落跑出来，他们拥向街心那条发光的巨绳，埋藏在血液里的某些符号被唤醒，他们要开始扯上一局，证明他们都曾热烈地活过，而高原上最美的城池也一同存在过。

窗外寂寥的天空繁星点点，远处的山朦胧深沉。火车行驶时发出的"咔嚓咔嚓"声吞掉车窗外一个又一个村庄，也席卷掉我的话语。

天光微微亮起，车子已经驶进了成都平原。对面的男子背靠着座椅睡了过去。火车到了成都，我背了行囊悄然下车。

很多年后，在冶力关举办的拔河节上，一个脸庞晒得微黑的男子在人海里向我打招呼。

"嗨，好久不见。我来参加你们的拔河比赛。"他说着，露出一口洁白的牙齿。

"还记得那次夜行的火车吗？在成都我睡过去了，醒来发现你已经下车了。"

"记得，记得。"阳光洒在冶力关广场上，拔河的哨声与呐喊声飘荡在空中。

"比赛开始了。"他说着消失在涌动的人海中。

风吹过，一切似一场幻象。

旧商场

一

上下班要经过一个商城，大门的门扇早已不知所向，突兀的门洞，像没了门牙的嘴巴。沿街的商铺破败不堪，玻璃窗上爬满了苍蝇屎，货架上的货物里落满了灰尘，到处弥漫着衰败的气息。

从我出生，这座商场已经步入了暮年，铁门里是一排一排蓝门瓦房，灰色高大的仓房顶上，长相诡异的黑猫猫着身经过。仓库的屋顶已经坍塌，里面放的货物被土掩埋，有些植物泛滥开来，将根扎进破木箱里，锅炉房黑色的大烟囱很少有浓烟，黑鸦嘎叫着从烟囱顶掠过。

紧挨仓库的是爷爷的办公室，石膏顶，老式戴帽的日光灯，很厚的纯木地板。我喜欢朝南的百叶窗户，阳光稀稀疏疏从缝隙中洒进屋内，在地板和爷爷的办公桌上留下深深浅浅的光影。我将手放在桌子上，不断地移动，感受光影带来的奇妙变化。后来经济改革，这间很大的办公室划归爷爷。朝北的那一面被改造成了铺面，后面被隔成一家人生活的场所，靠百叶窗的那一间被改造成厨房。没过多久，干净的百叶窗缝隙被油烟熏得油污不堪，厚木板被爷爷撬开，在下面挖了一个很大的洞，用来做地窖储藏蔬菜洋芋。地窖挖好，那些木板又被重新恢复原位，看起来一切天衣无缝，可是被撬了的地板不再那么牢固，童年里我掉在地窖里很多次，踩空的惶恐感至今仍出现在梦里。

爷爷年轻时，是国营企业的职工。据说他年轻的时候，很是风光过一阵子。他拿当时最高的工资，经常外出采购货物，全国各地跑，是单位里出了名的工作狂。他的手腕上轮番戴着各种各样的机械表，我们家里人也享受着当时最时髦的物品，西湖龙井、丝绸、包装精致的蛋糕。父亲和伯伯上衣的口袋插着精致的派克笔。我想那个时候的商场大院应该是充满生机，欣欣向荣的。大院里是崭新的职工家属房，从大卡车里搬进仓库的都是最时髦、最新鲜的物资。看管仓库的人将象征权力的钥匙紧紧拴在裤腰带上。靠马路最高的民贸楼刚建起来，楼顶安装的玉兰灯是县城晚上唯一灯火通明的地方。商场内石磨带几何图案的地面被清洁员打扫得熠熠生辉，橱柜里摆置的精致物品，代表着那个时期县城最高的消费水准。

那时候爷爷喜欢穿蓝色的中山装，黑色大头皮鞋，梳周润发一样的发型，他是小县城少有的坐过飞机的人。他骑自行车从街道上经过的时候，人们就会自然而然地谈论他的风流韵事。小地方是没有秘密的，大家都活在真空中，而三十几岁的爷爷根本不懂得低调，他很大方地和那个女教师在街上溜达。商场里的人说爷爷将一台缝纫机送给了一个女教师，还有八块石英表。爷爷是怎么拿出去那些东西，人们又是如何知道得那么精确，一切都是个谜。可是我们家被巨大的丑闻笼罩着，成了整个大院的笑柄。父亲和伯伯对自己的父亲充满了仇恨，他们想尽快摆脱这个让他们蒙羞的家。伯伯去当了兵，父亲偷拿了家里的钱，将一份激昂慷慨的信钉在家门口就消失在了风中。他的大意是要去少林寺学绝世武功，回县城当一名快意恩仇的大英雄，更重要的是他会用

"武功"震慑住那些嚼舌根的人，他要用自己的实力拯救日渐溃败的家庭。

父亲最终失败了。从小，我从未见过奶奶和爷爷和颜悦色说话的样子，他们总是剑拔弩张。奶奶会在爷爷的大吼下，随时做出马上要自残的样子。她用剪子抵在自己的肚皮上，说着威胁的话。爷爷讥讽着摔门而去。深夜他喝得酩酊大醉地回来，瘫坐在沙发上，抱怨世态的炎凉，抱怨命运的不公，好好的企业说改革就改革，自负盈亏，分来的那批陈年烂货扔大街上都无人问津。他骂骂咧咧躺在沙发上鼾声四起，我从大衣柜里爬出来，溜进被窝里悄无声息地睡着。

半夜，屋顶的白灰落下来，老鼠窸窸窣窣在顶棚行走。墙角下，同院里喝醉的酒鬼回家了，在百叶窗下"噼里啪啦"肆无忌惮地撒起了尿，嘴里喊着一些胡言乱语，白天火辣的太阳一晒，那些尿臊味直往窗户里蹿。奶奶说不知道为什么整个院子里的人都变了，变得比这个破败的院落更让人恶心。她说曾经那些彬彬有礼的人都死了。那个死字，从奶奶牙缝里说出来的时候，爷爷"吭吭"着从沙发上站起身。"谁死了？"他迷迷糊糊地说，摇摇晃晃地在房间里走动。

父亲从少林寺回来错过了好的工作，自己弄了一辆卡车贩运木头，每次回来都有一大帮的人，他们聚在一起杀羊宰鸡、划拳猜令，扰得四邻骂骂咧咧。母亲沉浸在自己的武侠小说和《道德经》里。无人的时候，她拉了窗帘，在家里打坐修行，脸上一片肃穆。我每天像是一个幽魂，在大院里游荡。

我看到前几年教我骑自行车的哥哥，躲在仓库大门后抽起了烟。我看到他的时候，他满脸的不屑。教我跳皮筋的大姐姐将嘴唇抹成了猪血红，白净的手上，十片指甲漆上了绿漆。有天放学，她将书包递给我，让我帮她拿回家。大冬天，她穿紧身的西裤，脸上涂抹的脂粉都冻僵了，风一吹，有一些掉下去，露出酱紫的肤色。她刚将书包递我怀里，一个叼着烟的男孩子从铁门后出来，手在她的屁股上狠狠拍了一下，在我的瞠目结舌中他们笑着走远了。

公司改革之后，大部分的商铺被租出去，四处混居而来的人，粗暴地生活在院子里。他们中大多数人脾气暴躁，男人聚在一起喝劣质酒说荤段子。女人们聚在一起大声说笑，说院子里哪个女人的男人又跟别的女人在一起了，说上冬的时候谁谁谁家的喝酒喝死了。女人们最后说，喝酒的男人们死了更好，她们言辞犀利，面目扭曲。

童年里，我最大的愿望就是立马离开这里，我讨厌这种粗鄙的生存环境。我想不通，我的家人为什么不离开这个地方。我们有千百种可以离开的方式，我们可以去铁城，那里的洮河水可以冲刷掉所有不愉快的记忆。我们也可以去牧区，奶奶能缝制很好的藏衣。我们也可以去草原上的城市，父亲的钱足够在那里买一所很好的房子。"不去。"每次关于离去的家庭会议，都被爷爷武断地打断。后来在爷爷奶奶的争吵中，我听出了"面子"之类的话语。爷爷一时难以接受落魄的自己。他的逃避，造就了我过早的孤寂，真的是孤寂。阳光又高又远，十岁左右的我站在院子里，看着大院里那些颓废的仓库、坏掉的宿舍门，看着荒草掩埋下废弃的物品，看着流浪狗觅食时互相撕咬的场景，看收废品的人佝偻着腰在仓库边寻找可入眼的东西。我的内心充满莫名的忧伤，我感觉来自灵魂深处的绝望正在将我吞噬。

仓库全部被野草覆盖的那个早晨，父亲的卡车开进了院里。"走，我们离开这里。永远不再回来。"他说着，车上下来四五个强壮的青年，是帮父亲一起来搬家的。父亲的武断与果决在那一刻与爷爷表现的是那样相似，两个极端的尽头站着相似的灵魂。爷爷已经很老了，他无力抵抗来自强壮儿子的意志。他环顾四周，最后一次审视他待了大半辈子的地方。风吹着百叶窗"喳喳"地乱叫，他走过去关好窗户，顺带撕掉了上面粘贴的防油布。我从未见爷爷对这个家如此珍视过，离别让他变了一个人。

父亲将最后一件家具搬上车的时候，爷爷用颤抖的手锁好了门。他使劲地拽了锁子，在确保门锁好之后，长长舒了一口气。

他抬头望向灰蒙蒙的天空，有雨点砸在脸上，他抬起手缓慢地抹掉，然后慢慢地走向卡车。自此他再也没有来过这个院子。

二

火烧云在仓库顶沉了下去，暮色渐起。我在风中追赶我的奶羊。奶羊是爷爷从县城的牲畜市场专门买给我喝奶的。我从小营养不良，又对牛奶过敏，七八岁的人，看起来还像风中的芨芨草，纤弱不堪。爷爷在他不喝酒的早晨牵来了这只羊，白天拴在铁门上，拌饲料喂养，晚上赶进旧仓库。第二天奶奶将它放出来的时候，它的乳房鼓胀得满满的，奶水四溢。奶奶拎着一个碗口大的塑料桶，有节奏地挤出半塑料桶羊奶。爷爷和奶奶在阳光下摇晃着羊奶，仔细观察奶质的好坏。"就是这个味道，你闻一闻。"爷爷此时没喝酒，他看起来像个地道的牧羊人，他将塑料桶端在奶奶面前。"是好奶，我去煮给丫丫喝。"奶奶暂时忘掉了昔日爷爷对她的讥讽和殴打，他们和世间所有的夫妻一样，正在谋划孙女的早餐。

"噼里啪啦"，房间都是摔东西和争吵的声音。奶羊耸起耳朵发出"咩咩"的叫声，它显得躁动不安。我解开束缚它的绳子，并没有牵它去库房，它缓慢地走向蒿草茂盛的地方，伸长脖子，在草丛里舔来舔去，两个乳房垂下来，像两条布袋在草丛里甩来甩去。我竭力观察它的一举一动，幻想它此刻正在草原上悠闲地吃草，幻想屋内爷爷和奶奶正在厨房里忙碌晚饭，那"噼里啪啦"的声音是锅碗瓢盆的交响曲。

"它要爬到哪里去?"风中有声音传来。我循声看到眼前一个小眼睛的女孩,晚风将她单薄的短发全吹歪了,暮色里她的皮肤显得很黑。

"我想让它爬到草原去,那多自由。"我说。

"我很自由,我一个人住。你应该去看看我的房间。"她说着,就将奶羊赶进了仓库,堵好了仓门。

晚风里她拉着我穿过一排一排蓝色的瓦房,在大院子的最西端,她兴奋地推开一扇门,里面光线阴暗,房间里陈设简陋,好久没住人的样子。

"我每天从这里听到你家羊的叫声,可我从没见过你,应该是你没见过我。我们家从草原上来,我父亲在这里看门。"她说,她叫豆角。

月光像一匹白布,从屋顶高高的格子窗投进来。豆角像只猫一样蜷缩在我身旁。"真舒服,我的房间太冷了,我需要一床棉被。"半夜豆角一身寒气钻进我的被窝,她带进被子的冷气让我浑身起鸡皮疙瘩。我小声询问她是怎么进的门。她说大院的人家晚上都不锁家门,我家也不例外。她知道我爷爷和奶奶每晚上要去前厅,挨着商铺睡觉。他们打呼噜的声音能淹没掉她推门的声音。

天光微亮,她轻轻出门去了。

"昨天晚上有人进来过。"奶奶若有所思地说。

"早上的风太大,将房门吹动了。"爷爷说完走出门,从仓库牵来了奶羊。奶奶开始挤羊奶,晨光将他们的影子拉得很长。

豆角的影子远远地也打了过来,她跳跃着奔到奶奶身旁。她告诉奶奶,挤羊奶的时候,先在羊奶头上抹上一层酥油,能防止羊奶头干裂,这样下奶更好。她说着帮奶奶娴熟地挤起了羊奶,从她挤羊奶的样子,奶奶认定她是踏实的人。

奶奶的肯定让她很熟络地坐在我家的餐桌上，她给奶奶讲她悲惨的过往，讲她父母离婚时她如何地伤心，讲她的后妈如何将铁钩往她身上摔，讲晚上她一个人如何地害怕。讲到伤心处，她哽咽得很厉害，奶奶听着流下同情的眼泪，激起她内心强烈的母爱。奶奶动情地说，让豆角将这里当成自己的家。

我们家里多了一个人，也多了一个牧羊女，拴羊、放羊、圈羊的事全归她操办。我们很少去打听她家里的事情，她有几天来，有几天又消失了。可是我们完全信赖她，从不相信一个会挤羊奶的孩子，会说出谎话来。

上冬下了厚厚的雪。她一身寒气跑到家里说，羊不见了。我们急忙跑去仓库，跑到院里的每一个角落，在确定奶羊消失了之后，爷爷奶奶失落之余又开始互相埋怨，极端地争吵，我们的生活回到了那只奶羊没来之前。

过了几天豆角也消失了，她再也没有来过我家。我们问遍了院子里所有的人，他们说，他们从未见过叫豆角的姑娘。

太阳开始落山，破败、拥挤的大院浸在巨大的沉寂里。风吹着仓库的破门"啪啪"地响。仓库里，羊粪的气味一股一股飘过来，我望着天空的云朵，它们凝固了一样定格在仓房顶上。我突然很怀念豆角出现的那个午后，她自动地出现又消失。生命中该出现的人总会出现，而消失的也曾丰盈过我们的时光。这就够了。

三

水井处在商场院子的中央，四四方方，用原木垒起来。垒起来的井水，像死了一样听不到任何的声响。在大河边出生的我，对水很敏感，总觉得所有的水都有声音，有形状，有故事，可是水井里的水像是被囚禁了，囚禁在一个地方供人取用，供孩子们往里面扔石头。有笨蠢的鸽子，上一秒还在井沿上行走，下一秒就跌落在水井里。过几天被打水的人打捞上来，先是惊呼，而后咒骂、呕吐。

中午的太阳像个火球。院子里的人都躲在屋子里不敢出来，他们能听到太阳"嘶嘶"烧烤大地的声音。我被爷爷夹在腋窝下，朝水井边走去。就在刚刚，我与院子里的孩子因为对水的争论而打架。我说我们大院地下一定有一条暗河，要不怎么能打出水。他们嘲讽我说挖了井，天上的雨落进去就成了井水。"傻子，天上怎么会有那么多的水。"场面开始混乱，一场童年的"恶战"开始。我被几个孩子打了头，我也开始打他们，我将其中的一个孩子打出了鼻血，那是院里铁匠家最小的女儿。不一会儿，一个肥胖的女人开始在窗户下辱骂，不停的辱骂声像破机器发出的轰鸣声，让人烦躁不安。爷爷阴着脸，他眼里发出的巨光可以瞬间将我燃烧掉。"你干吗打她？"我还没来得及辩解，爷爷一下将我拎起，夹腋窝底下出门了。我大声尖叫极力地抵抗。

我们经过女人身旁，她停止了辱骂，慌忙拎着孩子回家，铁匠铺也停止了打铁声。一切仿佛都慢了下来，只有倒立起来的世界在我眼里旋转。

爷爷夹着我一直走到水井边，他将我的双脚提起来，悬在水井的上空。

"再打架，扔水井里。"爷爷大声说道。

这是我第一次如此近距离看到水井的内部，我居然没有害怕，反而仔细打量起这个神秘物。它的内部整个井壁用原木箍起来，靠近井口的那些木头上长出了苔藓和蘑菇，顺着蘑菇苔藓下去是一个幽深的隧道，尽头闪烁着幽暗的光，那些光闪闪烁烁看起来很诡异。水井里的冷气直往脸上涌，恐惧瞬间袭来，我痛苦地闭上眼睛。

爷爷见我不吱声，又恐吓着往井里将我放了一点。巨大的黑暗向我袭来，我心跳得厉害。

"说，以后不打架了。"爷爷吼道。

"以后不打架了。"我的声音回荡在水井里。后来我每看到敞开的水井，耳边就嗡嗡作响。时光开始自动倒退，倒退到那个火热的中午，那些商铺里的人都跑出来，他们看着我被爷爷像牲畜一样夹在腋窝下，发出了很大的笑声。那笑声凝聚在井里，等我被倒提着悬在井口的时候，又从井里飘上来。

四

上初三的那一年，父母都去了成都。我又一次从铁城来到县城就读。我上学所租住的房子就在旧商场里，不过所有的一切都是新的，旧仓房不见了，那口令我恐惧的井不见了，那些窄小的小商铺也不见了。整个院子用水泥平整，上面修建了一排排整齐的商铺，用日光板封了顶，就算雨雪天，逛商场的人也可以迈步其间不被雨雪淋湿。商场里售卖时下最流行的时装、最新花色的床单、编制精美的地毯、做工精致的婚礼用品，还有配色艳丽的洮绣。每天川流不息的人和五彩缤纷的商品，让这座曾经的旧商场又恢复了生机。

我居住的房屋选择在最西边的二楼上，是一个两居室。之所以选择这里，是因为这间房屋是爷爷以前老同事的。一楼他们用来卖羊毛衫，二楼用最低的价格租给了我住。他们说喜欢将房子租给熟人。对他们而言我们确实熟络，曾经一起在这个大院见证了它的繁华、没落以及重生。

重生的商场白天人声杂乱，每天中午放学，那些嘈杂的声音都会飘进来。这个时候我反而很怀念小时候的商场，巨大的安静里，除了孕育着寂寥还有让人舒缓的安静，它会让时间慢下来。

当最后一间商铺关好门，黄昏的天空中，我终于听到了鸽子的哨子声。阳台上有一把铁梯，它可以让我一直爬到楼顶。我喜欢坐在楼顶背诵古文和晦涩的英文单词，因为楼顶的风会将我背诵的声音迅速吹掉。但是我忘了那声音也会很快传遍傍晚的天空。

"你每天都去楼顶背课文吗?"那天我去水房提水，一位约莫五十岁的妇人问我。

"嗯。"我轻轻地答道。我很是窘迫，我以为风会将我的声音飘散了，谁知传得更远。天知道我读英文发音偏差得厉害，这曾是我学生生涯的耻辱。

"姑娘家不要提那么重的水，对身体不好。"我刚将水桶打满，她边说边将我水桶里的水倒掉了三分之一，又自作主张将水桶从水槽里提了出来。

"给，这样刚好。"她说着将水桶递给了我。

这之后，我不再去楼顶背书了。我觉得我被别人窥视了，这种滋味很是让人恼火。

"来吃酸奶，牦牛奶做得很好吃。"我买完日用品，刚出门身旁就传来一个似曾相识的声音。我循声望去，她站在一个裁缝店的门口。黄昏的光影打在她身上，她整个人看起来很柔顺。没等我反应过来，她热络地将我扯进了裁缝店。

店里光线昏暗，一个用帆布蒙起来的大台面上垒着高低不一的布料，一把熨斗好像刚烫完衣服，立在案桌上，空气里都是布料熨烫之后的焦味。我拘谨地坐在一个小方桌前，头顶熨烫完的藏衣在我头上扫来扫去。

她很快为我盛来一碗酸奶，并在上面撒了一层糖。

"快吃了，我刚吃过，口感很好。"她一脸的真诚。

我依旧很拘束，被陌生人邀请，坐在陌生的地方，吃别人家的东西，这是大忌。

"如果没别的事情，我想我要走了。"我说完，她满脸诧异，喉头动了动，有话卡在那里。我一时为自己的唐突感到尴尬。

"没事，不想吃，下次有好吃的再喊你。"她说着，显得无比惆怅，继而喉咙里发出了"嘶嘶"的声响。

我被震在那里，空气突然凝固了。

"别怕，是我不好，惊到你了。"她说着抽泣开来。天空中突然响起了雷声，天一下黑了，头顶的日光灯强烈地闪了几下熄灭了，接着倾盆的大雨从天而降。雨水打在日光板上发出可怕的声响。

或许是因为雨，或许是因为我觉得我的唐突伤害到了眼前的人，我留在了她的店内。

她点了蜡烛，就着昏黄的烛光，我吃起了碗里的酸奶，又主动问她要来了一杯热水。高原的天气，稍有雨气，气温就急剧下降，一杯热水捧在手心，会让人瞬间暖和起来。

"像，实在是太像了。"她喃喃地说道。

"像谁?"

"我的女儿。"

"哦，她在哪里?"

"她在我心里，她去了另一个世界。"

窗外电闪雷鸣，屋内灯火摇曳，她的脸在烛光中跳动不已。她告诉我她是从四川来的，她与她的丈夫相识于川藏路上。她在川藏路上开一家旅馆，每月总有那么两天，有个来自洮州的人住在他们的旅馆里。有一年下了很大的雪，她的父亲肺心病加重，她哀求司机帮她将人送到成都的医院，没有一个人愿意去冒这个险。

寂静的院落，寂静的雪，他的车喇叭响得剧烈。

路上积雪很厚，好几次他们的车子差点滑下山去，更要命的是，在翻越雪山的时候，她因为缺氧，开始昏迷。面前的雪山在她眼前不断变大再变大，最后变成了一面银质的墙向她袭来。

等她再次醒来，是在一个牧民家。牧民告诉她，他们的车子还在雪山上，风雪太大车子无法走动，背她回来的人一早就去帮忙清理雪路了，听说车上还有一个人，已经去世了。

她说着，整个人沉浸在往事的泥沼里，面部因为情绪过度激动而微微抽搐。

"后来，我跟他来到了这里，有了一个可爱的女儿。"她说着眼泪再次溢上眼眶。

她说后来她的女儿得了一种很难治愈的血液病，没有了。她的丈夫去年因为一场意外离她而去。

"我应该在这里陪着他们，陪着我的丈夫和女儿，他们都在这里。"她挑了挑燃起的灯花，整个人又沉静了下来。

"那天在水房见到你，你的眼睛和我的女儿是那么像。眸子是那样地黑亮，闪烁着善良的光泽。"

暴雨还在继续，沉重的沧桑感溢满我的胸膛，我使劲吞咽了一口水。

日光灯突然亮起，明晃晃的灯光让我们一时措手不及。

"我还会来的。"我放下手中的杯子，起身告别。

雨停了，天空蓝得纯粹。一弯彩虹悬挂在空中。

五

等我从遥远的南方回到县城的时候，这座商场又开始步入了它的暮年。一次一次真像一场预定好的轮回。它的繁华被一座又一座装修精美的商店和购物商场取代。我站在空旷的院落里，整个院落空置下来，风从一头猖狂地吹到另一头又折返回来。

曾经的那些人事片段似的在脑海里回放，只是回放，一切都消失了，包括我曾经对这里的抱怨以及逃离。

到山里去

年复一年，大山里的村庄依旧寂静稠密，鸟雀飞舞，云在空中翻腾不已。太祖爷爷留下的那口窑洞，在风里咧着嘴巴。废弃的庄廓里红嘴鹰在觅食，矮墙背后的墓地里蒿草发了神经一样地在繁衍生息，侵占了整个土地。我不知道睡在里面的人是辗转难眠，还是感谢蒿草为他们挡去强烈的紫外线，在活着的时候，他们被山间的日光晒得又黑又亮，那些又黑又亮的人是我的祖先。

那年，从北山来了一群土匪，他们手持着弯刀，骑着的黑马红马四蹄翻腾，呼哨声与枪声在铁城的上空回荡。厚重的木门被端开，吆喝声、枪声惊吓得廊檐上的鹰哥乱飞。那些黑衣黑帽的土匪在楼上楼下的各个角落里寻找可入眼的东西，摔东西和砸东西的声音就像雷声一样，在寂静的院落里炸开。

"银圆呢？珠宝呢？人呢？"

"搜，仔细地搜。"

老屋的木地板上都是土匪凌乱的脚步声。躲在西厢房隔板里的青年听见那些可怕的声音在向自己逼近，轰隆隆大脑里像有闷雷响过。那些声音走远了，突然又有一个脚步声从远处折返回来，他贴近墙板缝看了又看，"啪"，用刀将那条隐形的墙缝划开了。

青年一个趔趄扑了出来。那是我的哪个祖先呢？他的眼睛里盛满了恐惧。

"怎么搞的，躲在这里？将家里值钱的东西都交出来。"土匪将枪口对准了他的头部。

"厨房的地窖里有一坛银圆，你们拿走吧。"就在三天前，从岷州的亲戚骑马来报，有一伙从北山来的土匪，一路烧杀抢夺，照日子算已经快到铁城了，劝他们快躲躲。

夜像一桶黑漆，泼染的铁城没有一丝亮光，骡马的喘气声此起彼伏。干粮、银钱、生活用具、女人孩子，拉了满满五车向铁城最深的山里奔去。他执意要留下来，他要守护自己的家园，他要看着土匪离去，再将消息带回躲在山里的家人。慌乱，让一切变得匆忙，家里人没有过多的时间去规劝一个执拗的青年。

黑暗中留下来的还有家里另外两个男孩子，他们同样地执拗倔强，这个家里的人都是这样子，总会固执地坚守自己所认为的可能。

"啊，真好。有人就好办了。"土匪头子用鹰一样的眼神打量着三个倔强的年轻人。

"说出你们家藏银钱的地方，我就放了你们。"他的脸凑上来，喘息声显得很剧烈。

"就一坛了，你们拿走吧。"从墙缝里抓到的那个青年说。

"绑起来。"土匪头子沮丧地说。

他们被绑在自家的廊柱上，脚下放上了火盆。三个土匪手里燃起一把木香，将燃着的香放在了他们的鼻子下。他们被呛得眼泪直流，打出来的喷嚏溅到了一个土匪的脸上，其他土匪幸灾乐祸地拍手大笑。

火球一样的太阳在头顶，脚底是通红的炭火，脸前滚烫的香不断地燃烧。焚烧前的绝望让三个青年大骂土匪的无耻，愤怒世道的荒乱。

他们被拷问了一顿茶的工夫，土匪的耐心用完了，他们尽可能搜索了家里值钱的东西，将花园刨了几个洞，在厨房里煮吃了抓来的山羊，最后一把火烧了整个院子。滚滚的浓烟飘了三天三夜，在山上的家人，知道噩梦结束了。

山里的家人，在靠南的地方挖了一口一进二的窑洞，垒起了土炕、灶台，他们打算要在这里再躲避上一段时间，也决定要在这里新建一座房屋。兵荒马乱的日子，铁城里三天两头闹土匪，很需要在隐蔽处再建一座房子，况且家里快要有新的生命出生了，再动乱的日子，总也不能让他出生在荒野里。

窑洞挖好的那一天，下了很大的雨，雨从白天一直下到黑夜，冷风吹着清油灯明明灭灭，剧痛像一条蛇在女人的肚子里乱窜，一阵又一阵。

第一道天光射进窑洞窄小的窗户时，婴儿的哭声随即而来。这是这个窑洞出生的第一个孩子，被称之为熠。称之为熠的孩子，是我知道的第一个有名字的祖先，其他被书写在家谱上的祖先，他们的名字也焚烧在了那场大火里，记录他们的符号在另一个世界估计也是焦炭的模样。

新的生命出生，族人用另一种方式告别死去的人。浓烟停了，人们在废墟里找到了三具被烧成焦炭的尸体。家里的人从洮河对岸的寨子寻来一捆白布，将他们严严实实裹成木乃伊的样子，放在简易的棺木里。

月亮很亮，三辆板车拉着三具棺椁向山里走去，夜莺"咕咕"在树梢里叫着，森林发出"沙沙"的低语，那声音像极了三个灵魂低声地探讨，或许那些语言来自另一个世界，神秘莫测。按照铁城的规矩，未婚的青年枉死是要被埋在山沟的边角上的。就着月光，他们被埋在了离窑洞不远的山坡上，空旷的荒野里他们成了第一批抵达这里的亡灵。"多么奇怪，被烧焦的疼痛不见了，夜变得这样漫长。"他们在深黑的地下伸展着腰骨。

熠学山间虫鸟的语言，他给每一只鸟取名字。他叫猫头鹰

"叭狗"，因为每夜它会发出这样的叫声。他叫鹰"啾啾"，当然也是因为它的声音。这些声音成了一个家族的语言，包括我也会这样称呼这些动物。他从山下搬来的木箱里翻出两个元宝，在风中听它们摩擦发出的声响，那声音"嗞嗞"的，听起来牙根有些酸楚。

冻雨在一个夜晚来临，他的父亲，这个家里唯一的男性，去森林寻找他们走失的马匹。雨气从门缝一直往进溜，留在窑洞里的女人围着火盆静静地听来自森林的声音，松涛声"呜呼呼"在夜空中滚动。

"我听到了马叫，还有狼嗥。"熠贴着窑洞的门板说。他的脸被山间的风吹得黝黑，火光一照成了铜色。

门被推开，熠的父亲全身湿透了，他的牙齿发出咯咯的声音。

"死了，三匹马全被狼吃了。"他说着，懊恼地抓着自己的头发。

可怕的寂静中，只有柴火的破裂声。

"我们要离开这里了，我们的马匹粮食都快完了。"熠的父亲说。

来到铁城的他们，黑瘦黑瘦的，像从山里逃出来的猴子。铁城里的人看他们眼里多了嘲弄。

"瞧那群南方的旱鸭子，变成猴子了。"

"不是很有钱吗？现在都死绝了。怎么不去吃那些元宝呢？都瘦成猴精了。"

熠不知他们在说什么，他觉得他们像来自另一个世界的生物。他和他们是两个世界的生物。当熠的祖先带着大量的珠宝从漳州到宁夏，再到兰州，最后顺着洮河，逆流而上到铁城的时候，铁城的人就觉得这些细皮嫩肉、说话低声细气的人就是另一种不同于铁城人的生物。虽然他们后来修了铁城的第一个学堂，开了药房，开了糖房，做起了皮毛的生意，将多余的钱给铁城的庙会，但铁城的人依旧不喜欢他们，他们是铁城之外的人。

他们走进被烧焦的院落，满目的狼藉让女人们发出带有哭腔的叹息声。熠的父亲开始丈量房屋的尺寸，依据他们家族的习俗，被烧毁过的主屋是要改变房屋的方向的。熠在废墟里翻找着可玩耍的东西。在主屋的灰烬里，他寻得了一尊关老爷的铜像，阳光下他举起来仔细地打量。

"他的眼睛和啾啾的很像。"熠说。

"啊，家神还在，一切都会好起来。"熠的父亲显得很激动。

那夜，他们睡在灰烬与黑木头的废墟下，星星在头顶扑腾，好像一不小心就会掉下来。

忍耐、吃苦、倔强是这个家族的习惯，熠的父亲用余下的钱，从岷州买来梁木。夯土、柞木、和泥、砌墙，他像一个巨人一样，在黑夜也默默进行着这一切。太阳真热，熠全身都是灰，他用小背篓将家里的灰烬全部背出残破的大门。铁城里的人惊骇地打量着这个精瘦的孩子。他看起来讷言，却手脚麻利地出出进进。

"这乱世，谁活得都不易。我们应该去帮他们。"老人说完，抖索不已，那又是谁的祖先，在铁城的阳光里满脸的褶皱，说出的话像石头一样坚定。

"先人们怎么非要来这个地方呢？我们为什么又不离开呢？"女人们拖着哭腔问。

"我们来帮你盖房，希望这次不要盖那样夸张的房子，很容易引来土匪。"

"啊，是，我们也没有那样多的银圆，祖上留下的家底都被土匪抢光了。"

"哦，这样最好。"来的人们互相对望了一下，眼里多出了怜悯。他们热络地帮忙盖起了房屋。熠像一只蚂蚁一样，也忙碌起来。

新房子盖起来，堂屋里又挂起了寿桃，案几上又供起了关公，只是熠的父亲越来越沉默。他大多的时间进山去窑洞一住就是好几天，他将窑洞的门窗重新修整了，给窑洞的土炕新捻了羊毛毡。在用作灶房的那一间储备了青稞炒面、清油、洋芋。

他将窑洞前的院子平整出来，改了坐西朝东的屋子。如果不是那场大火，他都不知道他有这么高的建筑天赋，他一个人盖出了一院别致的房屋，并打磨出精巧的家具。

月亮从东边的青山上升起，照得满屋薄凉。熠的父亲躺在新盖好的房屋里有想要哭的冲动。他想起自己的爷爷给他说起从漳州出发时，月光皎白，大海发出一声声沉稳的口令。"还会回来，还会回来。"政府下达的"迁海"政策就像死亡的诏令，房屋被毁，片石不留，一切都像一场黑夜的轮回。现在又能走到哪里呢？埋藏在身体里的记忆伤痛如一枚枚的针刺向他的身体，好在现在一切安安静静的，他可以自由释放伤痛，这些伤潜藏在祖辈的骨缝里来不及抚摸，每次的迁途都是那样匆忙，没有一个地方可以让他们低头查看伤势。他们一直在路上。

他开始在屋前种上山杏、李子、酸梨，并将森林边白色的杜鹃移植到窑洞口。黄昏的时候，他就坐在窑洞前的大青石上，那里正好可以看见洮河。水的形质令他愉悦，他想这些水会带着他的念想，最终流到开满刺桐的海湾，那里有一个面海的渔村，有很多和他相似的灵魂在阳光下游荡，他们也被海风吹得黝黑黝黑，那些黝黑的人是他的祖先。

他再没有下过山。山间的太阳与风将体内的水分一点点耗尽，他与那场大火里消失的三人在山间沐浴月光，月光中他们黝黑黝黑的，像极了他们所有的祖先。

熠和家人来到山间的时候，那些他父亲种植的树木长得欣欣向荣，山鸡在酸梨树中"扑棱"一声飞远了。山间的水汽将他们的衣服全打湿了。"要煮一些罐罐茶驱驱寒气。"他虚弱地推开窑洞的门,从炕沿底下搬了火盆。灶台下有父亲码放的金刚炭,炭上居然没有灰尘。他能嗅到这房屋里父亲留下的气息,他好像刚出门一样。"阿达,你在哪里呢?"他情不自禁地低语了一声。"我在风里,我知道你们会来。"山间的风吹过,他有些恍惚,好像听到了父亲叹息式的回答。

熠这次上山是要在山里寻得一些吃的。铁城里在闹旱灾,饥饿与瘟疫正在袭击这整个镇子。他拿着父亲藏在茅房顶的白银去岷州换粮食,他走遍了整个岷州的粮店,却连一颗青稞都没有换回来,还差点被一群狗追赶进了洮河。那些狗毛发油亮,眼睛通红,见人就追。听岷州的人说,它们最近吃饿死的人吃得多了,闻见人味儿就往上凑。快要被追赶到的时候,他情急中掏出携带的几锭元宝砸向了恶狗。"啪啪",他打得很准,那是他山间击打狍鹿练习的功夫。狗被打得愣住了,狂吠几声,无趣地走了。他掏出所剩的最后一锭银元宝,掷在了身后的河水里,"咚",那声音听起来很清脆。

他劝人们进山里避避,毕竟还有一些野果子可以填填肚子。他又说他的父亲在山里盖了房子可以暂时避避。没有人答应他的话,他们虚弱不堪,躺在太阳底下再也起不来,肋骨一根根清晰可见,肠子盘绕的走势也那么纹路分明。有人答应跟他进山,夜里就死了。

熠和家人也饿得发晕。他们觉得那天的太阳很毒,心都被照出了汗。他们走走停停,一直摸黑来到了窑洞口。

父亲盖的房子矮在了土里,窑洞前长满了草,但里边的一切都是好的。他们燃起了火,惊喜地在灶边的土柜里发现了很多的青稞。锅灶旁排放着一捆干枯的树枝,扒开了,是一口小的窑洞,被石头堵着。熠将那些石头挪开,里面用土夯起了一排一排的类似木柜的夯土,夯土上方用青石板覆盖着,上面放了厚厚的艾草。熠脚步哆嗦地搬开那些青石,青黑色的青稞涌进了他的视野。他伸进手去，青稞冰凉冰凉的质感让他心悸。夯土有三排，他绕着它们转到了窑洞的最里面，里面的光线暗透了，好在墙壁上凿了灯台，放着一盏油灯。他燃了灯，光亮照醒了半面墙。"不识天地心，徒然怨风雨。今我存食粮，胜过屯万金。"墙壁上粘贴着一张黄纸，上面写着这样几句话，一只硕大的蜘蛛在上面匆忙地跑过。

熠跑出窑洞，他将家里有粮这件事告诉给妻子。"很多的粮食，在里面。"他说完眼泪就流了下来。

"阿达消失的那段时间是去山里种青稞了，他将地开垦在哪里了，我们改天要去看看。"他的妻子说完，身体里像有千条万条的河流，汇聚在子宫内，像潮水那样不断地漫延，最后决堤。

"啊，羊水破了，我要生了。快给我煮上一碗青稞吃，我饿得没力气了。我怕生不出来。"

没有月光的夜晚，这个窑洞的第二个孩子出生了。他生下来，瘦小得如同一粒没有发育良好的青稞，被一件旧衣服包裹着，放在炕角发出苍蝇一样的哭声。

"叫他青稞吧，好养活。"

"这个家里人的名字越来越随意了。"熠很伤感地说，可他却又像很喜欢这个名字似的，低头看着婴儿，轻轻唤他，"青稞，青稞，你听叭狗在叫，叭狗，叭狗……"

食物一下子让熠和他的家人强壮起来。他发现房屋背后的山地都被父亲开垦过，一大片一大片的梯田里青稞收割残留的种子又在地里结出了穗，从杂草丛生的青稞地里，可以一直看到山下的村庄。铁城的屋顶没有一丝的炊烟升起。他在青稞地里坐了很久，数不清的细小的飞虫在他眼前飞来飞去。

岷州的亲戚说，他们在铁城的家被烧是铁城里的人告的密。土匪在来之前就已经知道他们家是铁城最富有的人家，所以他们才会精确地踹开他们家的门。

"可是他们要被饿死了，要饿死了。"他站起来，在地埂上踱来踱去。

在铁城的月光里他挨家敲门，很少有人开门。他走进去，在夜风里低呼着乡人的名字，回答他的只有夜风。他推开屋门，一群黑蛾"扑棱"一下飞过他的头顶。他走上前，几具枯黑的尸体躺在炕上。他看着眼前的一切，头脑轰轰地直响，脑血管快要炸裂了。

有几家推门进去，还有人呼吸轻微地躺在炕上看着他。

"走吧，进山吧，山里的村庄有粮食吃。"

"我们快要消融在这座炕上了。"炕上躺着的人发出虚弱的声音。

"我这里有一些青稞炒面，你们先吃了。"他说着从牛皮袋子挖出一碗面放炕头走了。

晨曦的时候，他在铁城的门被推开，门外站着十几个眼神空洞的人。他们要跟他进山。

山里慢慢多出了几口窑洞，夜晚山鹰停满了树枝，它们听着窑洞里的人发出雷声一样的鼻息声。我的那些黝黑的祖先，站在每个窑洞口，在月光里看着躺在床上的人们，风一吹他又跑远了。

他跑到自己挖的那口窑洞前，熠正在月光下打磨着镰刀。今年他种了很多的青稞，天亮的时候他要将第一束青稞割来放到关公圣像的面前。月光下他的脸庞黝黑，像极了他们地底下的所有先人。

"走，到山里的窑洞住上几天，再将青稞收了。"很多年后，我的太爷、我的祖父、我的父亲总会在某一天这样语气坚定地对家里人说。

"山里有什么呢？"

"山里有叭狗，有啾啾。"

"山里还有什么呢……"我在无眠的夜里暗想，这个问题让我想了很多年。

白龙江畔

一

高山顶上听不见水声，洮河像一条巨蟒在峡谷蜿蜒而去。外公说这条巨蛇最终爬进了黄河。将洮河比喻成蛇我心有不悦，虽然在山顶看它真的很像一条巨蟒，可在洮河边出生的我，曾折服于它的清澈与灵动，它更像一个精灵而非一条邪恶的蟒蛇。

"它至少应该是一条龙。一条青龙，这样才符合它的气质。"

"气质。"外公扶了一下眼镜框，笑了。

"在我们以南是有一条白色的江河，人们以白龙唤它，以后你会见到它的。"山间的风吹着外公的白发往后扬。

"它去了哪里？"

"它流入了嘉陵江，去了长江。"

"那洮河和白龙江都从哪里来？"

"它们来自雪山，在碌曲草原它们一个朝北跑，一个朝南跑，一个去了黄河，一个流入了长江。"

"它们还会相见吗？"

"会的，它们最终在大海相汇。"

每一次面对黄河、面对长江、面对大海，我都会想起那天在山顶和外公的谈话。

很多年后我顺着洮河，越过迭山，在舟曲的夜色下第一次见到了那条名唤白龙的江水。夜色下的白龙江水流急湍，黑色的江水轰鸣着从我的脚下奔流而去，我突然有些心悸。幻想中的白水，黑得这样彻底，有些怅然失望的感觉。它不像一条白龙，妥妥的一条蛟龙，脾气看起来不大好的样子。我想起来，汇入它身体的河流脾气好像也是很火爆的样子。

黎明，父亲与母亲收拾出门的东西。他们说要带我去一个叫舟曲的地方，那里的柿子熟了，贩运到铁城会卖个好价钱。父亲弯腰察看车况，他仔细地检查了每一个车轮。他说舟曲的路况很差，弄不好会将我们困在路上的。

"乌鸦嘴，还没出门就说晦气的话。"母亲狠狠地瞪了父亲一眼，气呼呼地将我抱到了车上。

大卡车一路狂奔，掀起的黄沙让我看不清路边的风景。母亲兴致盎然，她用低哑的声音唱起了秦腔，片刻又为一些琐事和父亲低声争执起来。他们的争执声时不时被车身的颠簸打断。我迷迷糊糊地睡着又醒来，洮河时而出现时而消失。在岷县，洮河彻底消失后，父亲说离舟曲不远了。我将身子坐得笔直，努力想发现一些不同的景致。除了气温越来越高，大山越来越裸露、越来越高大，我一无所获。我在后排又睡了过去，汗水将头发都浸湿了。我觉得那是我那时走过最远的路程，舟曲遥远得像在天边。

再次醒来，天黑透了。我们的车子被陷在泥沙里，暴雨也在此刻降临。车窗外漆黑一片，车灯一闪一闪发出强大又孤独的光亮。

"下去推车。"父亲向母亲下达了命令。

"乌鸦嘴，一切都应验了。"母亲发出了一声愤恨的哀叹，很不情愿地披雨衣拿手电筒下车了。

风从父亲打开的车窗飘进来，我瞬间觉得凉爽多了。我顺着车灯望过去，前面根本没有路。我们此时就处在一摊水里。父亲一次次尝试挣脱泥潭，一次次熄火再打火。车子像一头深陷泥沼的牦牛，铆足了劲往前拱，越挣扎越挣脱不了。父亲的脾气变得暴戾起来。"没有吃饭吗？用一点力气。"他从车窗里伸出头，朝车后的母亲大喊。

"下次别带我出门，倒霉死了。"母亲愤愤地爬进车里，使劲捋了一下头发上的水。

父亲还在尝试脱离困境，可一切都是徒劳。他疲惫地将头仰在座椅上，闭起了眼睛。

"要不就在车里待一晚上吧。我刚在外面听见很大的河水声。感觉就在我们的脚下。啊！倒霉透了。"母亲说着也疲惫地闭起了眼睛。

我在后车座上裹了毛毯，蜷缩成一只猫样。车内涌动着一股无言的压抑。突然发动机发出了破锣一样的声响，父亲被惊得立起来。突然这声音又没有了，一切恢复了正常。

"听，有人的呻吟声，好多人，大人小孩都有。前面估计也停着一辆车，应该是医院的车，拉了很多病人。"母亲竖起耳朵，一副一听究竟的模样。我与父亲也仔细听了起来，可是除了车窗外的雨声和河水声我们什么也听不见。

"要不下车去看看，如果前方真有车，我们可以让他们来帮忙。听，人越来越多。"

"快闭嘴吧！"父亲朝母亲大吼了一声，将外衣搭在胸前闭起了眼睛。

我蜷缩在毛毯里大气都不敢出，在略微的恐惧中睡了过去。

再次睁开眼，天光已泛白，晨雾缠住了山腰。车窗外的父亲已经成了一个泥人。他将车轮前的泥浆全部挖了出来，正搬石头狠狠往轮胎下塞。

"原来是一条小河，怎么会发出这样大的声音？脾气真倔。"母亲嘀咕着，一脸不解地看着脚下河坝里的水。

太阳的金光赶走了浓雾。大山露出了原本的面目。山腰的崖壁上悬挂着一口口腐烂的棺木，鸦雀围绕着棺木嘎叫着乱飞。鸦雀的叫声让峡谷显得更深幽。

"啊，那么多棺材在山上！"

"别大惊小怪，此地就是这个习俗。"父亲语气坚硬地说。卡车发出巨大的吼声，这头被困的牦牛，终于四蹄一蹬脱离了困境。

接下来的路依然难走。我们一会儿在狭窄的沙砾路上行驶，一会儿又驶进了乱石与泥沙的河滩里。中午我们终于抵达了目的地。车窗外亚热带季风里，一树一树的柿子树上缀满了沉甸甸的柿子，在光影下像一个个滚动的火焰。

在高原我从未见过这样鲜亮的景致，我雀跃地跳下车。村庄依山而建，一律暗黑色榻板房。昨夜鸣响了一夜的小河急匆匆从村前流过。

"它要流去哪里？"对每一条河我都想知道它的去处。

"它流不远就进了舟曲县城，流进了白龙江。"女人提着一篓柿子，语气很柔顺。

"白龙江，多好听的名字。"

"昨晚我貌似听见鬼叫了，在峡谷叫了一整夜。"母亲沮丧地对女人说。

"没有鬼，是山上的流沙在雨水中滚动。"女人细声地说道。

"我家的柿子今年长得最好，皮薄肉香。收我的柿子吧。"女人说着在前面带路。

"哦，哦，怎么回事？真的不是鬼叫吗？"母亲一脸狐疑。

太阳将父亲的衣服晒干了，他在前面走一走，能听见泥土剥落的"簌簌"声音。

那年的柿子最终卖了多少钱我一无所知。我只深刻地记得那个叫舟曲的地名，还有那夜的雨声和我第一次见到柿子时的雀跃。也有遗憾，我未见到外公告诉我的白龙江，没能走进舟曲县城的尘烟里，嗅一嗅它尘世的味道。

二

再次听见舟曲的名字是在 2010 年 8 月 8 日。高原的县城飘着阴雨，我裹一件毛衫出门去吃早点。平常清冷的街道上一辆接一辆的军车呼啸而去，接着是警车、公用车、私家车排了长龙似的朝县城南出口驶去。

"发生了什么？"我暗自揣测。

等车队行驶而过，我去对面的牛肉馆吃早餐。餐馆的墙壁上挂着一个彩色电视机，饭馆里的人仰起头齐刷刷盯着屏幕。扯面的师傅握着一双面手，神情凝重地立在电视下。

我定下神来，当听完电视里播报员语气低沉的播报后。我才明白，就在昨夜，在我卧家里看《指环王》的时候，甘南的最南边，地势最低的峡谷之地舟曲被狰狞的泥石流吞噬。新闻画面里的白龙江呈褐色，在峡谷间缓慢流淌。我心悸得厉害，同餐馆的人也没了往日的喧哗。"唉，肯定又死了很多人，多可怜。"那时人们只是发出带有怜悯般的哀叹，因为我们对泥石流这一灾害的摧毁度知之甚少，以为它和夏天季节性河流在瞬间的暴怒一样，暴吼着经过村庄，席卷掉沿河的庄稼，偶尔卷走人和牲畜就了事了。

那段时间，各大新闻频道都在播报关于甘南舟曲县泥石流的动态。满身污泥的子弟兵，满脸污泥哭泣的孩子，泥沙里的小书包，被泥石流吞噬到只剩门匾的街道，蹲在街边哀泣的男子，为女儿擦拭尸体的老人，蹲在泥浆里做报道的记者……在我之南，一切像一场炼狱。

不知为什么，那几天总是下雨，连绵不断的阴雨。屋门在夜里响起。一个面容疲倦的中年男子出现在家门口。父亲从声音辨别出，是他的一个同学。父亲将他让进屋，赶忙煮茶，递烟。

"怎么成了这个样子？胡子长这么长。"父亲说。

"我在舟曲救灾，接连几天我只休息了七八个小时。"他深吸了一口烟，呛了起来，不住地咳嗽。我在添水的瞬间才认出来，他是常来我家的闫叔。我们一家听说他从灾区来，急切地向他打探舟曲的现状。

"每天都会挖出很多尸体，大人小孩都有。有的已经开始腐烂，血水每天将我的鞋子浸湿。"他说完痛苦地抱住了头。他说他这次回来准备再筹措一些物资，再赶回去。听说父亲从青藏线上回来，过来聚上一聚。

"我也去。"父亲说。

"我也去。"我脱口而出。

"不必了，从上到下，全国各地来支援的人很多。去的人太多，吃住也是一个麻烦。"

"在青藏路上我也听过、见过很多死去的人。怎么说，那也是为了钱财。这次这个就不一样了，天灾谁能逃得过。"空气开始变得沉默。父亲与闫叔相顾无言，他们使劲抽着烟。屋子一下子被烟雾笼罩。

"你也多保重，青藏路多难走。"闫叔抽完一支烟，将烟头狠狠拧灭在烟灰缸，起身作别。

"如果需要，给我电话。"父亲追出门，雨下得很大。闫叔很快消失在雨夜里。父亲在门槛下站了很久，冰凉的雨气在房屋里乱窜。

"一条白色的河。"耳边传来外公的话。

"它流向了哪里？"

"它流向了长江，大海……"

大海，大海里每一滴水都在说白龙江畔的事。

夜雨里，我的心海里白龙江波涛汹涌。

三

海拔两千九百八十米的拉尕山顶云海翻腾，呈喀斯特地貌的迭山时隐时现。松林在耳畔发出龙吟一样的声音。

巍巍秦岭，它最西的一条龙爪自东向南镶嵌在甘南高原上。在迭部，那只龙爪幻化成清高的雪山神女。主峰措美峰海拔高达四千九百米。此刻我站在拉尕山，面前岩溶样的迭山顶，白雪与灰白的熔岩在阳光下发出耀眼的光芒。它的山脊清晰地分划出了长江水系与黄河水系。在长江水系与黄河水系里的两条蛟龙——洮河与白龙江以它为界，并肩而行。它们隔着迭山轻轻吟唱："君从哪里来？君自洮河来。君要去哪里？吾要入黄河。君从哪里来？君自白水来。君要去哪里？吾要去长江。"来自三亿年前的海底坚硬的山峰，沧海桑田后依旧与水为伴，只是将贝类与鱼类换成了麋鹿与狼。

曾经在洛克之路的迭山，我捡到过一枚巴掌大的珊瑚化石。火山爆发海水下沉，高山隆起，一枝小巧的珊瑚与微小的海贝，被岩浆掩埋于山顶之上。在高原的太阳、雷电风雨的反复吟诵下，它将生命之美永远定格。经过亿万年的光阴在那个阳光炽白的中午与我相遇。在乱石头之中，我捡起它，将它放在耳边。我听到了海水的声音，从远古一直传到了我的耳边。此刻我听到的水声又将成为千年后谁听到的水声。

四

先于人声，我听到了水声。在夜晚的舟曲县城我终于和白龙江相遇。打个招呼吧，这是年幼时我的梦想。我在夜风里独自站在白龙江畔，身后的车鸣声和人声成了模糊的背景乐。白龙江的水走势很急，五彩斑斓的霓虹灯影被它震得粉碎。河水涌上的清冽之气令我迷醉。我又想起那个雨夜里的河水，想起舟曲的柿子，想起2010年的早上与深夜，一切恍如隔世。灾后的舟曲车水马龙，人声鼎沸，它是甘南最热闹的县城。

比起高原上清冷的夜，舟曲一派南国的气象，氤氲的空气里飘散着淡淡的花香。在高原上还是一片萧索时，总能听到白龙江畔花开成海的讯息。住在高原上的人心生希冀，说我们的春天正从舟曲赶来，它翻越迭山带着长江的水滴而来。

我顺白龙江而行。河的此岸灯火辉煌，彼岸巍峨的高山像天地间的巨人，俯视着脚下的白龙江。舟曲狭窄的峡谷地势素有"川陇钥匙"之称，是陇西自武都通往康藏道的要冲。驮着茶叶、供马的马队与驮着盐巴、丝绸的马队曾在这里打过招呼后又各自离去。藏族老人在月光下，在火塘边一遍又一遍诉说着族人的迁移史。他说："在雪域之巅名唤松赞干布的王，他的部队征服了黄河之源的吐谷浑、党项、白兰，占据了长江上游的大部分地方。我们是他的战士，他说让我们驻军守敌，总有一天王还会召我们回去。"白龙江不语，将他的故事带给大海。

还是水声从我的左耳畔传来，我扭头看见一条灯火灿烂的步行街道，清澈的水流呈瀑布状顺石阶而下，一直流进了白龙江。水两岸的商铺前盛开着一株又一株碗口大的月季。有小孩子捡了花瓣一片一片扔进水里。穿湖蓝裙子的女子声音低低的，追赶在孩子身后。黑衣黑裤的藏族老人，顺着石阶一步一步走远，消失在灯火尽头。

早听朋友说过，舟曲还有另一个名字：泉城。她说舟曲的地底下泉眼密布，涌在地面上的有"九十九眼泉"。早年的舟曲人都是从泉边提水回家备用。因为用泉水做的豆腐鲜美无比。她说如果我来舟曲，她会请我吃一碗香嫩的豆花。

手机铃声在此刻响起。

"我在白龙江畔，明天一起吃豆花吧。"

水声汤汤。我走进灯火里的舟曲，墨蓝的天空下白龙江急切地朝长江奔去。

写　信

一

他想要写信，夜就在洮河岸边醒过来，灯在漆黑的夜里亮起来，接着是他的咳嗽声，一声接一声，接着是狗吠的声音，夜鸽子的"咕咕"声，洮河的流水声。以前的村庄，夜晚狗吠一片，熟睡的婴儿被狗吠声惊醒，更多婴儿的哭声响起，一家一家的灯光，从河岸边一直亮到山坳里。醒过来的夜，闹哄哄延续到后半夜，等一盏一盏的灯依次熄灭，村庄才真正开始酣睡。

那时候的村庄还没有搬迁。人声、狗吠声、洮水声这些声音丢在空气中，很快就消融了。现在狗叫上一声，夜都要颤上一颤。门口的那只土狗是以前那只大黄的孙子，它只遗传了大黄的毛色，胆子却小得要命，夜晚吠一声，夜鸽子在屋顶"咕咕"回上几声，它一听就发出悲悯一样的低鸣声，像是求饶。

他下炕去搬炕桌，酸梨木的炕桌是他父亲年轻时打磨的。他的父亲曾是村里最好的木匠，常年四季背一个大木箱，去别人家盖新房，打磨家具。一家的活儿还没有干完，另一家的人就上门邀请了。一家接一家地盖新房，娶新媳妇，嫁女儿，吃满月酒，一家的房屋挨着一家，一家的喜事连着一家，日子赶着日子过，时间像长了翅膀，一飞就飞到了移民搬迁的时候。

吃完晚饭，人们照样去粪场里聊天。不过这次谈论的重点，不再是哪家的儿子看上了哪家的女子，哪家的猪又下了几只猪仔，哪家的男人又在外面找了女人，哪家的孩子去哪里打工、上学。人们谈论最多的是"引洮入陇"。"引洮入陇"对洮河岸边的人而言并不陌生，粪场对面的半山腰，一口挨着一口的窑洞，就是当年"引洮入陇"支援大西北的青年住过的地方。

"那些娃娃，看着白净，干起活来真不要命。女娃娃照样背着石头跑。"人们蹲坐在他身边，听他说以前的事情。他要将村庄过去的事一一说给年轻人听，这样才有参古知今的功效，他们才会对故土多出更多的疼惜来。

他说1958年夏末中午，拖拉机的喇叭声在村庄的上空响起，人们闻讯赶到了公社门口。那年月，很少听到拖拉机的声音，一个公社有时候连一辆拖拉机也没有。"突突突！"突然响起一连串的拖拉机声，像一声一声召唤。人们看到从两辆拖拉机上，跳下来一群学生样的年轻人。他们一个一个白净得像刚出锅的馒头。支书让村里人帮忙搬东西，说他们是大城市来的"工程师"。"工程师是啥？是教书先生吗？工程又是啥？"他向支书问道。"是啥，是啥，是你爷的夜壶。"支书显得很不耐烦，其实他也不知道这些人是来干什么的，他接乡上的命令，让他先把人安顿好。

那些年轻人被安置到公社里。公社建在粪场的北边，西北风一吹，空气里就飘荡着一股大粪的味道，风再刮紧一点，那些飞起的粪土就会飘进他们住的屋里。年轻人们好像闻不到大粪的臭味，在公社的荒草里拉手风琴，唱歌跳舞，朗读诗歌。他常常趴在公社的破墙上看他们。他看到那些女娃子，她们在院子的木凳上，放上瓷盆洗头发，黑辫子散开就成了洮河水波一样的造型。她们弯腰将头发放进瓷盆，露出瓷白瓷白的后颈。阳光里，那脖颈很诱人，他看着，真想上去摸上一把，刚有这样的念头，脸一下就烧起来，心开始狂跳，腿一软从土墙上栽了下去。"砰!"他栽倒在一堆粪土里，刚出的粪，粪灰劈头盖脸地涌了他一脸。风一吹他吸进一大口粪灰，喉咙里忍不住地发痒咳嗽，咳嗽像雪崩一样一发不可收拾，咳得他五脏六腑发烧发疼，眼泪星子乱飞。

　　"吱嘎!"公社的木门被推开，走出来三个女青年。他用手抹了一下眼睛上的灰，想看得更清楚一点，瞬间一股屎臭味让他窒息。他想起来，他栽倒的时候手伸到了粪里，现在两手黏糊糊的，都是屎尿的混合体。他窘死了，心口一紧，"哗"一下呕吐起来。

　　"快拉他出来。"其中一个喊道。另外两个人，从肩膀上轻轻一揪，将他从粪堆里揪了出来。她们在他的后背捶了几下，一阵河风吹过，呼吸瞬间变得顺畅。阳光里，他被她们的笑声裹进了公社的院子。她们取来笤帚将他身上的炕灰拍打干净，打来一盆水，将他的头按在瓷盆里，给他洗头。他不确定那是她们中哪一个的手，手指在他的头、脖颈和脸上滑过时是那样轻柔。不像他的母亲，每次给他洗头将他使劲按进木桶里，木犁一样的手粗暴地在他头上、脸上、脖子上乱搓。他的脸被搓得生疼，他稍动一下，那双粗壮有力的手，卡着他的脖子往木桶深处按，木桶里的水逼进他的鼻腔，他觉得自己快要窒息而死了。小时候每次洗头他都极力抵抗，大声尖叫，那尖叫声跟腊月快要屠宰的猪叫没什么区别。

　　伴随着一股香气，一团凉凉的液体渗进了他的头皮。头顶，一双柔软的手轻轻地在头发上打圈，接着一股一股的黑水伴着棉絮一样的东西流进了瓷盆。不明的香味将他团住，一切像是在梦中，他使劲地吸吮，想要将一切吸进肺腑里。

　　"再打一盆水来。"他的眼睛被泡沫迷糊住，分辨不出身边说话的人，感觉又一盆水端到了面前的板凳上，一双手再一次轻轻将他按进了瓷盆。"哗啦啦"，头顶淋下一瓢水来，接着第二瓢、第三瓢。他使劲睁开眼睛，看着黑污的水慢慢变清，一条绵软的毛巾抹干净他眼前的水。阳光白得耀眼。

他直起腰，看清楚面前站着三个女青年。她们看着他笑成一团。他的脸"噌"一下燃烧起来。

"叫什么名字？"

"冯小七。"

大门被打开，一群青年拥进了屋子。他们手里拿着铁尺，肩上扛着测量的工具，挎包里插着图纸。"饭好了吗？"其中一个青年问道。

"一早上的时间，都给这个小毛贼洗头发了！"其中一个女青年说完，"嗤嗤"地笑了起来。他们说话的腔调和公社喇叭里播报时的语调很像，有某种说不出的庄重与温和。

青年转头看着他。他惊喜地发现青年就是拉手风琴最好的那个人。他拉手风琴的时候，眉毛紧紧地皱起，眉宇间形成一个大大的感叹号，耳朵在阳光下白里透红，现在他站在他面前，胸前没有手风琴，他觉得他要比坐着的时候高大很多。而他十来岁了，依旧长得又黑又瘦，两条胳膊两条腿像桦树干一样又硬又细，两只耳朵却出奇地大，像两把蒲扇镶嵌在干扁的脑袋上。他羞愧地勾着头看脚下的影子。

"你来干什么？"青年问道。他的脑袋"轰轰"作响，他总不能说他是来偷看他们的，那一切都完了。

"你的琴拉得真好。"

"你怎么知道？"

"反正我听过，那声音比洮水声还好听。"

青年没有再接着问他，在他的头上摸了一把。他抬起头，一张白净的脸上一双干净的眼睛正盯着他看。"你真干净，像个女子。"他觉得眼前的男子不仅脸干净、眼睛干净、衣服干净，连脚都是干净的，那双手更不用说了，他隔着老远都能看见他十指白皙地在琴键上舞蹈，那是他见过最干净的手指，他趴在墙上，曾看得他眼眶骨疼。

"你们在山上干什么？"他没有之前的拘谨，将心底的疑惑搬了出来。

"引洮入陇。"那个弹琴好的青年告诉他。他说着在膝盖上铺开一张地图，指着地图上像血管一样的细线，说这个是他家门前的洮河，他们要将北去的洮河水，在他们村截流，让它转向东流，经会川、临洮、定西、兰州、皋兰、固原、合水等地最终到达陇东地区。

"陇东在哪里？他们为什么需要我们的洮河水？"

"他们的庄稼太缺水了，土地干裂得不像样子，如果洮河水过去，那里就是沃野千里的粮仓之地了。"

"我不懂，但我知道你们干的都是大事。"他说完，笑着跑开了。他一口气跑到家里，他要告诉家里人，那群神秘的青年人的本事可大了，洮河水都得听他们的话。他们让它往哪儿流，它就往哪儿流。还有"引洮入陇"，多么新鲜的词，村里现在就他一个人知道。"引洮入陇，引洮入陇，引洮入陇。"一路上他不断地念着这个有点拗口的新词，他要将它念得顺口，才不显得笨拙。在家里，他总遭受父母的嫌弃，他的姐姐样样比他好，记性好，悟性好，脾性好，人缘好。这回他可要在父母面前争口气。

"呀，怎么这么香？像在花窝里打过滚一样。"他脚刚踏进门，姐姐伸长了脖子在他头上嗅来嗅去。

"引洮入陇，引洮入陇。"他又读了两遍，才停下喘气。

"什么？你说什么？"姐姐眼里布满了关切和不解，"早上出去的时候还好好的，怎么一回来就像被水鬼勾了魂一样，说话疯疯癫癫的。"

"阿姐，公社来的那些年轻人，他们是引洮入狼的。"

"他们要逮狼吗？怪不得他们一早就在山腰上走走停停，原来他们是在找狼窝，那样明目张胆地找，狼是不会出来的，它们可机灵了。"姐姐语气里充满了不屑。

"他们能让洮河水流到别的地方去。"

"流去哪里，他们是愚公吗？会移山不成？"

月亮躲在了树梢之后，粪场上的女人已经陆陆续续地回家了。

"冯七爷，怎么不讲了？正听得好呢。"

"冯七爷，昨天乡上的干部来我家和我达也说引洮工程，说要移民搬迁，让他先去做群众的思想工作。"

"回，回，都回家睡觉了。以后的事情以后再说。"

二

他将梨木炕桌搬上炕，从案几上取来信纸、墨水，蘸笔开始写信。"长姊万安，见字如面。"他刚写了开头，一阵很紧的风逼着窗户缝隙吹进来，将信纸全吹了起来。他要给姐姐说什么呢？是说现在村庄的东头就住着他们一户人家，半夜里他能听到邻居家围墙坍塌的声音？还是说，他最近老梦见父母，梦见他们像小时候那样呼唤着他的名字，在院子里，在灶房，甚至他能听见门口猪圈里母亲吆喝猪吃食的声音？他也梦见他的妻子，风风火火地跑进院子里："冯小七，家里的羊不见了，快帮我找找。冯小七，快收麦子，洮河水下来就全淹了。冯小七，冯小七，你走快点，你真磨蹭。"每晚上他们都走进村庄，走进他的梦里。他老盼着天黑，天一黑，他就可以美美地做梦，梦里村庄里的人很多，家里都还是以前的样子，父亲在抽旱烟，母亲出出进进地忙着料理家务，妻子嘴不停地念念叨叨。梦里孩子们都还是小时候的样子，争着要糖吃，争着拆姑姑从新疆邮寄的包裹。

为什么都要走呢？他的心头涌上一股难言的酸涩。他想起来，第一个离开这个家的就是他的姐姐。1958年的秋夜，发了很大的一场暴雨，雨水冲倒了公社的房子，也冲走了好几个人，那里面就有那个帮他洗头的女青年。他后来老去公社，跟他们都混熟了，慢慢对上号，那天帮他洗头的是梅姐，她来自河北。她是他们一拨人里最爱干净臭美的。

太阳出来，粪场上用白布单与柳枝遮盖着四具尸体。他一眼就认出梅姐的尸体。梅姐的一只手从白布单下露出来，惨白的十指上用凤仙花染了指甲。"梅姐，梅姐！"他看着那只手，失声哭了起来。"都还是孩子，真可怜。""那人傻了吗？还在那里拉手风琴。"村支书已经找来棺木，正准备入殓。"武希华，别再拉了，你的琴声，比唢呐声还心酸。"村支书打断了他的琴声。"哭，就知道哭，都是死人吗？娃娃们都是给公家干事的，干好事的。过来搭把手把娃娃们先安置了。"村人反应过来，找铁锹打墓的打墓，在粪场上搭帐篷，布置灵堂，扎花圈，开追悼会，风风光光地将人送走了。

留下的青年的脸上再没有初来时的雀跃，他们看上去脏兮兮的，脸上晒出了淡淡的高原红。他们站在粪场里像一只只无家可归的落汤鸡。支书先带头领了两人回家，接着他发号令将其余的几个人安排到村里条件好点的人家。"冯小七擦干你的尿水子，带你武哥回家，天天像个跟屁虫黏着人家，赶紧地先带到你家给洗洗，你看全身都是泥。""武哥回家。"他走到武希华的身边，扯了扯呆若木鸡的武希华。"武哥回家。"他又唤了一声。"回家！"武希华回了一声，嗓子咕咕噜噜像有闷雷响过，接着蹲在地上哭了起来。他一哭，粪场上其他青年都开始哭。"都还是娃娃，谁家的娃不想家。多可怜，刚来的时候像水洗的萝卜，现在一个个成了泥疙瘩。"村里上了年纪的妇女也开始抽抽搭搭地哭了起来。"冯小七，你个尿货，把你武哥拉家去。"支书的声音很大，尾声却拖着哭腔。

洮河两岸麦浪翻滚，成熟的麦穗胀鼓鼓的，像要马上爆裂。

揉碎一朵麦穗，放嘴里一嚼，麦香十足。武希华和其他的青年也加入了抢收麦子的队伍，只是弹琴、绘制图纸、拿测量仪器的手拿起镰刀却笨拙得厉害。开割没多久，武希华就将自己的腿捋了一镰刀。"小七，扶你武哥回屋去，这不是他干的活。"父亲让他将武希华带回家去。

"小七，我教你写字吧。"武希华觉得自己总该为这个家做点什么，吃人家的，住人家的，秋收时原本想着能帮上一些忙，结果还添了乱。他从包里找来画图纸、铅笔开始教他认字。他在学堂也上过几年学，可是老师教的读音和书写与武希华的不像。老师把"日"总读成"er"，把"着"读成"zhi"，武希华总被他的读音逗得哭笑不得。"要说普通话，要写规范字。"武希华说着又从包里找来一本书开始为他朗诵，"假如生活欺骗了你，请不要悲伤，不要心急。忧郁的日子里需要镇静，相信吧，快乐的日子将会来临……"他读着，眼睛浸满了泪水。

"呀，血都流进鞋腰结痂了，你俩不知道吗?"姐姐喊道。姐姐是村里的保育员，谁家有个头疼脑热、打针吃药都来喊她。她动作麻利地为武希华处理伤口。她先用棉花浸着消毒水从里到外打圈消毒，然后抹上消炎药，最后用纱布轻轻包扎起来。秋日的光透过花窗，斑驳的影子在姐姐的脸上身上晃来晃去。"阿姐，你比阿妈温柔多了，阿妈给阿达包扎伤口的时候，疼得阿达都开始骂娘。"他说完这句话，空气凝固了。他看见姐姐的脸开始越来越红，最后连脖颈也是红的。他转头看向武希华，他的脸上也染上了一层红晕，鼻尖上都是汗。

那年的麦子全部收进了公社的粮仓，村里开始集体干活，集体吃饭。干活是需要记工分的，武希华不能读诗弹琴了，他也一起去公社干活。冬天的时候，他的脚和手上长了很多的冻疮，半夜火炕上的温度一上来，他就咧着嘴使劲地挠，结果冻疮都开始溃烂流脓。反正也睡不着，他就燃了灯画图纸，图纸上都留下了他点点的脓血。有时候他一画就画到天亮。"又浪费家里的灯油了，太不好意思，赶春我一定搬走。"每次他都要难为情地念叨上一阵。

第二年的春天，武希华和其他的青年在山腰上炸了好几口窑洞，他们说"引洮入陇"是个长期的工程，他们总不能一直住在乡亲家。窑洞门镶好的那一天，他和父亲去送武希华。武希华背着他的琴和图纸在前面走，他和父亲扛着母亲缝制的被褥跟在后面。高高瘦瘦的武希华穿着姐姐纳的鞋底，每走一步，脚下的土里就踩出一个纹路整齐的鞋印。"你姐的针线比你阿妈的好多了。"做木匠的父亲天生对线条比较敏感，但说完这句话，他的脸马上变得很阴沉。"小七，你姐和你武哥经常一起说话吗?"等和武希华隔了一段距离，父亲向他责问道。"我不知道，我啥也不知道。""你个二货，我出去帮别人盖房子，你可把你姐看好了，我就这一个闺女，才不要嫁到天边去。"父亲说完，朝他的后脑勺使劲给了一巴掌，他一个趔趄差点栽倒。他心里发虚，他在后院的果园里看到武希华拉琴，姐姐靠着树跟着琴声哼歌。武希华拉一下琴，转头朝姐姐笑上一笑，姐姐也跟着笑，一双眼睛都能笑出太阳来。还有一次，他去后院找大黄狗，刚要进门，就看见武希华和姐姐面对面站着，脸和脸挨得很近。他的心"咚咚"跳得厉害，他小心收藏了这些秘密。他很希望武希华能娶了姐姐，这样他们就真正成了一家人。

父亲和他将带来的东西放到了窑洞，父亲又帮武希华将窑洞的门窗紧了紧就出门了。父亲没再邀请武希华去他们家。

转年的冬天，洮河结了厚厚的冰。他带领着一群孩子在冰面上打陀螺、溜冰、砸冰块。村里"噼里啪啦"响起了鞭炮声，他们循着声赶到了粪场，粪场上正在开欢送大会。支书说武希华和那些青年明天就要走了，引洮工程虽然暂时停了，但是娃娃的功劳还是不能忘，一定要让村里人送送。他看着台上变得黑瘦黑瘦的武希华和其他青年，鼻子酸疼。

　　第二天，武希华和那些青年走了。村子里一下冷清了许多，西北风猖狂地在村子里窜来窜去，风吹着山腰的窑洞木门"啪啪"作响。"毛丫，毛丫。"母亲的声音从风里传来，那声音听起来有点凄惨。毛丫是姐姐的名字，母亲喊遍了整个村子也没将姐姐喊出来。天阴得厉害，不一会儿就飘起了大雪，母亲蹲在雪地里哭得嗓子干哑。风雪里父亲拿着一张纸跑过来："小七，快念念，好像是你姐写的。"风吹得信纸乱飞，他像抓风中翻飞的鸟雀一样抓住信纸。"读大点声。"风吹得厉害，"呼呼"声总将他读信的声音遮住。好不容易念完信，他冻得全身发麻，更让他们神经发麻的是，姐姐在信里传递了一个可怕的消息：她跟着武希华走了。"起来回家，别在这丢人现眼，没心肝的东西，走了也好。"大雪里的父亲望着冰封的洮河，眼睛里愤怒与哀伤在交替。

三

　　又一阵风吹进了窗户。这该死的河风总是吹得这么肆意，他找来一瓶墨水压住信纸。这洮河边的风，它们总是常年四季吹丢很多东西，曾经就将家里的三只羊吹走，将家里的大门吹翻，将房子里的家具吹旧，将姐姐和武希华吹走，将他的父母吹到南山的坟地里。

　　时间真的不经用。武希华走的时候，他问他，"引洮入陇"就这样结束了吗？陇东的庄稼就真的喝不上洮河水了。武希华告诉他，不会的，或许十年，或许二十年、三十年、半个世纪，洮河水一定会流到陇东去的。半个世纪他都是老头子了，那得是多么漫长的时间，漫长到洮河水都要流干了。可是自他们走后，自他收到武希华和姐姐邮寄的第一封信、第二封信、更多的信，他在读他们来信和写回信的时候，娶亲，生子，送走父母，送走村里死去的人，去喝一家又一家的满月酒，过完一个又一个的年。村里来过很多人，走出去过很多人，可是再没有一个像他们当初来时那样，让他心生渴望地去相识。粪场上早也没有了粪，新建的广场上孩子们打篮球，骑自行车，偶尔也打架。山腰的窑洞木门不知被哪年的风吹掉了，黑洞洞的像没牙的嘴，长年累月吸着河风。他没事的时候也上去过，墙上曾经刷着的红色标语像没蜕干净的皮肤，只剩斑斑点点的暗红。村里的孩子问他关于那些窑洞和斑点的事。他就详详细细地告诉他们，半个世纪的事情有时候半个小时也就说完了。

2008 年，从春天开始，"引洮入陇"再次在广场上被人提起。这个曾经让他觉得很时髦的词语，对于年轻人们来说，上网一查，来龙去脉都清清楚楚。这次，听说要在离他们村不远的下游修建水库，水库会抬高水位，在汛期将会淹没库区大部分地方，当然包括他们村子。所以他们将要被搬迁到千里之外的戈壁。他写信给姐姐和武希华，在信里详说了"引洮工程"将要搬迁的事项。他在信里恳请他们回来一趟，再不回来就看不到以前的村子、以前的人了。那封信写到最后他居然对姐姐产生了些许恨意，他在信里抱怨了她曾经的离去对父母造成的伤害，也埋怨他们父母病危都不曾来上一趟。"再不来就连父母的坟头都看不上了，你会后悔终身的。"他在信的最后这样写道。这些话他只有在写信的时候可以表达，打电话过去他是万万说不出口。这也是这么多年，他更多是和他们通信而不打电话的原因。电话里姐姐老是哭，她一哭他准备好的话就都忘了。他也从未学会普通话，和武希华在电话里对话难免别扭。

一周后武希华来信了。他在信里显得很激动，说终于盼到这一天了。他说"引洮入陇""移民搬迁"这是利国利民的好事情，他们家应该第一个报。他作为村里的老人，应该动员村里人，配合政府做好搬迁的事。他也在信里说，他姐姐的腿一直不好，等腿病稍微好些了，他们一定会来铁城看看。他的妻子听说是新疆的姐夫和姐姐决定的事，第一个赞成。他的妻子虽然从未见过他的姐姐和武希华，但从她进门，每年从新疆邮寄来的大包裹和钱就没断过，她对他们所说的话十分信任。他们家第一个报了名，到三月份的时候村里多半的人报名搬迁，五月的某个早上所有的人来到广场上，开始往大卡车上装东西。县上下来的工作组一遍又一遍地说，过去有新房子，锅碗瓢盆都有。村人们还是固执地将家里的细细碎碎、猫猫狗狗都往车上塞。故土难离，工作组的人又协调了几辆车，尽量让乡亲们把自己的念想都装上。一周后车子终于装好了。他听从村干部的建议，除了带一些必需品什么也没带。其实他心里也是有自己的盘算，他想如果过去不好，他就再回来。这个念头冒上来的时候，他都吃了一惊，老了老了，还多出了心眼来，这是多么稀奇的一件事。

从决定要走的前一晚上，人们的情绪就开始不对了。赶着去给先人上坟，去坟头取土，跪在堂屋里向家神祷念家族的迁徙，恳求祂一起相伴，继续护佑家人的平安。祷念完将家神的供牌用红绸布仔细包好，放在贴身的行李里。他也准备将家神的牌位包好带去。儿子和儿媳说那只是个"意思"，带着多麻烦，过去重新雕牌写一个就好，再说带过去他们也不会供奉，他们连怎么捻油灯都不会。他觉得不带走也好，神灵应该也和人一样，住惯了就懒得挪窝。再说他总觉得他还会回来，这个念头很强烈。

卡车要启动的一瞬间，哭声四起。广场上，朝南山坟墓的方向跪满了人。村里和山坳里没走的几户人家，拉着即将离去的人的手不停地念叨："过不下去了再回来，我们等你们，等你们。""突突"，发动机开始启动，汽笛鸣起，洮河水开始在窗外后移。他将脸贴在车窗上，心里揪着地疼，眼泪迷糊了双眼。刚开始的路洮河时断时续地出现在窗外，就像母亲曾经站在山岗送他，拐个弯大山挡住了视线，他看不见母亲，等再登上一个山，就看见母亲在山岗站得笔直。他在远处的山顶上喊上几声，声音太远母亲听不到，可他的心里却是踏实的，没有离家的恐慌。他现在看着洮河水一样的感觉，只要车窗外的洮河水在，他就不觉得恐慌。

不知走了多久，植被越来越稀缺，肉眼可见的绿色越来越少，洮河水不知所终，千沟万壑的黄色山脉冲撞着他的视觉。看惯了洮河边绿色的山、绿色的森林、碧色的洮河，他的心里涌上一种从未有过的苍凉来，一种心酸的疼痛漫上心坎。他胸口闷得厉害，头开始剧烈地疼痛。妻子让他闭上眼睡一觉，等到了就喊他。他昏昏沉沉睡到半夜再次醒来。车窗外，茫茫戈壁上太阳显得很大，巨大的红光将天地烧得通红，风吹着卡车的篷布"吱吱"作响。他打开车窗，烈风击得他额头疼。他朝前望了望，前面的车队打了一个弯，可以清楚地看到更远处的车队，它们像一群列队而行的蚂蚁，缓缓向不明的远处进军。车队刚过玉门，就停了下来。天已经黑透，黑色苍穹里星河璀璨。他想起姐姐的第一封信，她在信中描写到了戈壁的星空，它们比高原的更亮更密，像某种坚定的信念。她说武希华的心中可能闪烁着无数晶莹的星星，都是他关于水利的梦想。她在那封信里告诉了家里人，离开铁城他们去了新疆。去新疆是武希华主动申请，他要在荒漠上搞好水利。现在他沿着他们曾经走过的路行走，心里多出了一些激动。汽笛声在寂寥的夜里响起，像某种哀悼。他问司机缘由，司机轻声告诉他，移民的车队里刚刚有两位老人去世了。铁城里很多人一辈子都没有走出过村庄，这两位老人第一次远行，就将自己永远地走丢在了离铁城千里远的地方，不知他们的魂魄能否再回到铁城。

第二天下午，车子终于驶进了一个崭新的村庄。一排排整齐的黄色水泥房，红色的铁皮门，灰色的院墙。移民搬迁点上的工作人员开始核对每家的房号。工作组领他们走进了院子，崭新的家，一切都是陌生的。儿子儿媳忙着搬东西，两个孙子出出进进对新环境充满了好奇。他站在院里，吸进鼻腔的都是干土的味道，风吹着院子里的细沙一波一波跑到他的脚边，空气里没有一点水分，干热的空气让他胸闷，他脑海里洮河的影子回旋不停。工作组的人端来茶水、盒饭，他一点胃口也没有。他问工作组，这干天干地的地方没有一点水，庄稼怎么长。分给他们家的工作人员是个年轻小伙。他咧着一颗虎牙说，在移民还没有来之前他们就已经修好了灌溉的水渠，水都是从疏勒河水库调过来的，保管庄稼喝个够。他们还种了白杨，别看现在矮小瘦弱的小树苗，在戈壁上只要有水，三年就能长成钻天杨。

三年了，门前铺了柏油路，白杨树长得比院墙还高，到灌溉的季节水渠里的水"哗哗"作响，那声音听起来和山间的河水声很像。他闭上眼睛幻想它们都流进了洮河。他闭上眼使劲地听，就是听不到洮河的水声，他才反应过来，那些水都渗透到棉花地里去了。

村子里的人在忙着过新日子的时候，总提起铁城的事情。刚开始说得少，到后来对故土的想念变成了日常的一部分。那天一个老人说他家的一只猫刚搬迁来就消失了，他以为猫迷路死在了沙漠里，过了三个月，铁城的亲戚打电话说那只猫出现在他们家门口"喵喵"地低鸣不停，爪子上都是血。亲戚说白天猫在他家吃东西，晚上就去曾经的家睡觉。他的亲戚找过好几次，月光下那猫站在院墙上"喵喵"朝远处叫着，眼睛里都是眼泪。老人说完情绪激动，他说他有种冲动要去铁城和猫一起守在老家的屋里。他听完这个故事，心里久久不能平静。他想起他们离开铁城的那天，找了好久也没有找见他家的黄狗。"大黄，大黄！"他喊得嗓子冒烟也没寻回它。两个孙子更是着急地大哭，他们和大黄的感情很深，本想着离开的时候带它一起走，可那天一向听话的大黄像个顽皮的孩子，故意躲起来不让他们发现。

从听完那个故事后，他就开始做梦。梦见铁城的村庄、房子、金黄的麦子，梦见风里大黄狂奔的样子。有一晚他梦见他的姐姐回来了，还是十八九岁的样子。她推开门，院里都是荒草。"小七，小七，我回来了，你们在哪里？"梦里的姐姐哭得浑身战栗。过了一会儿父母走进了院子，他们怒声地喊道："小七，冯小七，你个败家子，房屋上的草长那么长，也不知道打理打理。"每次从梦中醒来，他的心里就多出一个洞，空洞洞地疼。

　　"我们回老家吧，我想家，想得心肝疼。"某天深夜他给妻子说。他说完哭得很委屈，像孩子一样。"你说回就回，我也想家，想洮河，想山里夜鸽子的叫声。"他们将要回铁城的事没有写信告诉武希华和姐姐，他怕武希华埋怨他。第二天他们将要去的想法告诉了儿子儿媳，他们很吃惊，儿媳甚至有些恼火，抱怨他们老添乱，踏实的日子都被他们搅和了。他像个做错事的孩子，搓着手不知说什么。"我们过去就不过来了，等我们病重的时候，你们过来将我们埋你爷爷奶奶身边就好。关键你阿达一到这里就流鼻血，怪吓人的。"妻子冷静地说道。"实在要去，我也没办法。这样远的路我送你们。"儿子询问了他们要去的时间，去火车站买了票。

　　车子刚驶进九甸峡水库，望着碧色的洮河，他没忍住哭出了声，儿子和妻子也满脸泪水。开车来接他们的是曾经一个村子的邻居，看他们哭，他的情绪也不对了："不哭了，不哭了，马上就到家了。"他的声音发颤。

四

　　正是涨水的时候，河两岸很多曾经的村庄被淹没了。有些水面露出没被淹没的屋顶，在河水中像溺水的尸体。他看水势，能确切地肯定他家的房屋是完好的。他们家处于村子东头的山坡上，洮河水是跑不到那里去的。呼吸着湿润、熟悉的空气，他的心情越来越愉悦。抵达村庄的时候，他像个孩子一样轻快地跳下了车。放眼望去，村庄也改了模样，曾经的粪场和河岸边的房屋全部被淹没了，村子里没有搬走的人都搬到了东头的山坡上。邻居家没人居住的院落里，以前种植的花草依旧开得浓烈，却多出了寂寞。流浪猫狗在废弃的院落里晒太阳。他快速走到自家门口，打开发锈的大锁。"汪！"一声狗叫传来，接着是"呜呜"的低鸣声。"大黄。"他试着喊了一声。草丛里一个黄色的身影蹿了出来，不可置信地望着他们，接着一个飞奔扑到了他的怀里。"呜呜"，大黄不停地呜呜，不停地在他的身上舔来舔去，眼睛里都是眼泪。"呜呜"，又有几个小家伙从草丛里蹿了出来，它们是大黄的孩子。他回头看了看大门，大门下被大黄刨出了一个狗洞，看来它每天就是从这里出进的。"坏东西，走的时候跑哪里去了？"他说着在大黄的头上拍了一巴掌，大黄兴奋地吐着舌头，不停地摇着尾巴。那样子好像很得意，好像在告诉他，它一直在家里等着他们回来，它的想法是正确的。

院子里杂草丛生，土坯木梁的房屋都陷在了草丛中，屋顶上荒草摇曳，西厢房有几间已经倒塌，现在变成了大黄一家的住所。走进上屋推门进去，一股陈旧发霉的味道直冲鼻腔。堂屋的中间多出了一个很大的水洼，估计是下雨屋漏所致。堂屋的案桌上落着厚厚的尘土，家神的牌位被屋顶掉下来的土坯砸倒在案上。他走上前用手抹去上面的尘土，将家神重新归位。

儿子从草房里找来农具开始清理杂物，妻子打来水开始清洗家具。他找来柴火、煤，在铁炉里燃了火。曾经没走的村人也陆陆续续来了，他们拿来吃食、打扫的工具，热情地加入清理院落的队伍。最后一抹晚霞褪去的时候，老屋又恢复了生机，炊烟悠闲地在屋顶升起。

晚上的时候，他坐在炕上给武希华和姐姐写信，告诉他们他又回到了老家。他知道，这样的决定给乡上"防止返迁"的工作带来了压力，可他心里踏实，像重新活过了一次一样。他在信里询问姐姐的病情，他期盼着他们在有生之年来铁城看看，他一直在等他们。这次信发出去很久之后也没有收到回信。他天天地盼，盼到心虚。他心想姐姐和武希华肯定是对他的决定生气了，怪他太任性了。

房屋打理好后，儿子回戈壁去了。他一再叮嘱他们，有个头疼脑热要打电话，他给他们买了一部手机，将附近亲戚和他的号码都存在了里面。儿子走后，他将坍塌的院墙重新修好，在门外重新搭建了羊圈、猪圈、鸡窝，家里又一下子热闹了起来。清明的时候，他上完祖坟，在河岸边也给梅姐他们烧了纸钱。其实每年的清明他都去给他们上坟，他们曾经埋在洮河边，水位上涨之后坟堆全部淹没了，他只能在河边为他们"送银钱"了。

这样的日子过起来总是不经用，妻子在一个雨夜离开了他。他将她埋葬在了祖坟里。下葬完妻子的那一天，儿子儿媳劝他跟他们去戈壁，他坚持不去。他说他去世之后也要埋在父母和妻子身边，他听惯了洮河水的声音，死了他的灵魂还要听。儿子儿媳走后，他收到了姐姐和武希华的回信，他们在信里只是说了一些安慰的话语，说既然"返迁"了就好好待着，他们有时间会回来看他的。信写得简洁疏远，他隐隐觉得姐姐和武希华变了，对他变得冷漠了。"有时间，有时间，哪有那么多的时间经得起等待。"他愤怒地揉碎了回信，将它撒在了武希华曾经住的窑洞口。

夜里情绪冷静下来的时候，他又俯在炕桌上给武希华和姐姐写信。告诉了他们妻子去世的消息，也告诉他们梅姐的兄妹来铁城祭奠梅姐，走的时候还向他打听他们的消息。他在信里再次恳求他们来见见他，半个世纪了，他太想他们了。这封信邮寄出去犹如石沉大海，再没有回信。他打电话过去，接电话的是他的外甥女，她说父母最近身体不好，在住院，没精力写回信。他在电话里说出院了让姐姐和武希华回个电话，外甥女支支吾吾回答着他的话，没说两句就挂了。

暑假孙子来铁城看他，他让孙子在微信上加了外甥女。那天他穿上最好的衣服，把白头发都染黑，刮掉了杂乱的胡须，他让孙子打开视频，他要在视频里看看他的姐姐和姐夫。"嘟嘟"，打视频的声音让他的内心狂跳不已。视频里出现了他的外甥女，她的神情看起来很憔悴。"你父亲、母亲呢？"他迫不及待地问。外甥女接下来的话，让他如五雷轰顶。她说父母在好几年前就不在了，他们是液化气中毒去世的。他们活着的时候一直念叨着要去铁城，可是母亲在很多年前就瘫痪在床，她年轻的时候跟着父亲去坝上干活，得了严重的类风湿。她那年收到他写来搬迁的那封信，捶着腿哭了很久。后来她的病好一些了，又听说了他"返迁"到了铁城。她和父亲商量着要回来，可是没过多久，她与父亲在睡觉时忘了关液化气，中毒而亡了。她说后边的信是她仿父母的口气写的，她一直想要不要将这个消息告诉他，结果又收到了他妻子亡故的消息，她决定一直隐瞒下去。他听完心口一急，喷出一口血来。

孙子将他的情况打电话告诉了家里人，儿子赶到的时候他脸色蜡黄蜡黄地躺在炕上，目光呆滞。儿子带他去县里的医院检查，又去了省里。他已知自己时日不多。

每晚夜风吹进来的时候，他总会习惯性地起来写信。写上几句就写不下去了，他总不能在信里告诉姐姐和武希华，他快要死了。有时候信写好了，他的心却空得厉害，他不知道要将信寄往哪里。

秋日的午阳很暖，他顺着洮河走了很远又折回来。他去梅姐他们曾经住过的地方。洮水森森，一切都沉积在了河底。他在河边站了很久很久，眩晕里他看见武希华、姐姐、梅姐……死去的那些村人都从河水里走出来，虚空里传来悠长的声音，好像是曾经的支书。他说："冯小七，你父母喊你回家吃饭了，你傻站在那里干吗?"

天开始暗下去，变黑，眼前的一切变得空荡，模糊不清，只有洮河的流水声在他耳畔回响不绝。

血　亲

　　姑阿婆还是姑娘家的时候，山寨里的神婆就告诉过她一生无子无孙。那些年，那些神婆都是一些或瞎或天生有某种病痛的人。她们走在铁城的山寨、各个村庄里帮别人看手相，作法驱邪。山寨里的人对她们大多都是敬畏的，进门不管做的法事是真是假，都会送上不错的谢礼。

　　年轻的姑阿婆却不相信这些，她说神婆都是一些装神弄鬼的人。"瞎老婆子，光会咒人。"姑阿婆说完，向神婆啐了两口唾沫。"别啐我，你以后的日子不好过。"神婆说完拐着小脚消失在一阵旋风中。风里的姑阿婆甩着一根黑幽的发辫回家了。

　　"年轻的时候真是倔，如果当初将神婆子的话告诉家里人，找神婆驱一下邪，是不是日子不会这样苦？"她给我说这些的时候，已经病到不能下炕，躺在空空的床铺上眼神迷离、气息微弱，说一阵话就要迷迷糊糊地睡上好长时间。

　　姑阿婆第一个男人被马摔死之后，她对神婆的话开始心有余悸。她回到山寨，找到曾经被她唾弃过的神婆，让她想办法用某种神力压制存在于她身上的厄运。神婆像是还记着她对她曾经的鄙视，漫不经心地闭上了眼睛，挥挥手示意她赶快走掉。走出神婆的家门，来了一股很猛的山风，风卷着对面山坡的松涛，带着吓人的声响滚到遥远的天边去了。

一只鹰从天空划过，消失在群山的尽头。

"山的那边或许有新的希望，比如医院。"她这样想着，一股很急的风将她卷在气流中，风赶着她向医院的方向走去。

"子宫畸形。"县医院的大夫扶了一下眼镜说。镜片后的眼神里透着一股悲悯。"畸形是什么意思，能不能怀孩子？""可能性不大。"姑阿婆使劲地吸了一口气，吸进鼻孔的都是84消毒水的味道，后来她一闻84消毒水的味道就呕吐不止。

出了医院就下起雨来，雨下得很大，她披着雨回家。发烧、迷糊、关节疼，她将自己裹紧在被窝里，好不容易入睡，睡梦中她赤身扑倒在尖利的荆棘上，雪静悄悄地在空中飘荡，神婆站在白茫茫的雪地里，用拐杖指着面前的路，雪地的那头是无边无际的黑水，水中漂浮着一条荆棘铺就的路。"那是你以后的路。"神婆说完消失不见。她醒过来浑身都是虚汗。"一条铺满荆棘的路。"她想到梦中的场景，浑身发冷。"不如死了干净。"她这样想着，悄悄走出门外，趁家人不注意喝了草房里放着的农药。

再次醒来是在医院，白的床单，白的墙，白的日光灯，她微睁的眼睛里那些白很玄幻，不停地转来转去，她以为自己来到了另一个世界。"啪啪"，两记火辣的耳光落在她的脸上，白光消失不见，父亲站在床头，瘪着嘴，眼睛里都是雾。洗过的胃，像火燎过一样难受。"唏！"她倒吸了一口气，痛苦地闭上眼睛，"干吗不让我死？生活像条毒蛇，我快要被它咬死了。""死是那样容易的事吗？老天不容许，你白白作践自己。寨子里的神婆在炕上疼了五天五夜，像蚯蚓一样满炕乱窜，还是咽不下最后一口气。""她说我此生会很惨，我相信她的话。""她自己都快不行了，她会带着所有向她卜算过人的厄运离开。"父亲说完，眼里居然透出一丝光亮来。父亲告诉她，她喝的是一瓶已经过期三年的农药，药性很弱。"看来我所受的还不够，老天不收。"她这样想着，病房窗外一道闪电划过，她全身的神经开始疼痛。"一到下雨天我就浑身疼。"她蜷缩在炕角使劲地揉搓双臂、双腿。"老天不收，你自己决断，这是要遭惩罚的，以后生活再苦，你也不能往死的方面想。"她对我说。我转向窗外，窗外的秋雨像一匹深灰色的纱。

姑阿婆说她改嫁到洮河岸边，是我阿婆保的媒。姑阿婆去阿婆裁缝店裁制衣服认识了阿婆。我阿婆除做得一手好衣服，也是村里的接生婆。她看着胎位不正的妇女，准会说没事没事，肚子里越爱闹腾的孩子，生出来越孝顺，她边说边在孕妇小山一样的肚皮上按摩，胎位很快就会顺过来。遇到生产时惜疼、不出力的妇人，阿婆的脾气瞬间爆发："再不用力，生个傻子出来，你天天就喝尿水子吧！"她的声音里带着蛮横。在铁城，大大小小的孩子几乎都是经阿婆的手来到这个世上的，我跟着阿婆见证了很多新生命的诞生，既神奇又喜悦，但每次弥漫在房间的血腥味会让我头脑昏昏。有一次我看见一盆猩红的血被生产的那家人倒进了花园，血的腥味勾来一只小黄狗，它趴在那里使劲地舔食土堆里的血，我胃中一阵反酸，干呕到眼泪四溅。

逢着闰年闰月，暗红色的绸布在阿婆的操作台上垒了一摞又一摞。铁城里年过半百的老人都扯了印有寿团字样的绸布，让阿婆在难得的年份和月份里缝制。"闰一闰，活一活，一活活到九十九。"他们坚信，在闰年闰月制好寿衣，阎王看在尊贵的年份和月份上也会多给三分情面，让他们多活几年。"哒哒哒"，每天深夜，阿婆踏缝纫机的声音与洮河声纠缠在一起，在铁城的寒雾里弥漫不散。我趴在阿婆支起的裁衣台面上，看着弓身缝制衣服的阿婆，觉得她的身上笼罩着某种难以言说的神奇。

天放晴，阿婆在裁缝铺前扯一根铁丝，将那些絮了棉花的寿衣搭在铁丝上，阳光将寿衣里的棉花晒得很松软，像膨胀起来的海绵。

"都是给死人穿的，那么认真干什么，死了就什么也不知道了。"我对阿婆的做法很不解。

"死与生是一样尊贵,小孩子刚出生就被捧在手心里,怕他吃不饱、穿不暖。他不会说话,大人们就赶着给他做主。死了难道棺材板一合就什么也不知道了?多么愚蠢的想法。"她边说边用手整理寿衣上的线条,那双游走在生与死之间的手,在阳光下抚摸那些丝滑绸面的时候,就会听见她手上的茧勾起丝线的声音,"嚓嚓",像种子开裂的声音。我在想这么粗糙的一双手,刚出生的婴儿在世间的第一次触摸一定是疼痛的,但被她手茧勾过的寿衣,却让死亡的恐惧有了某种缓释。

阿婆的铺子人气旺得快要燃起来,谁家的事都会在她的铺子里被翻滚、炒熟再晾晒,最终被河风吹走。阿婆不知不觉又多了一种职业——"保媒"。"世上的事有三不做,保媒、担保、带徒弟,等这桩媒做完我就不干了。"阿婆每接一个说媒的活,都要重复上一遍,如此反复,从未停休。

"这身体,这人样,注定好生养,孩子都跟了一屁股吧。"三句不离本行,阿婆边给姑阿婆量衣服边判断她的身体是否利于生养。阿婆丈量完尺寸后,用划粉笔在布料上记尺寸,打记号,有泪砸在阿婆的手上,阿婆惊慌地抬起头,看到嘴唇抖动的姑阿婆。"那天我心中的苦难像洮河水一样流淌了出去。"姑阿婆说着,脸上涌上一层淡淡的光晕。

"哗啦!"铺子门再次被打开。刺眼的光照得姑阿婆睁不开眼睛,她确切感受到那光也照进了她的心里。阿婆告诉她,她会帮她说成一门亲,在铁城里有个男子妻子去世不久,家里留下一个六岁的男孩和一个只有三个月的姑娘。男人白天要去单位上班,两个孩子就被锁在家里,大的那个还可以,小的像只猫一样在家整天嗷叫,两只小腿在屎尿里乱蹬。"谁说你无儿无女,你嫁过去就儿女双全了。"

姑阿婆趁着傍晚的暮色走进了姑爷爷凌乱的家,偌大的院子被她擦洗得反光。她将家里的粮柜装满，将水缸里的水担满，鸡在鸡窝里下蛋，猪圈里两头吃饱的黑猪靠南墙根躺着发出哼哼声。大儿子开始上学了，他刚开始喊她"阿妈"的时候，声音怯怯的，很低。现在一进门就扯开了嗓子喊："阿妈，阿妈，饭做好了吗？快要饿死了。""阿妈，抱抱。"小女儿很黏她，晚上要趴在她肚子上睡觉。两岁了，她还是喜欢吸吮她的乳头，虽然那里流不出一点乳汁。一岁长牙的时候，她有次被她咬得乳头开裂，她想到村里奶孩子的那些女人，她们的乳头也都被孩子咬开裂了，她就很知足。姑阿婆将玻璃奶瓶抵在乳房上，将奶嘴送在怀里孩子嘴边，怀里的孩子蹬着腿满足地吸吮着。"如果有下辈子，让我拥有一大群孩子，他们最好都别长大，一直在我身边缠着我。"姑阿婆背靠在炕板上，脸色因为剧烈的咳嗽而绯红。她每说完一段话都要闭着眼睛休息一会儿，有眼泪顺着眼角流下来，我没有为她擦拭，流泪证明她还活着。

"把你娘家的侄女介绍一个给我做儿媳吧。"阿婆看姑阿婆能干，猜测她娘家的孩子大抵都是她这个样子。姑阿婆很爽快地应承下了这件事。她也有自己的打算，在铁城她除了夫家的人就是村人，有时候都没个说知心话的，她很想将与自己有血缘关系的亲人带到铁城，彼此有个照应。就这样，姑阿婆将我的母亲介绍给了父亲。年轻的父亲是带着负气的情绪娶的母亲。他自闹离家出走，丢了工作，就成了爷爷阿婆心口的一块淤血，时不时那块淤血会泛上心口，让爷爷阿婆寝食难安。他先是将家里的钱都偷拿出去拜师傅，跟一个卡车司机学技术，又将爷爷的手表送给了交往的女生。有一天，我的父亲鼻青脸肿地走进家，手里扶着的自行车，车把不知所终。在爷爷的一再追问下，才知父亲为了他的对象和别人打了一架，把对方的两根肋骨都踢断了。"逆子！"爷爷被气得嘴唇发青，将手里的盖碗砸向父亲。

"成一门亲，最好找一个山寨里的姑娘，能降得住你的。"阿婆将她的想法告诉了我的父亲。"随便你们，只要是个识字的就好。"父亲一脸的无所谓，他或许用这种方式稀释"失恋"带来的愤怒与羞愧。在铁城所有的人都知道，父亲穿绿皮鞋的对象，跟着一个新疆的卡车司机跑了。

母亲嫁过来之后，姑阿婆帮着不善料理家务的母亲打理家务，她将猪圈里的粪除掉，将橱柜里的餐具搬弄好，将我们的被子晾晒在院子里。父亲与母亲斗嘴的时候，也要喊姑阿婆过来调解。姑阿婆与阿婆的梁子就在那时候结下了。阿婆觉得姑阿婆给他们介绍一个肩不能挑、手不能提、整天拿本书不出门的媳妇就已经是有错在先，现在又这样包庇她，阻碍她当婆婆的行使权力，简直是可恶至极。更让阿婆觉得气愤的是，不知什么时候，我父亲与姑阿婆的关系也变得很亲近。他和母亲去姑阿婆家的时间要比待在她屋里长，她没了当初对姑阿婆的怜悯。阿婆每次见到姑阿婆就当是空气，目不斜视地从她身边走掉。

我出生时，她们之间的矛盾再次升级。一贯以接生声名在外的阿婆，在我出生的那天却不来帮我的母亲接生。她躲在隔壁的房间，等我的外婆和姑阿婆去请她。外婆也与阿婆置上了气，觉得阿婆就是在摆谱，自己儿媳妇，爱来不来。我的第一声啼哭传入阿婆耳膜的时候，她觉得是那么不可思议，挑个刺都会哭的儿媳，生起孩子来速度之快超乎了她的想象。等她跑到母亲的炕头时，姑阿婆正蘸着艾草水给我擦洗。"我们家孩子真好看。"姑阿婆边帮我擦拭，边用艾草逗弄着刚出生的我。

"你们家孩子，也不晦气，你生过孩子吗?"阿婆这句话出口，将自己吓了一跳，尴尬之余，她慌忙逃出门。一滴一滴温热的泪砸在我的肚皮上，姑阿婆压低了哭泣声，哽咽得厉害。"你刚出生就感受过我的眼泪，你是懂我的。"姑阿婆说着，浑浊的眼里有了亮光。是的，在铁城的日子，我去得最多的就是姑阿婆家。有时我刚出门就被阿婆呵斥道："不分亲疏的东西，又不是亲的，走那么近干吗?"阿婆一说，我跑得更快，在她扔来破背篓的瞬间，我已逃离了幽黑的门洞。按血缘的亲疏算起来，姑阿婆的确与我远了一些，她只是母亲娘家那边的一个堂姑。但是这世间的亲与不亲很难定义，我从小在众多的亲人中领读了太多的欺骗、冷漠与打压，我时刻要绷紧了神经去感受周围的一切。可在姑阿婆那里一切都不一样。

　　我去她家，站院中大喊:"姑阿婆，姑阿婆!"她家的大黄狗摇着尾巴在我的脚边蹭来蹭去。"丫丫来玩啊。"芳大娘从西厢房打帘出来。她是姑阿婆的儿媳妇，可是因为姑阿婆是她的后婆婆，她总是有意无意地对她充满了不屑。"我来看看我姑阿婆。""丫丫来了，快进来。"姑阿婆听到我找她，嗓子扬得很高。"我的孩子，你曾经这句'我来看看我姑阿婆'，让我心里暖了好多年，是我看着出生的孩子，心是和我在一块的。"她说完流下了眼泪。我将头转向窗外，窗外的雨停了，灰色的天空下一群鸽子正赶往南山。

　　"我说了太多的话，我要睡一会儿。"我扶她躺下，她不一会儿就睡着了，嗓子里发出"呼噜噜"的声音。我开始担心，我怕她现在就会去另一个世界，我还没有做好一个人承受一个生命的离开，我想至少也要等到她的女儿回来。

　　我这次回铁城，是被母亲的电话喊回来的，电话里她告诉我姑阿婆没几天时间了，让我回去见一见。母亲打电话时，秋日的阳光洒满了我的书桌，我站起来接电话，兜兜转转的脚步将房间里的光斑搅得七零八碎。

　　距我上次见姑阿婆已经三年了，这三年里我结婚、生子、离婚，恍恍惚惚像过了半个世纪。在这三年里，我唯一一次去见姑阿婆是在我刚结婚回娘家的时候。我拜见过阿婆阿爷后，准备偷偷去看姑阿婆，我怕引起阿婆的不悦。"丫丫，买些牦牛奶粉去看看你姑阿婆，她病得厉害。"我惊讶地看向阿婆。"我们早和好了，她的寿衣都是我做的。"阿婆尴笑着说。

"姑阿婆，姑阿婆！"我一如小时候，刚进院子就扯开了嗓子喊。"一早就在等你们。"迎接我的是姑阿婆的女儿。"我来看看我姑阿婆。"我挑帘进去，姑阿婆裹着被子斜靠在炕墙上，整个人看上去疲惫、绝望。"光听脚步声就知道是我的丫丫，从小听到大的声音错不了，来，炕上坐。"我挨着她坐着，将手很自然地放她手里。"还是那么凉的手，让我给你焐热。"她说着将我的手放进她的两手间。

"新女婿，快喝茶。"姑阿婆边说边将我带来的男子端详了很久，眼里浮上一层白白的雾气，"两个人要好好过日子，往后的日子请你多担待一些我家丫丫。"听到这句话，我的鼻子一阵发酸。

"时间多快，小时候你答应过长大会给我当孙媳妇，现在就成了别人的新娘子。"姑阿婆说完，我身旁的男子一脸狐疑。"说好要丫丫的人是我的孙子，很好的孩子，只是是个骗子，说好给我养老的，结果贪玩躲水里再没出来。"姑阿婆说完闭上眼不再说话，只是将我的手放在她手心里揉来揉去，一如我小时候去她家时，她将我的手放她手里反反复复地揉搓，每个指甲盖都不放过。

姑阿婆所说的孙子，是她儿子的孩子，我的表哥曙光。他是我童年的玩伴，他有一对迷人的酒窝和一双发光的眼睛。他写大字、打篮球、骑自行车、游泳，这些村里没有一个孩子比得了他。他三岁的时候，姑阿婆问他将来准备娶谁当媳妇儿，她将村里与他一起玩耍的女孩子——说给他听。他听完，使劲地摇头，径直走到我母亲面前，他看着在母亲怀里牙牙学语的我，将我的脚丫放嘴边亲了又亲。"让丫丫长大做你媳妇可好？"母亲笑着问道。"好，我就喜欢丫丫。"他说完满屋子的大人都笑翻了，从那刻起，我就变成了他的"媳妇儿"。

铁城的南山有一片坟场地，早已忘却年份的棺木一层层码起来，棺木的一半随着坍塌的黄土一起被折断了，折断的切口像一张突兀的嘴，那些张着的"嘴巴"成了野鸽子的住所。铁城的人叫那个地方"鹁鸽堂"，那里是鸽子的天堂，成堆成堆的鸽子在荒草里飞来飞去，"噜噜"地叫着，在废棺木里窜来窜去。湿漉漉的秋天，南山被寒气笼罩，野酸枣树在晚风里嗦嗦作响。鸽子没掏着，家人们站屋顶喊吃饭的声音响透了整个村子。我在匆忙的奔跑中一只脚陷在了坍塌的棺木里，等我从松烂的棺木里拔出脚的时候，我的脚踝被棺木新的豁口划烂了，更要命的是我的鞋掉在了棺木里，我伸手去摸鞋子，惊得棺木里的鸽子乱飞。

"鬼偷了她的鞋!"身后的伙伴嘲讽着从我的身上跨过去。"别欺负她。"表哥对那些孩子凶道。"花孔雀尾巴长，娶了媳妇儿忘了娘。"他们哄笑着，消失在寒雾里。天很阴，快要下雨的样子，寒冷的地气不断地向上涌，我裸着的脚变成了酱紫色。"来，趴我背上，我背你回家。"我趴在他的背上，他后脑勺的头发在我的脸颊上扫来扫去，从他背部传来的温度瞬间让我暖和起来。

"噼里啪啦"，下起了很急的雨，我们被迫躲在一处凹进去的土崖下。山下河坝里流水像怪兽发出的怒吼声，带来惊心的恐惧。"曙光哥，天黑了雨还不停怎么办?""别担心，会有办法的。"他的眼睛在若有若无的暮色里很亮。

一阵急雨过后，雨势慢慢变得小起来，他将一双鞋脱下来，俯身将一只穿在我的脚上，另一只拎手里。"走，我扶你走，这样快一些。"走到山底，天已泛黑，一团微黄的光亮从夜色中传来，家人的呼喊声也隐隐地传了过来。"我们在这里。"我的声音快要哭出来。表哥没出声，他使劲抓着我的胳膊，但我感受到他在轻微地颤抖，他的衣服被雨全淋湿了。

循声而来的家里人并没有怜惜我们的处境，训斥声和巴掌一起落在身上。等大人们发泄完了怒气，才看清我们的处境：光着的脚、瑟瑟发抖的身体。我们被背回家，被勒令好几天不让出门。阳光白得可怕，我的脑海全是曙光哥的样子，生命中第一次很想念一个男子，那么小当然无关乎爱情，只是很想。

我趁家里人外出，从门板缝溜出去，一口气跑到姑阿婆家。

院子里静悄悄的，我推堂门进去，曙光哥躺在炕上，额头上冒着冷汗。"丫丫，你们也太淘了，你曙光哥的脚划了很长的口子，感染了，都在流脓。"芳大娘的语气里充满了埋怨，旁边的姑阿婆一脸的难为情。"曙光哥快醒醒，我给你带来了乌石。""在哪里？"他的语气里带着睡意，手却伸出了被窝做好了接的准备。我将泉水里捡来的黑乌石头放在他手心里，眼泪却不由自主地流了下来。他的手烫得厉害。

"别哭了，眼泪都砸到我眼睛上了，我又没死。"

"呸呸，病里不许说死不死的，多忌讳。"芳大娘说着使劲吐了几口唾沫。

"我不会死，以后长大还要娶丫丫当新娘呢。"他说着，两个酒窝深陷进去。

"我等你，等我长大，长漂亮，我就嫁给你。"

这些往事现在想起来还历历在目，可是我最终也没有等到他娶我。有一年夏天，他去洮河救人被水冲走了。

后来我做梦，总能梦见漫天的大雨，曙光哥卷起一只裤腿，手里拎一桶鱼。

"曙光哥，他们都说你死了，你去了哪里？"

"我活着，这不是好好的吗？"梦中他笑着，一对酒窝陷得很深。梦中我惊喜万分，我真真切切地感觉到他还活着。

"你在梦里喊着的那个人是谁？"某天夜里，身边睡着的人将我从梦魇里摇醒，满脸的质疑。

"一个认识很久的人。"我说着转过身去，有些人适合藏在心里，舍不得告诉任何人。

"新女婿喝茶。"姑阿婆轻唤了一声，寂静的空气颤了一下。我从往事里回过神来，将头很自然地往姑阿婆身上靠了靠。

"姑阿婆，你好好养病，等你病好了，我陪你去山寨走走。"

"这次在铁城能不能多陪陪我？见一面少一面的。"姑阿婆的语气充满了乞求。

我环顾四周，房子空空的，姑阿爷和伯伯的遗像挂在朝北的墙上。黑白的照片上看不出他们生前的任何表情，一副副干干净净奔赴另一个世界的模样。仔细再看，照片上姑阿爷的眉头略皱，可能照相的时候，他正忍着咳嗽，他生前有严重的哮喘。旁边伯伯的嘴角稍翘，透着一股子刚毅。他在照这张相的时候肯定没有预料到这次的照相将成为最后一次，而那时曙光哥哥定然还在世上，是令他骄傲的存在。四十几岁的伯伯是在得知儿子溺水不久后去世的，关于他的去世，铁城里的人说是因为大悲所致。当他得知曙光哥哥溺水而亡，连尸体都没打捞上来时，很多天里没说过一句话，像个木人蹲坐在炕脚。"哇！"第一出声，伴随着一口黑血，他随即倒了下去，那年的春节，他睡过去再没有醒过来。

"你芳大娘，是在你伯伯走后离开这个家的。她说待在这个家里太痛苦了，到处都是她儿子丈夫的影子，她每天夜里都心疼到难以入睡。"姑阿婆说着，一阵风将堂门吹得"啪啪"直响。

"我们要回了，迟了路不好走。"看手机的男子，将手机装进了兜里，一副立马离开的样子。

"他们家真清冷，待着很不舒服。"出门后他对我说。

"以后你不来就好了。"我淡淡地说道。他确实再没有来过。

"丫丫，他没有陪你一起回来吗？"姑阿婆不知何时醒了过来。我没有告诉姑阿婆我离婚的事情，有些事不值得在一个将死之人面前提起。

姑阿婆说，她要坐起来看看窗外的天空。我很费力地将她扶起，靠稳。她说最近老会想起以前的事情，像过电影一样，连有些细节都清晰地浮现在脑海里，所以今天她才会给我说得这样详细。她边说边喘气，但精神看起来却好多了。

"这次回来要住多久呢？是等到送完我再走吗？"姑阿婆说完，我一时无语。

"一定要参加完我的葬礼，你是我在铁城的血亲。"

"是呢，我要给你披麻戴孝。"我故作轻松地说。

"这样就好，来将你的手给我，让我将你身上所有对你不好的东西都带走，剩下都是好的。"

我将手伸过去，轻轻放在她滚烫的手中很久很久，直到她再次昏迷睡着。

等她睡着，我将手从她的手里抽了出来。她的女儿带着阿婆缝制的寿衣走了进来。空空的房间里，满屋子都是风。

图书在版编目（CIP）数据

隐秘的河流 / 连金娟著. -- 北京：作家出版社，2024.4
ISBN 978-7-5212-2769-7

Ⅰ. ①隐… Ⅱ. ①连… Ⅲ. ①散文集 – 中国 – 当代 Ⅳ. ①I267

中国国家版本馆 CIP 数据核字（2024）第 066429 号

隐秘的河流

作　　者：连金娟
执行主编：敏奇才
责任编辑：秦　悦
装帧设计：薛　怡
出版发行：作家出版社有限公司
社　　址：北京农展馆南里10号　　邮　　编：100125
电话传真：86-10-65067186（发行中心及邮购部）
　　　　　86-10-65004079（总编室）
E-mail:zuojia@zuojia.net.cn
http://www.zuojiachubanshe.com
印　　刷：三河市北燕印装有限公司
成品尺寸：152×230
字　　数：176千
印　　张：13.75
版　　次：2024年4月第1版
印　　次：2024年4月第1次印刷
ISBN　978-7-5212-2769-7
定　　价：78.00元